I0655891

Thomas H Blesne

LE
BANQUIER
FRANÇOIS

Humblot inv.   Fonbonne sculp.

LE
BANQUIER
FRANÇOIS

O U

LA PRATIQUE DES LETTRES

de Change suivant l'usage des principales
Places de France.

PROUVÉE

PAR LES ORDONNANCES ET PAR

les Reglemens rendus sur cette matiere.

ENSEMBLE

LES DIVERS ESTABLISSEMENS DES

Agens de Change, depuis Charles IX.
jusqu'à Louis XV.

Ouvrage utile & necessaire à tous Banquiers, Financiers, Marchands, Caissiers, Agens de Change, Commissionnaires, & generalement à tous ceux qui ont à prendre ou à donner des Lettres de Change.

A PARIS,

Chez JEAN MUSIER, à l'entrée du Quay des
Augustins, à l'Olivier.

M. DCCXXIV.

Avec Approbation, & Privilege du Roy.

PRÉFACE.

LEs Lettres de Change font d'une fi grande utilité dans la Banque , dans les Finances & dans le Commerce , qu'on ne doute nullement que ce ne foit rendre un fervice au Public , que de lui en faciliter la pratique par une nouvelle méthode claire & facile.

Plufieurs habiles gens ont écrit fur les Lettres de Change , mais comme ils n'en ont parlé la plûpart que par occafion dans des Livres qui regardent le Commerce , ils n'ont pas donné à cette matiere toute l'étenduë qu'elle doit avoir ; cependant comme l'art des Lettres de Change eft d'une grande utilité , non feulement en France , mais encore dans d'autres Etats où la Banque eft d'une plus grande étenduë , on a trouvé à propos pour le bien & l'avantage du Public , de lui donner un Traité particulier & complet fur cette matiere.

Dans cette penfée on écrit , & l'on donne ce petit Ouvrage , qui renferme les regles & les principes pour bien dreffer toutes fortes de Lettres de Change & Billets , la maniere de les accepter , de les tirer , de les remettre , & de les négocier , & generalement tout ce qui regarde cette pratique.

Voilà en peu de mots le plan qu'on s'est formé dans cet Ouvrage , que l'on divise en quatre parties , & dont on va donner une idée succinte pour en faire comprendre plus aisément & d'une premiere vûë toute l'importance.

La PREMIERE PARTIE contient en un seul Chapitre l'explication des termes usitez dans la pratique des Lettres de change , qui servira de préliminaire pour mieux entendre ces termes lorsqu'ils se trouveront employez dans le corps de l'Ouvrage.

La SECONDE PARTIE est divisée en quatre Chapitres ; le premier expliquera l'étymologie , l'origine , l'utilité , la définition & la forme des Lettres de change. •

Le second contient diverses Modeles de Lettres de change appliquez à tous les differens sujets qui se peuvent presenter dans la Banque.

Ces Modeles sont divisez en trente articles , & chaque article est disposé sur deux pages vis-à-vis l'une de l'autre : à la premiere on y trouvera un sujet avec son explication , & à la seconde un Modele de

Lettre de change appliquée au sujet dont on parle. Cette disposition est toute nouvelle & a été trouvée la plus nette, la plus commode, & la plus facile pour soulager la mémoire des Commençans, parce qu'ils trouveront à l'ouverture du Livre un nouveau sujet entierement expliqué sans être obligé de voir le feuillet suivant.

Le troisiéme est le Chapitre des Billets dans lequel on verra d'abord les conditions essentielles qu'ils doivent renfermer pour avoir leur entier effet.

Ensuite on explique les differentes especes de Billets, que l'on dispose de même que les Lettres de change sur autant de pages particulieres, comme il y a de differentes sortes de Billets.

Après l'explication des Billets, il y a encore les Avals & les Assignations usitées dans les Bureaux de Messieurs les Banquiers, & sur lesquels on donne pareillement des instructions & des modeles.

Le quatriéme contient les Lettres d'avis, la maniere de les faire & quand il faut les envoyer avec quelques petits modeles sur lesquels on en pourra former d'autres, suivant les diverses affaires qui se presenteront.

LA TROISIEME PARTIE renferme dans son étenduë un commentaire sur l'Ordon-

nance de 1673. Comme cet Edit fert de reglement pour les Lettres de change, on y raporte
le texte de plufieurs Articles que l'on appli-
que aux differens fujets contenus dans cette
Partie , que l'on divife en huit Chapitres.

Le premier explique les differentes acceptations des Lettres de change & la maniere de les faire.

Le fecond , les differentes négociations de
Lettres de change & les chofes effentielles
qu'on obferve dans chacune en particulier.

Le troifiéme traite des Changes & Rechange des Lettres tirées & remife de place
en place , dans quel tems le porteur peut les
demander , & par qui ils font dûs.

Dans le quatriéme on parle des Protêts
des Lettres de change , & l'on explique la
maniere dont ils doivent être conftruits ,
& dans quel tems le porteur peut les faire
faire.

Le cinquiéme contient les diligences que
les porteurs font obligez de faire à l'écheance des Lettres & Billets , & pardevant quels
Juges ils doivent en pourfuivre le payement.

Dans le fixiéme on parle des cautions que
l'on donne pour l'évenement des Lettres de
change.

Le feptiéme & le huitiéme traitent des
prefcriptions & des contraintes par corps
pour Lettres de change & Billets; le tout fui-

vant l'Ordonnance & l'usage pratiqué dans
les principales Places du Royaume.

LA QUATRIEME PARTIE est divisée en
quatre Chapitre: le premier fait voir l'utilité
de la Banque & des Banquiers ; comment les
Commissionnaires doivent se comporter pour
les affaires de leurs Commettans, & la maniere de tirer leurs droits suivans les differens usages qui se pratiquent.

Le second comprend les divers établissemens des Agens de change depuis Charles IX.
jusqu'à present , les fonctions , les privileges , les préregatives & les droits dont jouissent les Officiers qui sont pourvûs desdites
Charges.

Le troisiéme & dernier Chapitre renferment plusieurs Edits , Déclarations , Arrêts
& Reglemens qui concernent les Lettres de
change. On les a joint à la fin de cet Ouvrage , non seulement pour la commodité
de Messieurs les Banquiers , qui trouvent
dans un seul volume quantité de Pieces dont
ils peuvent avoir besoin ; mais encore pour
servir de preuve sur tout ce que l'on avance , & pour faire voir que l'on ne dit rien
qui ne soit fondé sur l'usage , & prouvé
par les Ordonnances de nos Rois.

Après ce qui vient d'être dit , il est aisé
de s'imaginer que le Public tirera un avan-

tage confiderable de cette methode , foit
par l'ordre & l'arrangement des Chapitres
tous nouveaux , foit même par l'expreffion
& par la jufteffe des définitions.

Meffieurs les Banquiers , dont le feul ta-
lent n'eft pas de fçavoir compter , & qui fe
font étudiez à mettre autant de juftefle dans
leurs penfées , qu'ils ont foin d'en avoir dans
leurs calculs , s'appercevront d'abord de la
difference de cet Ouvrage , d'avec ceux qui
l'ont precedé. On a obfervé dans toute fon
étenduë un ftile net & clair , ce qui n'eft pas
ordinaire dans quelques Auteurs qui ont
écrit fur cette matiere , parce que la fcience
d'écrire ne s'eft pas trouvée jointe à celle de
la Banque , & que les perfonnes fe font plus
appliquées à bien faire qu'à bien dire.

APPROBATION.

APPROBATION.

J'AY lû par ordre de Monseigneur le Garde des Sceaux, *le Banquier François*. Je n'y ai rien trouvé qui puisse en empêcher l'impression. A Paris le 1. Juillet 1723.

BARREME.

PRIVILEGE DU ROY.

LOUIS par la grace de Dieu Roy de France & de Navarre : A nos amez & feaux Conseillers les Gens tenans nos Cours de Parlement, Maîtres des Requêtes ordinaires de notre Hôtel, Grand-Conseil, Prévôt de Paris, Baillifs, Senechaux, leurs Lieutenans Civils & autres nos Justiciers qu'il appartiendra, Salut. Notre bien-amé le Sieur *** Nous ayant fait remontrer qu'il souhaiteroit faire imprimer & donner au public un Ouvrage de sa composition, & qui a pour titre : *Le Banquier François; ou la Pratique des Lettres de change prouvée par les Ordonnances & Reglemens* ; s'il Nous plaisoit lui accorder nos Lettres de Privilege sur ce necessaires. A ces causes, voulant favorablement traiter ledit Exposant, Nous lui avons permis & permettons par ces Presentes de faire imprimer ledit Livre en tels volumes, marge, caractere, conjointement ou séparément, & autant de fois que bon lui semblera, & de le vendre, faire vendre & débiter par tout notre Royaume pendant le tems de huit années consecutives, à compter du jour de la datte desdites Presentes. Faisons défenses à toutes sortes de personnes de quelque qualité & condition qu'elles soient d'en introduire d'impression étrangere dans aucun lieu de notre obéissance ; comme aussi à tous Libraires, Imprimeurs & autres d'imprimer, faire imprimer, vendre, faire vendre débiter, ni contrefaire ledit Livre en tout ni en partie, ni d'en faire aucuns extraits sous quelque pretexte que ce soit, d'augmentation, correction, changement de titre ou autrement sans la permission expresse & par écrit dudit Exposant, ou de ceux qui auront droit de lui, à peine de confiscation des exemplaires contrefaits, de quinze cent livres d'amende contre chacun des contrevenans, dont un tiers à Nous, un tiers à l'Hôtel-Dieu de Paris, l'autre tiers audit Exposant ;

x

& de tous dépens, dommages & interêts : à la charge que ces
Presentes seront enregistrées tout au long sur le Registre de
la Communauté des Libraires & Imprimeurs de Paris, & ce
dans trois mois de la datte d'icelles ; que l'impression de ce
Livre sera faite dans notre Royaume & non ailleurs, en bon
papier & en beaux caracteres, conformément aux Reglemens de la Librairie ; & qu'avant que de l'exposer en vente le Manuscrit ou Imprimé qui aura servi de copie à l'impression dudit Livre sera remis dans le même état où l'Approbation y aura été donnée és mains de notre tres-cher & feal Chevalier Garde des Sceaux de France le Sieur Fleuriau d'Armenonville ; & qu'il en sera ensuite remis deux exemplaires dans notre Bibliotheque publique, un dans celle de notre Château du Louvre, & un dans celle de notre tres-cher & feal Chevalier Garde des Sceaux de France le Sieur Fleuriau d'Armenonville: le tout à peine de nullité des Presentes. Du contenu desquelles vous mandons & enjoignons de faire jouir l'exposant ou ses ayans cause pleinement & paisiblement, sans souffrir qu'il leur soit fait aucun trouble ou empêchement. Voulons que la copie desdites Presentes qui sera imprimée tout au long au commencement ou à la fin dudit Livre soit tenuë pour dûement signifiées, & qu'aux copies collationnées par l'un de nos amez & feaux Conseillers & Secretaires foy soit ajoûtée comme à l'original. Commandons au premier notre Huissier ou Sergent de faire pour l'execution d'icelles tous actes requis & necessaires sans demander autre permission ; & nonobstant clameur de Haro, Charte Normande, & Lettres à ce contraires. CAR tel est notre plaisir. Donné à Paris le septiéme jour du mois de Juillet l'an de grace mil sept cent vingt-trois, & de notre Regne le huitiéme. Par le Roy en son Conseil, DE SAINT HILAIRE.

Il est ordonné par l'Edit du Roy du mois d'Août 1686. & Arrêts de son Conseil, que les Livres dont l'impression se permet par Privilege de sa Majesté, ne pourront être vendus que par un Libraire ou Imprimeur.

Registré sur le Registre V. de la Communauté des Libraires & Imprimeurs de Paris, page 314. n. 602. conformément aux Reglemens, & notamment à l'Arrêt du Conseil du 13. Aoust. 1703. A Paris le 13. Aoust 1723. BALLARD, Syndic.

LE BANQUIER

LE BANQUIER
FRANÇOIS.
PREMIERE PARTIE.

CHAPITRE PREMIER.

Le Dictionnaire de la Banque , contenant l'explication des termes ufitez dans la pratique des Lettres de Change.

CCEPTATION, fignature qu'un Banquier met au bas d'une Lettre de Change lorfqu'elle lui eft prefentée pour accepter.

On dit

Une Acceptation.
Mettez votre Acceptation.
Il y a de quatre fortes d'Acceptations.
Voyez la page 144.

ACCEPTER des Lettres de Change , c'eſt y mettre fon Acceptation, c'eſt promettre d'en payer la valeur à l'échéance.

On dit
Accepter des Lettres de Change.

A

Je ne veux pas accepter.
On m'a promis de l'accepter.

ACCEPTEUR, celuy qui accepte des Lettres de Change tirées sur luy.

On dit

Un Accepteur.
L'Accepteur est bon.
C'est M. . . . qui est l'Accepteur.
L'Accepteur payera à l'écheance.

ACQUITEUR, celuy qui paye & qui acquite les Lettres de Change que ses Correspondans tirent sur luy.

On dit

Acquiteur.
L'Aquiteur m'a remis la Lettre.
L'Acquiteur payera.

ACQUITER des Lettres de Change, c'est en payer la valeur à l'écheance ; c'est faire honneur aux traittes que nos Correspondans tirent sur nous en les acquitant.

On dit

Acquiter une Lettre.
Je vous prie d'acquiter cette Lettre.
On dit aussi acquiter un Billet.

AGIO, mot Italien, qui signifie ayder, faciliter. Moyen pour avoir une chose dont on a besoin , & pour laquelle on en donne une autre en échange. On employe communément le mot d'*Agio* en France pour signifier le ministere d'un particulier qui négocie des papiers sur la place , ce qui s'entend clairement par ces termes.
Il fait l'Agio.
C'est un coup d'Agio.

Il entend bien l'Agio.
C'est un vilain métier que l'Agio.

AGIOTER, donner & prendre des papiers en negociation sur la Place.

On dit

Agioter.
Il vient d'agioter.
Il ne fait qu'agioter.

AGIOTEUR, celuy qui fait l'Agio. Un Particulier qui négocie des papiers sur la Place.

On dit

Un Agioteur.
C'est un Agioteur.
Les Agioteurs gagnent considerablement.

AVAL, soufcription, fignature que l'on fait fur des Lettres de Change, fur des Acceptations, ou fur des Billets pour les rendre plus valables.

On dit

Un Aval.
Mettre fon Aval.
Il m'a donné fon Aval.
Je vous fourniray mon Aval.
Voyez page 130.

AGENT de Change, eft un Officier en titré d'Office dont Meffieurs les Banquiers fe fervent pour faire leurs négociations.

Il y a un Chapitre Particulier à la fin de cet Ouvrage dans lequel il eft parlé des divers établiffemens de ces Officiers depuis Charles I X. jufqu'à Loüis XV.
Voyez page 239.

A ij

B

BANQUE, commerce d'argent.

Faire la Banque, c'eſt donner & recevoir de l'argent comptant dans une Place, pour le faire compter ou remettre dans une autre par le moyen des Lettres de Change que l'on tire ſur ſes correſpondans.

On dit

Le commerce de Banque.
Faire la Banque.
Il s'eſt mis dans la Banque.
Il entend bien la Banque.

Voyez la page 229.

BANQUE on entend encore par ce mot, une caiſſe generale, ou un dépôt des deniers publics que les Princes établiſſent dans leurs Etats pour l'utilité de leurs Sujets, comme

La Banque d'Amſterdam.
La Banque de Veniſe.
La Banque de Roterdam.
La Banque de Hambourg.
La Banque de Genes.

BANQUIER, particulier qui fait la Banque.

Celuy qui fournit ou remet des Lettres de Change de place en place.

On dit

Un Banquier.
Il eſt Banquier.
C'eſt un bon Banquier.
Un habile Banquier.

L'Origine du mot de Banquier vient de ce qu'originairement dans toute l'Italie le commerce d'argent fe faifoit en place publique, & que chaque Banquier avoit un banc fur lequel il comptoit fon argent & écrivoit fes Lettres de Change. C'eft la raifon pourquoy on les appelle Banquiers. V. la page 231.

BANQUEROUTE, fuite, déroute des affaires d'un particulier qui ceffe de payer.

On dit

Une Banqueroute.

Faire Banqueroute.

Il a fait Banqueroute.

Banqueroute frauduleufe.

L'origine du mot de Banqueroute, vient de l'Italien *Banqua rotta*, qui fignifie Banque rompuë.

BANQUEROUTIER, celuy qui fait Banqueroute.

Un particulier qui abandonne fes biens à fes Créanciers & qui eft obligé de compofer avec eux par Contrat.

BILAN des payemens, petit livre ou Carnet que les Banquiers de Lyon portent avec eux lorf-qu'ils vont à la place du Change, pour faire le virement des Parties.

Ce Bilan doit contenir tant en débit qu'en crédit toutes les Parties que les Banquiers doivent, auffi bien que celles qui leur font dués dans chaque paye-ment, c'eft-à-dire que le Bilan d'un Banquier eft un état general de tous fes débiteurs & de tous fes Créanciers.

BILLET, écrit fait entre deux particuliers par lequel l'un s'engage envers l'autre de luy payer ou faire payer une certaine fomme portée par le billet. Voyez la page 96.

BOURSE, Voyez Place, page 15.

A iij

C

CAISSE, Coffre fort dans lequel les Banquiers mettent leur argent comptant.

On dit

Une Caiſſe.
Avoir une Caiſſe.
Tenir la Caiſſe.
Il n'y a point de fond en Caiſſe.
Il y a de l'argent en Caiſſe.

CAISSE, on nomme auſſi Caiſſe le lieu où eſt le Coffre fort, & où l'on fait ordinairement les payemens.

On dit

Je vais à la Caiſſe.
La Caiſſe eſt fermée.
Le Caiſſier eſt à la Caiſſe.
Où eſt la Caiſſe.

CAISSIER, Commis qui tient la Caiſſe chez un Banquier ou Commerçant.

Celuy qui a le maniement des deniers de la Caiſſe & qui fait tous les payemens qui concernent les affaires de ſon Banquier.

On dit

Un Caiſſier.
C'eſt un Caiſſier.
Le Caiſſier de M...
Ce Caiſſier entend ſon métier.

CAMBIO, mot Italien, qui ſignifie Change.
C'eſt pour cette raiſon que l'on appelle les Banquiers qui s'attachent au Change, Cambiſtes.

CAMBISTE, Banquier qui fait le Cange de

place en place, & qui fait circuler ſes fonds par le moyen des traittes & remiſes.

Les Cambiſtes qui font le Cambio, ou le Change de place en place, ont des Commiſſionnaires dans les pays étrangers qui reçoivent leurs ordres, & qui tirent & remetent des Lettres de Change ſur diverſes places pour leur compte.

CANTON, Voyez Place, page 15.

CENSAL, eſt un nom que l'on donne aux Agens de Change & aux Courtiers en Provence.

On dit

Un Cenſal.
Lettres de Cenſal.
Donner ordre à un Cenſal.
Faire travailler un Cenſal.

CHANGE, droit de tant pour cent que les Banquiers prennent, lorſqu'ils fourniſſent des Lettres de Change ſur leurs Correſpondans.

On dit

Le Change.
Il m'a comté 3. pour cent de Change.
Il a pris 2. pour cent de Change.
Il n'a rien pris pour le Change.
Voyez la page 189.

CHANGE, de place en place, négociation d'argent qui ſe fait par le prix courant des Monnoyes d'une place qui change avec une autre.

On dit

Il fait le Change.
Il entend le Change.
Le Change eſt bien haut.
Le Change baiſſe.
Le Change eſt au pair.

A iiij

Le Change de Paris à Londres est à 54. deniers ster-
lins pour un écu de 60. s.

CHANGE, on employe encore ce mot pour
exprimer la perte que l'on fait sur une Lettre ou
sur un billet en l'escomtant sur la place.

On dit

J'ay donné tant pour le Change.
J'ay diminué tant pour le Change.
Le Change de ce Billet est de
J'ay escompté à 3. pour cent de change.

CHANGE, Voyez Place, page 15.

COURTAGE, salaire ou droit dû aux Agens
de Change sur chaque négociation qu'ils arrêtent
pour le compte des Banquiers qui les employent.
Le droit de Courtage des Agens de Change
est fixé par l'Edit de 1705. à un huitiéme pour
cent. Voyez la page 259. art. 6.

COMMETANT, celuy qui commet, qui ordonne & qui envoye des ordres & des commis-
fions à un Banquier ou à un Commissionnaire d'une
autre Ville.

On dit

Un Commetant.
C'est notre Commetant.
Je remettray à votre Commetant.
J'ay donné ordre à notre Commetant.

COMMISSIONNAIRE, Commis ou Facteur
d'un Banquier, celuy qui reçoit les commissions
de son Commetant, & qui les execute en conformité des ordres qui luy sont donnez. Voyez
la page 232.

COMMISSION, Voyez Ordre.

CORRESPONDANT, Banquier qui eſt en
correſpondance & liaiſon d'affaires avec un Banquier d'une autre Ville.

On dit

Un Correſpondant.
C'eſt mon Correſpondant.
J'écriray à mon Correſpondant.
J'en donneray avis à notre Correſpondant.

D

DEMEURER DU CROIRE, c'eſt ſe
rendre garand & reſponſable de la validité
des remiſes que l'on fait à ſes Correſpondans.

On dit

Demeurer du Croire.
Il demeure du Croire.
*On luy donne double proviſion, parce qu'il demeure
du Croire.*

Un Commiſſionnaire qui demeure du Croire
envers ſes Commetans, a ordinairement double
proviſion de toutes les remiſes qu'il fait pour leur
compte.

DILIGENCES, ce mot appliqué à la Banque
ſignifie les pourſuites & les diligences que les porteurs des Lettres de Change ſont obligez de faire,
faute d'acceptation & de payement à l'echéance.

On dit

Faire ſes diligences.
Faites vos diligences.

Mes diligences sont faites.

Les porteurs qui négligent de faire leurs diligences, s'exposent aux risques des Accepteurs, & donnent atteinte à leurs droits de recours en garantie.

DONNEUR de valeur, celuy qui prend une Lettre d'un Banquier qui fournit les fonds, qui en donne la valeur, & qui la compte au Banquier qui la luy fournit.

On dit

Le Donneur de valeur.
C'est M... qui est le Donneur de valeur.
Le Donneur de valeur a remis la Lettre.

E

ECHEANCE, le jour qu'une Lettre de Change échoit, & qu'on doit l'acquiter.

Le tems que l'on doit recevoir une somme, ou faire quelque payement.

On dit

L'Echéance d'une Lettre.
L'Echéance d'un payement.
Je vous payeray à l'Echéance.
Ce Billet sera payé à son Echéance.
On présente une Lettre de Change à son Echéance,
  pour en recevoir la valeur.
On dit aussi *Mois d'Echéance.*

ENDOSSEMENT, écriture que le propriétaire d'une Lettre de Change ou d'un Billet met au dos, lorsqu'il veut les remettre ou les negocier.

On dit

Un Endossement.

Mettez vôtre Endoſſement.
Il y a deux Endoſſemens.
Cet Endoſſement n'eſt pas dans les formes.
Voyez la page 167.

ENDOSSER des Lettres de Change, c'eſt paſſer ſon ordre au dos d'une Lettre ou d'un Billet en le remettant, ou en le negociant.

On dit

Endoſſer des Lettres.
Endoſſer des Billets.
Faites endoſſer votre Billet.

ENDOSSEUR, celuy qui met ſon Endoſſement à une Lettre, qui paſſe ſon ordre en faveur d'un autre auquel il cede ſes droits.

On dit

Un Endoſſeur
Les Endoſſeurs ſont bons.
Je connois les Endoſſeurs.
Il y a quatre Endoſſeurs.

ESCOMPTE, eſt un profit qu'un Banquier rabat ſur une ſomme qu'il paye avant l'échéance du terme.

On dit

Un Eſcompte.
J'ay payé l'Eſcompte.
Il m'a remis mon Billet moyennant un Eſcompte.

ESCOMPTER, c'eſt payer comptant & avant l'echéance une ſomme moyennant un profit de tant pour cent qui ſe regle ordinairement ſur l'intereſt que la ſomme auroit produit pendant le temps que l'on anticipe.
Il faut Eſcompter ce Billet.
Je viens d'Eſcompter une Lettre de Change.

G

GROUP, paquet de louis d'or ou d'écus que l'on envoye par le Courier ou par le Meſſager à l'adreſſe de quelqu'un.

On dit

Un Group.

Je vous envoye un Group de 500. Louïs d'or.

J'ay reçû votre Group de 400. écus.

C'eſt un petit Group de 300. loüis.

H

HONNEUR, faire honneur à une Lettre de Change, c'eſt l'accepter & la payer à ſon écheance, ſans que le porteur ſoit obligé de la faire proteſter.

On dit

Faire honneur à une Lettre.

J'ay tiré ſur vous 3000. livres, je vous prie de faire honneur à ma Lettre.

Ce Banquier eſt exact à payer, il fait honneur à ſes Billets.

Je feray honneur à vos Lettres, à l'écheance.

J

JOURS de grace ou de faveur, certain nombre de jours que les porteurs des Lettres de Change accordent ordinairement aux Acquiteurs, apres l'échéance des Lettres ſans courir aucun riſque.

On dit

Jours de grace.

Jours de faveur.

Les 10. jours de grace sont finis.
Vous avez encore deux jours de grace.
Voyez la page 199.

JOUR préfix. Voyez la page 38.

JOUR nommé. Voyez la page 40.

L

LETTRE de Change, Ecrit en forme de Lettre Missive, par lequel un Banquier ordonne à son Correspondant de payer une somme dont il reconnoit avoir reçû la valeur.

On dit

Une Lettre de Change.
Tirer ou fournir des Lettres de Change.
Remettre des Lettres de Change.
Accepter des Lettres de Change.
Endosser des Lettres de Change.
Negocier des Lettres de Change.
Acquiter des Lettres de Change.
Voyez la page 23.

LETTRE d'avis, celle que les Banquiers écrivent à leurs Correspondans pour leur donner avis des Lettres de Change qu'ils tirent sur eux

On dit

Lettre d'Avis.
Voilà sa Lettre d'Avis.
Je n'ay point eû d'avis.
Il faut donner avis.
Voyez la page 136.

LOGE, Voyez Place, page 15.

N

NEGOCIATION, ce mot appliqué à la Banque, s'employe lorsque l'on conclud ou que l'on arrête une affaire de Banque avec quelqu'un.

C'est négocier entre particuliers des Lettres de Change ou des Billets.

On dit

Une négociation.
J'ay fait une telle négociation.
J'ay gagné à cette négociation.
J'ay deux négociations à faire
Cette Négociation est au pair.
Les Négociations se font à présent en argent.
Voyez la page 153.

NEGOCIER des Lettres de Change, c'est prendre ou remettre des Lettres de Change au cours de la place.

On dit

Negocier des Lettres de Change.
Negocier des Billets.
Negocier en argent.
Negocier en papier.

On dit pareillement

Negocier au pair.
Negocier avec benefice.
Negocier avec perte.
Voyez la page

O

ORDRE & Commission en Banque, on entend par ces mots les ordres que les Banquiers donnent & envoyent à leurs Correspondans ou Commiſſionnaires établis dans les pays où ils negocient, & par leſquels ils leur ordonnent de remettre dans quelque place une ſomme à certain prix, pour tirer enſuite ſur quelque autre place à leur plus grand avantage.

On dit

Donner des ordres.

Donner des Commiſſions.

J'ay donné ordre pour telle choſe.

J'ay donné ordre à mon Correſpondant de Lyon de tirer 1000. *écus pour mon compte ſur Amſterdam à* 47. *deniers pour écu.*

ORDRE ſe dit encore d'un Endoſſement que l'on met à une Lettre de Change, lorſqu'on veut la negocier ou la remettre à un autre,

On dit

Un ordre.

Mettez-y votre ordre.

Paſſez la Lettre à mon ordre.

Je la paſſeray à votre ordre.

P

PAYEMENS de Lyon. Voyez la page 81.

PLACE ou Change, lieu où s'aſſemblent à certaines heures du jour les Banquiers, les Agens de Change, & autres perſonnes qui travaillent en Banque.

Dans les principales Villes de Commerce il y a toûjours un lieu deſtiné pour l'aſſemblée des Banquiers.

Le mot de *Place* n'eſt pas en uſage dans toutes les Villes; on donne quelquefois à ce lieu un nom particulier , mais il est toujours sinonime à celuy de place.

On dit

A Paris . . . . la Place.
A Lyon . . . . le Change.
A Marseille . . . . la Loge.
A la Rochelle . . . . le Canton.
A Rouen . . . . la Bourse , &c.

PORTEUR, celuy qui est chargé d'une Lettre payable à son ordre.

Un particulier qui a une Lettre de Change ou un Billet & qui en sollicite le payement à l'échéance.

On dit

Le Porteur.
Je suis Porteur de votre Lettre.
Je payeray au Porteur.
Le Porteur a fait protester.

PROTEST, Acte de sommation que le Porteur d'une Lettre de Change fait faire à l'Acquiteur , lorsqu'il refuse de l'accepter ou de la payer à son échéance.

On dit

Un Protest.
Faites faire un Protest.
Acceptation sous Protest.
J'ay envoyé le Protest.
Voyez page 195.

PROVISION, droit ou benefice que les Banquiers donnent à leurs Commissionnaires pour la
Commission

Commiſſion des traittes & remiſes qu'ils font pour leur compte. Voyez pages 235. 236.

PROVISION, ſignifie auſſi le fond que les Banquiers envoyent à leurs Correſpondans ou Commiſſionnaires pour le payement des Lettres de Change.

On dit

Je n'ai point de Proviſion.
Je vous remettrai Proviſion.
J'acquiterai vos Lettres, lorſque vous m'aurez remis Proviſion.

R

RE CHANGE, ſecond droit de Change que le porteur d'une Lettre de Change proteſtée faute de payement, eſt obligé de payer, lorſqu'il prend une Lettre de pareille ſomme ſur la Place, où devoit être acquitée celle dont il eſt porteur.

Voyez la page 190.

REMETTEUR, celui qui remet ou envoye des Lettres de Change à ſon Correſpondant, pour en diſpoſer ſuivant ſes ordres.

On dit

Remetteur.
C'eſt M.... qui eſt le Remetteur.
Je donnerai avis à mon Remetteur.

REMETTRE des Lettre de Change, c'eſt donner ou envoyer des Lettres de Change à quelqu'un, ſoit à compte des affaires qu'on fait avec

B

eux, ou pour en folliciter le payement à l'écheance.

On dit

Remettre des Lettres de Change.
Je viens de remettre votre Lettre.
J'ai ordre de vous remettre pour le compte de M. tel
de Londres 6000. écus à 40. deniers fterlins pour écu.

REMISE, fe dit en parlant de l'argent qu'un Banquier fait tenir à fon Correfpondant dans une autre Place.

On dit

Remife en argent.
J'ai une Remife de 1800. livres à vous envoyer par le
Coche.

REMISE, fe dit auffi d'une Lettre de Change que l'on remet à un autre. Voyez Traittes & Remife ci-après.

RETRAITTE, c'eft une Lettre de Change tirée fur un Banquier, & par lui retirée fur un autre, c'eft-à-dire une feconde Lettre tirée par un Banquier qui n'a pas acquité la premiere qu'on avoit tirée fur lui.
Les Retraittes font à charge aux Banquiers.

T

TIREUR, celui qui tire des Lettres fur fon Correfpondant.
Les Tireurs des Lettres de Change font obligez à la garantie jufqu'au payement de la Lettre.

TRAITTES & REMISES : par le mot de Traittes on entend les Lettres de Change que les Banquiers tirent fur leurs Correfpondans.

On dit

Une Traitte.
Ma Traitte fur tel.
J'ai acquitté votre Traitte.
Je vous prie de faire honneur à ma Traitte.

Sous le mot de Remife, on comprend les Lettres de Change que les Banquiers remettent ou en-voyent à leurs Correfpondans.

On dit

Une Remife.
Faire une Remife.
Je vous envoye deux Remifes.
J'ai été payé de votre remife fur ...

TIRER , ou fournir des Lettres de Change , c'eft lorfqu'un Banquier tire ou fournit des Lettres à un particulier qui lui en compte la valeur.

On dit

Tirer une Lettre.
Fournir des Lettres de Change.
J'ai ordre de tirer 1000. *écus fur M. de Bayonne.*

V

VALEUR , ce terme eft employé dans toutes les Lettres de Change & Billets , & fignifie en ce fens l'effet qui a été donné pour valeur de la Lettre.

L'Ordonnance de 1673. qui fert de Reglement pour les Lettres de Change veut & ordonne qu'il foit toujours marqué & fpecifié une valeur dans les Lettres de Change.

Cette valeur s'y exprime differemment fuivant

B ij

les circonſtances qui donnent lieu à la Lettre.

Valeur en compte.
Valeur en moy-même.
Valeur entenduë.
Valeur en une Lettre de M ...
Valeur en ſon Billet.
Valeur pour demeurer quitte.
Valeur pour ſolde.

VIREMENT de Parties, compenſation de compte que font les Banquiers de Lyon lors des payemens. Voyez la page 92.

USANCE, c'eſt un temps reglé & fixé à un certain nombre de jours ou de mois qui détermine l'écheance des Lettres payables à ce terme.

On dit

Vne Vſance.
Quatre Vſances.
Vne Lettre payable à trois Vſances.

On dit auſſi

Demi Vſance, qui eſt comptée pour quinze jours.

Ainſi une Lettre à deux Uſance & demi eſt payable deux mois & demi après la datte.
Voyez la page 44.
L'uſace des Lettres de change tirées d'Eſpagne & de Portugal ſont differentes. Voyez la remarque page 44.

LE BANQUIER

LE BANQUIER
FRANÇOIS.
SECONDE PARTIE.

CHAPITRE PREMIER.

Des Lettres de Change.

SOMMAIRE.

1. *L'Étimologie des Lettres de Change.*
2. *L'Origine des Lettres de Change.*
3. *L'Utilité des Lettres de Change.*
4. *Définition de la Lettre de Change.*
5. *Des choses essentielles que les Lettres de Change doivent contenir.*
6. *La forme des Lettres de Change.*

1. Etimologie des Lettres de Change.

SI j'avois eû dessein de faire un Ouvrage sçavant dans la spéculation plutôt qu'utile dans la pratique, je me serois donné la peine de rechercher dans l'antiquité des faits & des usages propres à faire un beau & long Chapitre; mais outre que cela n'auroit été d'aucune utilité, c'est que je me serois écarté de l'unique but que

C

je me propofe, qui eft d'inftruire ceux qui défirent s'appliquer à la connoiffance des Lettres de Change.

Dans cette penfée, je dirai en peu de mots que les Lettres de Change font ainfi nommées, parce que non feulement elles font changées pour de l'argent, mais auffi qu'elles font établies pour faire circuler l'argent de place en place d'une maniere bien plus facile, plus commode & bien moins dangereufe que par les voitures & le tranfport des efpeces.

2. *Origine des Lettres de Change.*

Les Juifs furent les premiers qui mirent les Lettres de Change en ufage fous les Regnes de Dagobert, de Philipe - Augufte & de Philipe le Long, ayant été chaffez de France, & s'étant retirez en Lombardie, ils fe fervirent des Lettres & Billets fecrets pour retirer les biens qu'ils avoient laiffez entre les mains de leurs amis.

Enfuite les Gibelins ayant eû le deffous en Italie, & la faction des Guelpes l'ayant emporté, les premiers furent contraints d'abandonner le pays, ils fe retirerent à Amfterdam, où non-feulement ils eurent recours à la même induftrie qu'avoient eû les Juifs, mais encore ils la perfectionnerent & en firent un commerce qui s'eft depuis étendu dans toute l'Europe.

3. *Utilité des Lettres de Change.*

Si on compte de la premiere époque que les Juifs furent chaffez de France fous le regne de Dagobert, il peut y avoir environ mil ans que les Lettres de Change font en ufage. La commodité qu'elles procurent dans la Banque, & la facilité qu'elles donnent pour faire compter de l'argent dans une place où l'on en a befoin, ont rendu leur commerce fort étendu, non feulement en France, mais encore dans tous les pays étrangers. Il n'y a point de Nation qui ne s'en ferve; tous les peuples les ont adoptées, & les Rois & les Princes ayant connu l'utilité & l'avantage qui en revient à leurs Etats, les ont toûjours protegées & leur ont accordé plufieurs beaux privileges par differens Edits rapportez à la fin de cet Ouvrage.

4. Définition de la Lettre de Change.

La Lettre de Change eft un ordre précis qu'un Banquier fournit lorfqu'il reçoit de l'argent comptant dans une place pour le faire remettre dans une autre par l'entremife de fon Correfpondant.

Quoique cette définition foit très-claire d'elle-même & la plus jufte que l'on ait donné jufqu'à préfent, cependant je vais encore en expliquer toutes les parties pour faire mieux comprendre aux Commençans tout ce qui concerne l'effence de la Lettre de Change.

1°. Elle eft dite un ordre.

Parce que ce n'eft point une priere que l'on y fait, ni une grace que l'on y demande, mais une chofe que l'on veut abfolument qui fe faffe & dont le Tireur répond.

2°. Il eft dit précis.

Parce que la Lettre de Change ne doit contenir que la feule affaire dont il eft queftion fans

C ij

y en mêler d'autres. Les longs difcours & les phrafes y figureroient très-mal, les complimens même les plus fimples n'y font d'aucun ufage, fi vous en exceptez le mot de Monfieur au commencement, & la formule honnête de Vôtre très-humble & très obéïffant Serviteur à la fin.

3°. Il eft dit qu'un Banquier fournit.

Parce que c'eft ordinairement les Banquiers qui fourniffent les Lettres de Change fur telle place que l'on veut, & qu'on s'addreffe à eux lorfqu'on a de l'argent à faire tenir dans une autre place.

4°. Il eft dit lorfqu'il reçoit de l'argent comptant dans une place pour le faire remettre dans une autre.

Parce qu'à mefure qu'un Banquier reçoit de l'argent comptant dans une place, il s'engage en même temps par la Lettre qu'il fournit d'en faire compter la même valeur dans la Ville que l'on fouhaitte.

5°. Il eft dit par l'entremife de fon Correfpondant.

Parce que les Banquiers ont ordinairement dans chaque Ville où ils négocient des Correfpondans pour acquiter leurs Lettres de Change, & c'eft pour cette raifon que les Tireurs mettent au bas de leurs Lettres l'adreffe du Correfpondant ou Commiffionnaire qui doit les acquitter

5. Des chofes effentielles que les Lettres de Change doivent contenir.

Les Lettres de Change doivent contenir neuf chofes effentielles pour être dans toute leur regularité.

+ recherchées

SÇAVOIR,

1. La datte.
2. Le tems du payement.
3. A qui elle doit être payée.
4. La fomme.
5. Le nom du Donneur de valeur.
6. En quels effets la valeur a eflé donnée.
7. L'ordre de la pafler à compte fuivant l'avis.
8. L'adreffe de l'Acquiteur.
9. La fignature du Tireur.

Explication des neuf chofes qui concernent les Lettres de Change.

1°. de la datte.

On commence toûjours les Lettres de Change par la date qui doit comprendre le nom de la place où la Lettre eft faite , le jour du mois , l'année & la fomme qu'elle doit contenir , ces 3. chofes s'écrivent en tête fur une même ligne de certe façon.

A Paris le 12. *Aouft* 1723. *pour* 2000. *livres.*
A Lyon le 15. *May* 1724. *pour* 4500. *l.* 10. *f.*

2°. Le tems du payement.

On fait enfuite le corps de la Lettre en commençant toûjours par le tems du payement qui s'exprime differemment felon les affaires , & dont voici les expreffions les plus ordinaires.

A Vûë il vous plaira payer.
A 8. *jours de vûë vous payerez*
A Ufance je vous prie de payer.
A deux Ufances payez

C iij

3°. *A qui elle doit être payée.*

Après avoir marqué le tems du payement, on met le nom & l'ordre de celui à qui la Lettre doit être payée.

A Monsieur tel ou à son ordre.
A Messieurs   ou ordre.
A l'ordre de Monsieur

4°. *La somme.*

On repete ensuite la somme que l'on a déja mise au haut de la Lettre avec cette difference qu'au lieu de la mettre en chiffre, on l'écrit en toutes Lettres de cette maniere.

La somme de deux mil livres.
La somme de quatre mil cinq cent soixante &
douze livres quinze sols.

5°. *Le nom du donneur de valeur.*

Ensuite vient le nom de celuy qui en a donné la valeur ; si c'est le porteur même, on ne repete point son nom, on met seulement :

Valeur reçûë dudit Sieur.

Si c'est un autre que le porteur, on met son nom, comme

Valeur reçûë de Monsieur . . .

6°. *En quels effets cette valeur a été donnée.*

La maniere dont la valeur a esté donnée se doit marquer expressément dans l'espece qu'elle a esté fournie.

Comptant.
En Lettre de M. tel sur tel.
En son billet qu'il m'a fourni.

7°. *L'ordre de la passer à compte.*

L'ordre que le Tireur donne de la passer à compte soit au sien ou à celuy d'un autre se met en l'une de ces manieres.

Que passerez à compte suivant l'avis.
Que passerez à mon compte comme par avis.
Que mettrez au compte de M ... suivant l'avis
    qu'il vous en donnera.

9°. *L'adresse de l'Aquiteur.*

Le nom, la qualité & la Ville où réside le Correspondant qui doit acquiter la Lettre, se mettent à gauche en forme d'adresse sous le corps de la Lettre de cette façon:

A Monsieur	*A Monsieur*
Monsieur de Varenne ,	*Monsieur Pontleroy,*
Banquier ,	*Banquier ,*
A Lyon.	*A Marseille.*

9°. *La signature du Tireur.*

Enfin le Tireur signe au côté droit vis à-vis l'adresse avec le compliment ordinaire de Votre très humble & très-obéissant Serviteur.

Voila l'explication des choses essentielles que les Lettres de Change doivent renfermer, venons présentement à la forme.

6. *La forme de la Lettre de Change.*

L'ordre & l'arrangement que l'on doit obferver dans la forme d'une Lettre de Change, confifte dans l'affemblage des conditions que nous venons d'expliquer.

USAGE.

Celuy qui demande une Lettre de Change fournit ordinairement au Tireur une Notte qui marque de quelle maniere il fouhaitte la Lettre.

NOTTE.

2000. livres fur Lyon à Ufance, à l'ordre de Monfieur Berard valeur reçeuë comptant dudit

Sur cette Notte, le Titeur choifit dans les expreffions cy-devant celles qui conviennent à la demande du Porteur, & dreffe fa Lettre comme çy à côté.

MODELLE.

(1) A Paris le 12. Aouſt 1722. pour 2000. livres.

(2) A Uſance, je vous prie de payer (3) à Monſieur Berard ou ordre
(4) la ſomme de deux mille livres, (5) valeur reçuë dudit Sieur,
(6) comptant, (7) & que paſſerez à compte ſuivant l'avis de

(9) Vôtre très-humble
& très-obéïſſant Serviteur,
SAMUEL BERNARD.

(8) A Monſieur
Monſieur de Varenne,
Banquier.
A Lyon.

CHAPITRE II.

.Des differentes Lettres de Change.

QUOIQUE toutes les Lettres de Change
ayent la même forme, le même ordre, &
qu'elles se ressemblent dans l'essentiel, il ne laisse
pas d'y avoir quelquefois de la difference entre
elles, & cette diversité vient de plusieurs causes,
comme du tems du payement, de la somme, de
la valeur reçuë, & autres circonstances qui seront expliquées dans ce Chapitre.

SOMMAIRE.

1. Des Lettres de Change par rapport au mot de Monsieur ou de Madame.

2. Des Lettres payables à vûë.

3. Des Lettres à quelques jours de vûë.

4. Des Lettres à jour préfix.

5. Des Lettres à jour nommé.

6. Des Lettres payables dans le courant d'un mois.

7. Des Lettres à Usance.

8. Des Lettres à ordre & sans ordre.

9. Des Lettres par rapport à la somme.

10. Des Lettres valeur reçuë comptant.

11. Des Lettres valeur reçuë en papiers.

12. Des Lettres valeur en compte.

13. *Des Lettres valeur en moi-même.*

14. *Des Lettres valeur pour demeurer quitte ou pour solde de compte.*

15. *Des Lettres valeur entenduë.*

16. *Des Lettres tirées pour le compte d'un autre.*

17. *Des Lettres par rapport à l'avis.*

18. *Des Lettres tirées ʃur ʃoi-même.*

19. *Des Lettres payables à domicile.*

20. *Des Lettres payables en foires.*

21. *Des Lettres tirées dans le temps des diminutions d'eʃpeces.*

22. *des Lettres premieres & ʃecondes.*

23. *Des differentes manieres de ʃigner les Lettres de Change.*

24. *Des payemens de Lyon.*

25. *Des Lettres en payement des Rois.*

26. *Des Lettres en payement de Pâques.*

27. *Des Lettres en payement d'Aouʃt.*

28. *Des Lettres en payement des Saints.*

I. Des Lettres de Change par rapport au mot de Monsieur.

Instruction.

Quoique les complimens ne soient d'aucun usage dans les Lettres de Change, l'honnêteté & la politesse veulent qu'on les commence toûjours par le mot de *Monsieur*, & qu'on les finisse par la formule honnête de *vôtre tres-humble & très-obéissant serviteur* comme le modele ci-contre ; mais cet usage n'est pas universel, la plûpart des Banquiers ceux-mêmes dont les biens & les manieres les distinguent du commun n'y mettent pas ces termes de civilité, & à dire la verité, ce n'est pas trop l'endroit où l'on doive se piquer d'être poli. Cependant lorsqu'on tire sur des personnes au dessus de nous, on doit avoir autant d'honnêteté & de politesse que ces personnes le requierent.

Voyez le modelle cy à côté.

33

I. MODELLE DE LETTRE DE CHANGE.

A Paris le 1. Mars 1723. pour 1500. livres.

Monſieur

Au premier Novembre prochain, je vous prie de payer à
Monſieur .... de quinze cent livres
valeur reçuë dudit, & que paſſerez à compte ſuivant l'avis de

Vôtre trés-humble & trés-
obéïſſant Serviteur,
LEJEUNE.

A Monſieur
Monſieur Dumont,
& Compagnie, Banquiers,
A Bordeaux.

2. Des Lettres payables à vûë.

Instruction.

Les Lettres payables à vûë doivent être acquittées fur le champ & dans le moment que le
porteur les préfente.

Comme ces Lettres font ordinairement fournies pour affaires preffantes, le Tireur a foin d'y
mettre le mot *à vûë* pour faire entendre qu'elles
doivent être acquittées à la premiere vûë, c'eft-
à-dire d'abord qu'on les préfente.

OBSERVATION.

Lorfqu'on tire des Lettres *à vûë*, il faut obferver que le Commiffionnaire ait provifion en
main afin qu'il foit toûjours en état de faire honneur à la Lettre & de l'acquiter fans aucune remife.

USAGE.

On fuppofe que la Lettre cy à côté foit pré-
fentée à l'Acquitteur le 30. Aouft, elle doit être
acquittée fur le champ ou dans les vingt-quatre
heures, finon proteftée.

MODELLE D'UNE[35] LETTRE A VEUE.

A Lille, le 20. Aoust 1723. pour 500. livres.

A vûë je vous prie de payer à Monsieur le Roy ou à son ordre la somme de cinq cent livres valeur reçuë comptant dudit & que passerez à compte suivant l'avis de

Vôtre trés-humble &
trés-obéïssant Serviteur
DU TOIET.

A Monsieur
Monsieur Berthe,
Banquier.
A Valenciennes.

3. Des Lettres payables à quelques jours de vûë.

Instruction.

Les Lettres payables *à quelques jours de vûë* font celles qui ont un nombre de jours à courir avant que d'être à leurs échéances.

Le payement de ces Lettres eft incertain, & les porteurs font obligez de les faire accepter pour en déterminer l'échéance.

Cela étant pofé pour principe, toutes les Lettres *à quelques jours de vûë* doivent être acceptées, pourquoi? parce que les jours de vûë ne commencent à courir que du jour même de cette acceptation qui eft à compter pour le premier, & les Lettres ne font payables qu'après que *ces mêmes jours de vûë* font écoulez.

A douze jours de vûë, je vous prie de payer, c'eft-à-dire 12. jours après que la Lettre aura été vûë & prefentée à l'acquitteur.

USAGE.

La Lettre ci-contre étant payable à 8. jours de vûë & ayant été acceptée le 10. Juin, elle échoit le 17. du même mois & les 10. jours de grace ne commencent que le lendemain qui eft le 18. & finiffent le 27. dudit mois que la Lettre doit être acquittée finon proteftée.

MODELLE

MODELLE D'UNE LETTRE A QUELQUES

Jours de vûë.

37

A Lyon le 15. May 1722. pour 400. livres.

A huit jours de vûë je vous prie de payer à Monsieur
ou à son ordre la somme de quatre cent livres valeur reçûë dudit en
son Billet, & que passerez à compte suivant l'avis de

OLIVIER.

D

Accepté le 28. May 1722.
VIALARD & Compagnie.

A Messieurs.
Messieurs Guiraud &
Vialard, Banquiers.
A Toulouze.

4. Des Lettres payables à jour préfix.

Instruction.

Le mot de préfix appliqué à la Banque se dit du jour précis & marqué que l'on doit acquitter une Lettre de Change.

Au 10. Avril préfix je vous prie de payer.

Une Lettre dont le payement est stipulé de cette maniere doit être précisément acquittée le 10. Avril qui est le jour préfix marqué & déterminé par la Lettre.

OBSERVATION.

Ces sortes de Lettres n'ont jamais les 10. jours de grace, & doivent être acquittées le même jour qu'elles portent.

USAGE.

La Lettre ci-contre étant payable au 15. May préfix, elle sera payée le même jour sans remise, faute de quoi le porteur est en droit de la faire protester.

MODELLE D'UNE LETTRE A JOUR PREFIX.

A Bordeaux le 20. Mars 1722. pour 2500. livres.

Au 15. May préfix, je vous prie de payer à Monsieur Jean Pinel ou à son ordre, la somme de deux mil cinq cent livres valeur reçüe dudit, & que passerez à compte suivant l'avis de

BELADA.

Dij

A Monsieur
Monsieur le Moine,
Banquier.
A Roüen.

5. Des Lettres payables à jour nommé.

Instruction.

Les Lettres payables *à jour nommé* font celles où l'on marque précifément & nommément le jour que l'on veut qu'elles foient payées. Ainfi le jour nommé eft un jour fixe & certain que les Tireurs marquent dans les Lettres de Change pour en dé-terminer l'échéance.

Au 20. May, vous payerez.

Au 27. Aouft, payez.

Des Lettres ftipulées de cette maniere échoi-roient le 20. May & le 27. Aouft qui eft le jour nommé, & les 10. jours de grace ne commen-ceroient que le lendemain qui eft le 21. & le 28. & finiroient le 30. May & le 6. Septembre.

USAGE.

La Lettre ci-contre eft payable au 18. Avril qui eft le jour nommé, & les 10. jours de grace qu'il convient y ajoûter font 28.

Cette Lettre doit être acquittée ledit jour 28. Avril, fi non le Porteur peut la faire protefter, & la renvoyer.

MODELLE D'UNE LETTRE A JOUR NOMMÉ.

A Marſeille le 3. Avril 1722. pour 2000. livres.

Au 18. Avril prochain, vous payerez à l'ordre de Monſieur Jo-
ſeph Fabre , la ſomme de deux mil livres , valeur reçüe dudit en
marchandiſes & que paſſerez à compte ſuivant l'avis

A Meſſieurs
Meſſieurs Bertrand, freres ,
A Toulouſe.

Les Freres SOLICOFFRE.

D iij

6. Des Lettres payables dans tout le courant d'un mois.

Inftruction.

On fait des Lettres de Change payables *dans tout le courant d'un mois*, comme le Modelle cy-contre.

Lorfque le terme du payement d'une Lettre eft ftipulé dans le courant d'un mois, il faut entendre que l'échéance ne tombe qu'à la fin du mois qu'elle porte.

Après que ce mois eft fini, elles ont encore les 10. jours de grace comme les autres Lettres, & le porteur ne peut en exiger le payement, que ces 10. jours nè foient écoulez.

USAGE.

La Lettre ci-contre payable dans tout le mois de Juillet échoit le dernier dudit mois qui eft le 31. & les 10. jours de grace y étant ajoutez, le payement tombe le 10. du mois d'Aouft fuivant.

Si cette Lettre n'eft pas acquittée le 10. celui au nom de qui le dernier ordre eft paffé eft en droit de la faire protefter.

MODELLE D'UNE LETTRE DANS TOUT LE courant d'un Mois.

A Paris le 25. May 1722. pour 1800. livres.

Monsieur

Dans tout le courant du mois de Juillet prochain, il vous plaira de payer à Monsieur Flaugergues ou à son ordre la somme de cinq mil huit cent livres, valeur reçûe dudit, & que passerez à compte suivant l'avis de

A Messieurs
Messieurs Scherard,
Freres, Banquiers,
A Lyon.

Vôtre trés-humble & trés-obéïssant Serviteur,
DES MADIERES.

D iiij

7. Des Lettres payables à Usance.

Instruction.

Le mot d'Usance est un terme de Banque qui signifie un certain nombre de jours ou de mois determinez & reglez par l'usage des lieux où les Lettres doivent être acquittées, ce terme est plus ou moins long suivant l'usage de chaque place.

En France les Usances des Lettres de Change sont reglées à 30. jours par l'Edit du Commerce de 1673. titre & article 5.

Ainsi l'Usance de toutes les Lettres de Change tirées à d'une place de France sur une autre place de France, ou des pays étrangers sur la France, commence du jour de la datte, & finit le trentiéme jour après.

USAGE.

La Lettre ci-à-côté dattée du premier Decembre à Usance, échoit le 30. du même mois, & les 10. jours de faveur commencent le lendemain 31. & finissent le 9. Janvier suivant. Si cette Lettre n'est pas acquittée le 9. il est d'usage de la faire protester & de la renvoïer.

REMARQUE.

Il faut excepter de cette regle generale les Lettres tirées d'Espagne & de Portugal sur la France, dont les Usances sont comptées de 60. jours, les dèmi Usances de 30. jour.

MODELLE D'UNE LETTRE A USANCE.

A Roüen le premier Decembre 1723. pour 6000. livres.

A Usance, vous payerez à Monsieur Louis Tomassin ou ordre, la somme de six mil livres valeur reçüe dudit, & que passerez à compte suivant l'avis de

LE MOYNE
& Fils.

A Monsieur
Monsieur Balure,
Negociant.
Au Havre.

8. Des Lettres de Change par rapport à l'ordre.

Inſtruction.

On fait des Lettres de Change payables pure-ment & ſimplement à telles perſonnes ſans y joindre le mot *ordre*, comme le modelle ci à côté.

On en fait d'autres payables à Monſieur tel ou à ſon ordre, comme les modelles cy devant & cy après.

Celles qui ſont payables ſimplement à un par-ticulier ſans ordre, ne doivent être payées qu'à la perſonne au nom de qui elles ſont remplies, & ne peuvent point ſe négocier.

Celles qui ſont à ordre ſe négocient au contraire fort aiſément ſur la place, parce qu'alors les por-teurs ont la faculté au moyen des ordres de les ce-der & de les remettre à d'autres, comme il ſera dit ci-après au Chapitre des négociations.

USAGE.

Monſieur de la Porte au nom de qui eſt la Lettre ci-à côté, en doit recevoir la valeur lui-même, & ne peut en diſpoſer en faveur d'un autre.

La précaution qu'il doit prendre en arrivant à Lyon, eſt de la faire préſenter à l'acceptation pour en fixer l'échéance.

Suppoſons que cette Lettre ſoit preſentée le 15. Juin, elle n'échera que le 26. du même mois à cauſe des 2. jours de vuë qu'elle porte, & des 10. jours de grace qu'il faut laiſſer paſſer avant que d'en recevoir la valeur.

MODELLE D'UNE LETTRE SANS ORDRE.

47

A Paris le 4. Juin 1722. pour 50000. livres.

A deux jours de vüe je vous prie de payer à Monsieur de la Porte, Fermier General, la somme de cinquante mil livres, va-leur reçuë comptant dudit en cette ville, & que passerez à compte suivant l'avis de

PARIS DE MONMARTEL.

A Monsieur,
Monsieur Gonzebac,
Banquier.
A Lyon.

9. Des Lettres de Change par rapport à la somme.

Instruction.

La somme portée par les Lettres de Change, se met toûjours dans deux differens endroits de la Lettre, comme il est dit ci-devant, il y en a même où elle se repete une troisiéme fois.

Le premier endroit où la somme se place, c'est à la datte, immediatement après le quantiéme du mois de cette façon.

Pour 500. livres.

Le second endroit où cette somme se doit trouver, c'est dans le corps de la Lettre de Change où elle se repete en toutes Lettres.

La somme de cinq cent livres.

Les Lettres où la somme est une troisiéme fois font celles que le Tireur souscrit de sa propre main en repetant la somme avant que de signer, ce qui se fait ainsi.

Bon pour lesdits cinq cent livres.
BELLEGARDE.

Voïez le Modelle ci-contre.

MODELE D'UNE LETTRE OU LA SOMME

est repetée une troisiéme fois.

A Tours, le 7. Aouſt 1721. pour 3000. livres.

A deux Uſances je vous prie de payer à Monſieur Jean Felix ou à ſon ordre la ſomme de trois mil livres, valeur reçuë dudit & que mettrez à compte ſuivant l'avis de

Bon pour trois mil livres,
BELLEGARDE.

A Monſieur
Monſieur Fauquieres,
Banquier.
A la Rochelle.

10. Des Lettres de Change valeur reçûë comptant.

Instruction.

Quand le Tireur reçoit pour valeur de la Lettre qu'il fournit de l'argent comptant, il en doit faire mention dans le corps de la Lettre , ce qui s'exprime ordinairement de cette façon :

Valeur reçûë comptant dudit ou de M. tel.

Et quelquefois on met *valeur reçûë* fimplement qui eft la même chofe.

REMARQUE.

Dans la Banque , dans le Commerce , & dans les Finances , on ne fait aucune difference entre ces deux expreffions, *valeur reçûë comptant* , ou *valeur reçûë* , elles ont la même force, & operent le même effet dans les Lettres où elles font emploïées.

Voyez les differens modelles de **Lettres** de Change.

MODELLE D'UNE LETTRE VALEUR
reçuë comptant.

Messieurs

A Saint Malo, le 3. Septembre 1722. pour 1200. livres.

A cinq jours de vûë, je vous prie de payer à Monsieur Simeon ou ordre, la somme de douze cent livres, valeur reçûë comptant de Monsieur Pierre Colin, & que passerez suivant l'avis de

Vôtre trés-humble & trés-obéïssant Serviteur
EON.

A Messieurs
Messieurs Fauquieres &
Queissak. Banquiers.
A Bordeaux.

11. Des Lettres de Change valeur en papiers.

Instruction.

Quand le Tireur reçoit des papiers pour valeur des Lettres qu'il fournit, il en doit faire mention dans ſes traites, & marquer quelle ſorte de papiers il reçoit, ſi c'eſt en Lettres de Change, Billets, Promeſſes ou autres papiers en expliquant les noms des Tireurs, les ordres, les écheances, & autres principales circonſtances.

Quand il reçoit une Lettre de Change.

Valeur reçuë en une Lettre de M . . . . . . à l'ordre de . . . qu'il a paſſé au mien ſur M . . . de telle Ville.

Valeur reçuë en une Lettre qu'il m'a cejourd'hui fournie payable à mon ordre ſur M . . . de la Rochelle à Uſance.

Quand il reçoit un Billet.

Valeur reçuë en un Billet de Change de M . . . . au dos duquel il a paſſé mon ordre.

Quand on lui fournit un Billet.

Valeur reçuë en ſon Billet qu'il m'a fourni au 15. au 20. May prochain à mon ordre.

Voyez le Modelle ci-contre.

MODELLE

MODELLE D'UNE LETTRE VALEUR REÇUE
en Lettre de Change.

A Bordeaux le 4. Decembre 1722. pour 3500. livres.

A douze jours de vüe, vous payerez à Monsieur Jean Bourgeois ou à son ordre, la somme de trois mil cinq cent livres valeur reçuë de luy en Lettre de M... qu'il avoit sur moy de pareille somme, & qu'il m'a remise endossée de son acquit, & que passerez àcompte suivant l'avis de

A Monsieur
Monsieur Plantroze,
A Roüen.

RENAIRE.
E

12. Des Lettres de Change valeur en compte.

Instruction.

La valeur en compte, s'exprime dans les Lettres de Change ou dans les endoſſemens ſuivant les affaires que l'on fait & les differentes negociations qui ſe préſentent.

Lorſqu'un Banquier veut envoyer des fonds à ſon Correſpondant à compte des affaires & des negociations qu'ils font enſemble, il met dans les Lettres qu'il tire en ſa faveur,

Valeur en compte.

Comme ce Correſpondant n'a pas donné la valeur de la Lettre, & qu'elle ne luy appartient point ; le Tireur en charge ſeulement ſon compte, pour luy en demander raiſon quand il ſera temps.

Un Banquier qui fournit une Lettre à quelqu'un de ſes Creanciers en deduction de ce qu'il peut luy devoir, il met auſſi *Valeur en compte*, parce qu'il ne reçoit rien du Creancier auquel il fournit ſa Lettre, mais qu'il la met à compte de ce qu'il luy doit.

Voyez le modelle qui ſuit.

MODELLE D'UNE LETTRE VALEUR
en compte.

A Lille le 1. Mars 1722. pour 2000. livres.

Monsieur

A trois Usances, payez à Monsieur le Clerc ou à son ordre, la somme de deux mille livres, valeur en compte avec ledit, &
les passez suivant l'avis de

Vôtre trés-humble & trés-
obéissant Serviteur,
TAVERNIER.
E ij

A Monsieur
Monsieur Henry,
Banquier.
A Bruxelle.

13. Des Lettres de Change valeur en moy-même.

Inftruction.

La valeur en moy-même fe met dans les Lettres de Change lorfqu'un Banquier tire fur fon débiteur en deduction de ce qui lui eft dû, & qu'il envoye la Lettre à quelqu'un de fes Correfpondans pour en recevoir le payement.

Dans ce cas la valeur s'exprime avec toutes fes circonftances en deux mots de cette façon.

Valeur en moi-même ; ou Valeur de moi-même.

Parce que c'eft le Tireur lui-même qui en donne la valeur, ayant prêté ou avancé à l'acquitteur cette fomme, il la trouve en lui-même par fa creance, & fe la donne pour la valeur de la Lettre qu'il tire fur ce débiteur.

OBSERVATION.

Les Porteurs des Lettres de Change payables *à quelques femaines de datte*, comme le Modelle cy à côté, obferveront que les femaines font toûjours comptées de 7. jours, & que ce terme commence à courir du jour de la datte des Lettres.

MODELLE D'UNE LETTRE VALEUR EN
moy-même.

A Roüen le 15. Juin 1723. pour 1700. livres.

A cinq semaines de datte, payez par cette premiere de Change à l'ordre de Monsieur le Normand la somme de dixsept cent livres valeur en moy-même, & que passerez à compte sans autre avis de

La Veuve ABSOLU.

A Monsieur
Monsieur Jean Pauling,
A Anvers.

E iij

14. Des Lettres de Change valeur pour demeurer quitte.

Instruction.

La valeur pour demeurer quitte est en usage lors-qu'un Banquier fournit ou remet des Lettres à quelqu'un de ses creanciers pour s'acquitter d'une somme qu'il doit.

Dans ce cas soit que le Tireur fournisse ou qu'il remette, il doit toûjours faire mention dans le corps de la Lettre ou dans l'endossement que cette valeur est pour être quitte envers son créancier, soit d'une somme qu'il luy doit, soit pour solde de compte.

Comme ces deux circonstances different l'une de l'autre, les Tireurs les expriment differem-ment dans leurs Lettres.

Quand ils tirent pour s'acquitter d'une somme qu'ils doivent, ils mettent la valeur de cette façon.

Valeur pour demeurer quitte de pareille somme que je luy dois.

Quand c'est pour solde de compte ils la mettent ainsi.

Valeur pour solde de compte entre lui & moi.

Voyez le modelle suivant.

MODELLE D'UNE LETTRE POUR demeurer quitte.

A Avignon le 7. May 1722. pour 4000. livres.

A deux Vsances, vous payerez à Messieurs Constant, Freres, ou à leur ordre, la somme de quatre mil livres valeur pour demeurer quitte de pareille somme que je leur dois, & que passerez à compte suivant l'avis de

A Messieurs
Messieurs Rouzier, Freres.
A Montpellier.

Bon pour lesd. quatre mil livres,
DEBEAUMONT.

E iiij

15. Des Lettres de Change valeur entenduë.

Inſtruction.

La valeur entenduë ſe met dans les Lettres de Change, lorſque le Preneur ne donne, ne compenſe, ni ne compte rien au Tireur pour valeur de ſa Lettre, mais qu'il promet ſeulement de luy en tenir compte dans un certain tems.

Cette valeur s'exprime encore dans les Lettres de Change, lorſqu'un Banquier prend une Lettre ſur une autre place, & qu'il craint qu'elle ne ſoit pas acquittée à l'échéance, pour lors il ne fournit point la valeur, mais il fait ſes accords avec le Tireur, & convient avec lui de ne payer la valeur de la Lettre que lorſqu'elle ſera acquittée ou acceptée ſeulement.

Les valeurs de cette eſpece s'expriment toutes par ce terme, *Valeur entenduë.* C'eſt-à-dire, qui eſt expliquée & ſtipulée par un écrit particulier fait entre le Tireur & le Preneur.

REMARQUE.

Comme ces ſortes de Lettres ne font mention que d'une valeur entenduë entre le Tireur & le Preneur, elles ſont ordinairement ſans ordre, & ſe négocient très-rarement.

MODELLE D'UNE LETTRE VALEUR entenduë.

A Nismes le 8. Janvier 1722. pour 1800. livres.

A deux Usances je vous prie de payer à Monsieur Jean Coste, la somme de dix-huit cent livres, valeur entenduë, & que mettrez à compte suivant l'avis de

Les Freres VERNEDE & Fournier.

A Monsieur
Monsieur Pontleroy,
Banquier.
A Marseille.

16. Des Lettres de Change tirées pour notre compte ou pour celuy d'un autre.

Inſtruction.

J'ai dit ailleurs que dans toutes les Lettres de Change le Tireur marquoit à l'Acquitteur d'en paſſer le montant à ſon compte, mais parce qu'un Tireur ne tire pas toûjours pour ſon compte propre, & qu'il tire quelquefois pour le compte d'un autre, cela fait une diverſité dans l'expreſſion des Lettres de Change.

Quand il tire pour ſon compte, il met comme on fait ordinairement dans toutes les Lettres, *Que mettrez ou que paſſerez à compte de*

Mais quand il tire pour le compte d'un autre il marque à ſon Correſpondant de paſſer le montant de la Lettre au compte de celui pour compte de qui il tire, ce qui s'entend clairement par ces mots :

Que paſſerez au compte de M. . . . . ſuivant l'avis qu'il vous en donnera.

Voyez le Modelle ci-après.

MODELLE D'UNE LETTRE TIRE'E POUR LE compte d'un autre.

A Lyon le 7. Aouft 1721. pour 2150. livres.

A quatre Ufances vous payerez à Monfieur Eftifany ou ordre, la fomme de deux mil cent cinquante livres valeur receüe dudit, & que pafferez au compte de Meffieurs Revora & compagnie de Nantes, fuivant l'avis qu'ils vous en donneront.

SCHEIDLIN FINGUERLIN, & Compagnie.

A Monfieur
Monfieur le Comte,
A Rennes.

17. Des Lettres de Change par rapport à l'avis.

Instruction.

C'est l'usage & la coûtume des habiles Banquiers de donner *avis* à leurs Correspondans des Lettres de Change qu'ils tirent sur eux, & cela par une autre Lettre qui leur est particulierement adressée & envoyée.

Ces Lettres se nomment *Lettres d'avis* ; nous en donnerons l'explication çi-après, je dis seulement ici que l'on a soin de promettre cet avis dans la formule de la Lettre en mettant à la fin ces mots:

Suivant l'avis. Ou *par avis.*

OBSERVATION.

Il arrive quelquefois que les Banquiers faute de tems ne veulent point écrire une autre Lettre pour donner avis de celle qu'ils tirent, & alors ils ont soin de le faire connoître à leurs Correspondans par la Lettre de Change même en mettant à la fin ces mots:

Sans autre avis.

REMARQUE.

Il faut cependant remarquer en passant que lorsqu'un Tireur néglige de donner avis de ses traittes que ce n'est que pour des petites sommes, comme le modelle ci-à côté, car lorsque les Lettres sont un peu de consequence, ils ont ordinairement toute l'exactitude possible.

MODELLE D'UNE LETTRE SANS AVIS.

A Marseille le 13. Septembre 1722. pour 260. livres.

Mademoiselle,

A douze jours de vûë, payez à Monsieur la Croix ou à son ordre, la somme de deux cent soixante livres, valeur reçue dudit, & que ferez passer à mon compte sans autre avis de

Vôtre trés-humble &
trés-obéïssant Serviteur
ROUSSEL.

A Mademoiselle.
Mademoiselle la Veuve l'Heritier,
ruë Merciere.
A Lyon.

18. Des Lettres de Change tirées sur foi-même.

Instruction.

La difference de ces Lettres aux autres, regarde le nom du Tireur & de l'Acquitteur qui est le même, ce qui arrive lorsqu'un Banquier se trouve dans une Ville étrangere avoir besoin d'argent, & qu'il en prend d'un particulier auquel il fournit sa Lettre payable dans la Ville où il fait ordinairement sa résidence.

Ces sortes de Lettres sont véritablement Lettres de Change, & le Tireur & l'Acquitteur quoique réellement le même, est censé être different, parce qu'il represente deux personnes dans deux diverses places.

Ces sortes de Lettres s'appellent *Lettres tirées sur soi-même*, dont la difference ne consiste pas seulemenr dans l'adresse, mais encore dans la forme de la Lettre, comme il se voit dans le modelle suivant.

REMARQUE.

Ces sortes de Lettres ne sont pas ordinaires, mais elles se rencontrent quelquefois, & je les ai vû mettre en usage par de trés-habiles Banquiers.

MODELLE D'UNE LETTRE TIRE'E SUR
Soi-même.

A Nantes, le 1. Juin 1723. pour 5000. livres.

Au 15. Septembre prochain, je payeray à Monsieur la Croix, Receveur general des Finances ou à son ordre, la somme de cinq mil livres valeur reçuë comptant de M... en cette ville, & que je luy feray passer en compte, sans autre avis.

BURISCH.

SUR MOY-MESME,
Ruë Saint Martin.
A Paris.

19. Des Lettres payables à domicile.

Instruction.

On fait quelquefois des Lettres payables dans une autre place que dans celle où elles font adressées directement, ce qui provient du tour des affaires, & de la maniere dont les Banquiers font leurs négociations.

Ces fortes de Lettres se nomment *Lettres payables à domicile*, c'est-à-dire, que l'Acquitteur à qui elles font adressées les fait payer en son nom *au domicile* de son Commissionnaire resident dans une autre place.

Pour rendre ceci plus sensible aux Commençans, nous en allons donner une explication.

Un Banquier de Lyon a son Correspondant à Roüen, & son Commissionnaire à Paris ; ce Banquier de Lyon donne ordre à son Commissionnaire de Paris de tirer sur son Correspondant de Roüen pour son compte.

Alors le Commissionnaire tire la Lettre, met l'adresse à son Commettant de Lyon, & la fait payable à Roüen au domicile du Correspondant de son Commetant.

La maniere d'exprimer tout cela ne change rien dans le corps de la Lettre, mais seulement dans l'adresse qui renferme alors double place, une pour l'adresse du Banquier de Lyon, & l'autre pour le Correspondant de Roüen qui doit payer la Lettre.

Voyez le modelle suivant.

MODELLE

MODELLE D'UNE LETTRE PAYABLE
à domicile.

A Lyon le 10. May 1722. pour 500. livres.

A venë il vous plaira payer à Monsieur Colin ou à son ordre, la somme de cinq cent livres valeur reçuë dudit, & que passerez à Compte suivant l'avis de

A Monsieur
Monsieur Pretost, à Paris, Lyon
pour payer au domicile de M. le Gendre.
A Roüen.

JACOB GONSEBAC.

F

Ufage des Banquiers fur les Lettres payables à domicile.

Pour faciliter la négociation des Lettres de Change payables *à domicile*, les Tireurs prennent quelquefois la précaution de les faire accepter par celuy fur qui elles font tirées.

Cette acceptation produit trois chofes effentielles à l'avantage du Porteur.

La premiere c'eft, qu'elle bonifie les Lettres & fait qu'elles fe négocient plus facilement lorfqu'on les veut faire paffer de main en main ou de place en place.

La feconde, c'eft que cette acceptation étant une ftipulation formelle de l'Acquitteur, elle donne plus de force à la Lettre, & luy fert comme d'affurance & de garantie qu'elle fera acquittée à fon échéance.

La troifiéme, c'eft qu'au moyen de cette acceptation, le Porteur a deux perfonnes pour obligez, le Tireur & l'Accepteur qui font garands du payement de la Lettre.

En ce cas le Tireur met l'adreffe toute fimple comme à l'ordinaire, toute la précaution qu'il doit prendre après avoir tiré fa Lettre, c'eft de l'envoyer à fon Commettant pour y mettre fon acceptation dans la forme qu'elle eft au modele fuivant.

AUTRE MODELLE DE LETTRE PAYABLE
à domicile.

A Paris le 1. May 1722. pour 8500. livres.

A trois Usances vous payerez à Monsieur Demandol ou à son
ordre la somme de huit mil cinq cent livres, valeur reçuë de Monsieur la Roche ; & que mettrez à compte suivant mon avis

LUSARCHE.

A Monsieur
Monsieur Melchior
Philibert, Banquier.
A Lyon.

Accepté pour payer au
domicile de M. Clavel,
A Marseille.
MELCHIOR PHILIBERT.

Fij

20. Des Lettres payables en Foire.

Inſtruction.

Les Foires ſont des aſſemblées generales &
publiques qui ſe tiennent tous les ans dans certaines Villes du Royaume, & où toutes ſortes de
Négocians ſe rendent pour y faire leur commerce.

Il y a pluſieurs Villes en France où il ſe tient
des Foires; les plus conſiderables ſont celles de
Lyon, de Beaucaire, de Bordeaux, &c.

Les Négociants qui frequentent ces Foires, y
acceptent & acquittent des Lettres de Change,
que leurs Correſpondans tirent ſur eux payables
en Foires.

Ces Lettres ne ſont differentes des autres que
dans les termes de payement qui s'expriment de
cette façon :

En prochaine Foire de Beaucaire, vous payerez.
En prochaine Foire de Septembre, payez.
Voyez le Modelle à la page ſuivante.

OBSERVATION.

Il faut obſerver que la Foire de Beaucaire ouvre
le jour de la Magdeleine 22. Juillet, & qu'elle
ne dure que trois jours francs ſans y comprendre
les Dimanches & les Fêtes.

USAGE.

Toutes les Lettres de Change payables en Foire
de Beaucaire doivent être acquittées depuis le 22.
Juillet juſqu'au 24. incluſivement & faute de
payement dans leſdits tems, les Porteurs ſont obligez pour conſerver leurs droits de recours, de les
faire proteſter.

MODELLE D'UNE LETTRE TIRE'E EN FOIRE
de Beaucaire.

A Paris le 25. Juin 1723. pour 2750. livres.

Monfieur

En prochaine Foire de Beaucaire, il vous plaira payer à Monfieur Jean Remufat ou à fon ordre la fomme de deux mil fept cent cinquante livres valeur reçuë dudit en marchandifes qu'il m'a venduës, & que pafferez en compte conformément à ma Lettre d'avis.

Vôtre très-humble & très-obéïffant Serviteur,
LEMOYNE,
pour M. le Vilain.

A Monfieur
Monfieur Doublet.
A Beaucaire.

21. Des Lettres de Change tirées dans le temps des diminutions d'especes.

Instruction.

Comme les especes changent quelquefois de prix & de valeur, que tantôt elles valent plus & quelquefois moins, selon la volonté du Prince, & que par conséquent ceux qui s'en trouvent chargez dans le tems des diminutions y perdent, les Tireurs pour ne point avoir cette perte sur leurs comptes, marquent dans les Lettres qu'ils tirent lorsqu'ils prévoyent des diminutions que le Porteur sera obligé de recevoir la monnoye courante pour le prix & la valeur qu'elle avoit lorsque la Lettre a été tirée, & cela s'exprime dans la Lettre de Change de cette maniere.

A la datte.   *Pour 400. écus à 5. livres.*

Et dans le corps de la Lettre.
    Il vous plaira payer en especes au cours de ce jour.

C'est-à-dire, sur le même pied qu'étoient les especes le jour que la Lettre a été tirée.

USAGE.

Dans le temps qu'on a tiré la Lettre ci-contre, les écus étoient à 5. livres piece, & dans l'intervalle de l'échéance il y a eu une diminution de 8. sols par écu, mais comme le Tireur a inseré dans sa Lettre qu'elle sera payée au cours du jour qu'elle a été fournie, le Porteur est obligé suivant cette clause de recevoir ce payement en écus de 5. livres piece, quoiqu'ils ne vaillent plus que 4. livres 12. sols dans le commerce.

MODELLE D'UNE LETTRE TIRE'E DANS LE
temps des diminutions.

Monsieur

A Paris, le 10. Aoust 1722. pour 200. écus à 5. livres piece.

A quinze jours de vuë, je vous prie de payer à Monsieur Garnier ou ordre en especes au cours de ce jour la somme de mil livres, valeur reçuë dudit; & que passerez à notre compte suivant l'avis de

Vos trés-humbles & trés-
obéïssans Serviteurs,
MALET & Compagnie.

A Monsieur
Monsieur Castelanne.
A Marseille.

22. Des Lettres de Change que l'on nomme *premieres & secondes.*

Instruction.

Comme on ne sçauroit trop prendre de mesures pour la sûreté des affaires, sur tout dans des longs voyages sujets ordinairement à des accidens imprevus, le Tireur fournit quelquefois pour une seule & même somme une premiere & seconde Lettre de Change, (& quelquefois même une troisiéme) afin que si l'une vient à se perdre, on puisse être payé sur les autres sans être obligé de recourir au Tireur, ny de se trouver dans les embarras du retardement.

Ces Lettres doivent être conçuës de telle façon que le payement d'une seule décharge l'Acquitteur de toutes les autres, elles se nomment *premieres & secondes.* Tout l'art de les fabriquer consiste à mettre l'ordre de cette façon.

A la premiere on met en tête à gauche le mot de *Premiere* :

Et dans le corps de la Lettre.

Il vous plaira payer par cette premiere de Change.

A la seconde on met pareillement en tête le mot de *Seconde* :

Et dans le corps :

Il vous plaira payer par cette seconde, ma premiere ne l'étant.

Le reste de la Lettre est comme à l'ordinaire.

Voyez les Modelles suivans.

Premiere.

77

A Bordeaux, le 3. Octobre 1721. pour 3000. livres.

A deux Usances, je vous prie de payer par cette premiere de Change à Monsieur Etienne Hariague ou à son ordre, La somme de trois mil livres valeur reçuë dudit & que passerez suivant l'avis de.

BELADA.

A Monsieur
Monsieur Varanchan.
A Marseille.

Seconde.

A Bordeaux le 3. Octobre 1721. pour 3000. livres.

A deux Usances, je vous prie de payer par cette seconde de Change ma premiere ne l'étant à Monsieur Etienne Hariague ou à son ordre La somme de trois mil livres, valeur reçuë dudit, & que passerez suivant l'avis de

BELADA.

A Monsieur
Monsieur Varanchan.
A Marseille.

Ufage des Banquiers lorfqu'ils ne tirent qu'une feule Lettre.

Inſtruction.

Lorfqu'un Banquier ne tire qu'une feule Lettre & qu'il a coûtume d'en tirer deux pour une même fomme il doit alors le faire connoître à fon Correfpondant par la Lettre même en fpécifiant qu'elle eſt feule ainfi :

Vous payerez par cette feule de Change.

Parce que fon Correfpondant ayant coûtume de voir toûjours une double Lettre & n'en voyant qu'une qui ne fpecifieroit point qu'elle eſt feule, pourroit foupçonner que la Lettre eſt contrefaite, & ce Correfpondant auroit raifon d'en differer le payement, car l'argent ne doit fe donner qu'à bonnes enfeignes, & il faut toûjours être en garde contre l'habileté des gens qui n'ont point de bonne foi & qui manquent de droiture dans leur conduite.

Pour éviter les délais & ne point donner lieu à de faux jugemens, un Banquier dont la coûtume eſt de tirer double Lettre, quand il n'en tire qu'une feule, il doit le marquer de la maniere que je viens de la dire, & comme il eſt au Modelle fuivant.

MODELLE.

A la Rochelle le 1. Avril 1723. pour 2755. livres 15. sols.

A deux Usances & demy, vous payerez par cette seule de Change à Monsieur Georges Maler ou à son ordre, la somme de deux mil sept cent cinquante-cinq livres 15. sols, valeur reçuë de Monsieur Jean Espinasse, & que passerez suivant l'avis de

BONNEFOND.

A Monsieur
Monsieur Lefevre.
A Brest.

23. Des differentes manieres de signer les Lettres de Change.

Comme les Lettres de Change font établies pour aller de place en place & pour faciliter les négociations, il faut pour la fûreté de ceux qui les prennent ou qui les acquittent qu'elles foient fignées par le Tireur.

Cette fignature fert de titre à l'Acquiteur pour demander fa créance, & pour en pourfuivre le payement en juftice en cas de dénegation de la part du Tireur.

Les fignatures des Lettres de Change fe peuvent faire de plufieurs manieres.

Quand les Lettres font tirées par un particulier qui n'eft point affocié, il met fimplement fon nom.

BONNAVENTURE.

Quand c'eft une Compagnie, il y a un des affociez feulement qui les figne en faifant mention qu'il eft en Compagnie, ce qui fe peut exprimer de differentes manieres fuivant les perfonnes qui forment la Societé.

Si c'eft un Pere qui a affocié fon fils avec luy, il met *UN TEL & Fils.* Voyez la page 45.

Quand ce font des Freres affociez enfemble, ils mettent
LES FRERES TELS. Voyez la page 41.

Quand la Compagnie eft formée par des particuliers qui ne font point parens, ils fignent
UN TEL & Compagnie. Voyez la page 75.

Quand c'eft un Commis ou Facteur qui figne des Lettres pour fon Commettant par procuration, il figne *UN TEL pour Monfieur tel.* Voyez la p. 73.

24 DES PAYEMENS DE LYON.

Les payemens de Lyon font certains tems fixes & arrêtez dans lefquels Meffieurs les Banquiers & Négociants de la Ville de Lyon acceptent & acquittent les Lettres tirées fur eux des differentes places de l'Europe payables dans lefdits payemens.

Il y a 4. payemens tous les ans à Lyon.

Le payement des Rois.

Le payement de Pâques.

Le payement d'Aouft.

Le payement des Saints.

Les Lettres que l'on tire fur Lyon payables dans *lefdits payemens* ne font differentes des autres que dans le terme du payement que l'on exprime au commencement des Lettres, au lieu de dire à vûë, à Ufance, on dit :

En prochain payement des Rois, payez.

En prochain payement de Pâques, vous payerez.

Comme ces payemens different l'un de l'autre en quelque chofe, on donnera cy-après une ex-plication claire & nette de ce qui les concerne chacun en particulier.

25. Des Lettres en payement des Rois.

Instruction.

OUVERTURE DU PAYEMENT.

Le payement des Rois commence le premier Mars & dure jufqu'au dernier jour du mois de Mars fuivant. Voyez le Reglement de la Place du hange de Lyon du 22. Juin 1667. article premier.

ACCEPTATIONS.

Les Acceptations des Lettres de Change tirées en payement des Rois, commencent le premier jour du mois de Mars, & durent jufqu'au 6. dudit inclufivement.

Voyez le même reglement article I.

Ces Acceptations fe feront par écrit, c'eft-à-dire, qu'elles feront dattées & fignées par ceux fur qui elles auront été tirées ou par leurs Commis ou autres perfonnes fondées de procuration.

Le même reglement article III.

PROTESTS.

Le payement des Lettres de Change acceptées & payables en payement des Rois commence le 6. dudit mois de Mars, & dure jufqu'au dernier jour dudit mois inclufivement, & les Lettres qui n'auront point été acquittées pendant ce temps doivent eftre proteftées dans les trois premiers jours du mois d'Avril fuivant fans préjudice de l'Acceptation.

Voyez le même Reglement article IX.

MODELLE D'UNE LETTRE EN PAYEMENT
des Rois.

A Marseille le 15. Janvier 1722. pour 1500. livres.

En prochains payemens des Rois, vous payerez à Monsieur Jouvene ou à son ordre, la somme de quinze cent livres valeur reçûë dudit, & que passerez à compte suivant l'avis de

CASTELANNE.

A Messieurs
Messieurs Desmadieres
& Maindestre Banquiers.
A Lyon.

Accepté le premier Mars 1722.
DESMADIERES & Compagnie.

26. Des Lettres en payement de Pâques.

Instruction.

OUVERTURE DU PAYEMENT.

Le payement de Pâques ouvre le premier jour du mois de Juin , & finit le dernier du mois de ~~Juillet~~ ~~Suivant.~~

Voyez le Reglement de la Place du Change de la Ville de Lyon , article premier.

ACCEPTATIONS.

Les Acceptations des Lettres de Change payables en payement de Pâques se font depuis le premier du mois de Juin jusqu'au sixiéme jour dudit mois inclusivement.

Ce qui est encore conforme audit Reglement de la Place du Change de la Ville de Lyon , article premier.

PROTESTS.

Le payement des Lettres se doit faire depuis le six du mois de Juin jusqu'au trente inclusivement, & les Protests se font dans les trois premiers jours de Juillet suivant.

Voyez le même Reglement article IX.

MODELLE

MODELLE D'UNE LETTRE EN PAYEMENT
de Pâques.

A Bordeaux, le 3. Mars 1721. pour 2500. livres.

En prochain payement de Pâques , vous payerez à Monsieur
Michel ou à son ordre , la somme de deux mil cinq cent livres valeur reçuë dudit , & que passerez en compte suivant l'avis de

BELADA.

G

À Monsieur
Monsieur Gonzebac ,
Banquier.
  À Lyon.

Accepté le 4. Juin 1723.
GONZEBAC.

27 Des Lettres en payement d'Aouſt.

Inſtruction.

OUVERTURE DU PAYEMENT.

Le payement d'Aouſt commence le premier jour du mois de Septembre, & continuë juſqu'au dernier jour ~~dernier jour de Novembre~~. Voyez le Reglement de la place du Change de la Ville de Lyon article premier.

ACCEPTATIONS.

Les Banquiers qui ont des Lettres de Change payables en payement d'Aouſt ſont obligez de les envoyer à leurs Correſpondans à Lyon pour les faire accepter dans les ſix premiers jours du mois de Septembre pour être enſuite acquittées dans le courant dudit mois, conformément audit Reglement, article premier.

PROTESTS.

Lorſque les Lettres ne ſont pas acquittées à la fin du mois de Septembre, le porteur eſt en droit de les faire proteſter dans les trois premiers jours du mois d'Octobre ſuivant.

Voyez le même Reglement de la place du Change de la Ville de Lyon, article IX.

MODELLE D'UNE LETTRE EN PAYEMENT d'Aouſt.

A Marſeille, le 1. Aouſt 1722. pour 750. livres.

En payement d'Aouſt prochain, vous payerez à Monſieur Antoine Beraud, la ſomme de ſept cent cinquante livres valeur reçuë de Monſieur Remuſat en marchandiſes, & que paſſerez à compte ſuivant l'avis de

A Monſieur
Monſieur de Varennes.
A Lyon.

VARANCHAN.

Accepté le 5. Septembre 1723.
DE VARENNES.

G ij

28. Des Lettres en payemens des Saints.

Inſtruction.

OUVERTURE DU PAYEMENT.

Le payement des Saints commence le premier Decembre, & finit le dernier ~~Premier de l'année ſuivante~~, conformément à l'uſage & au Regle-ment de la place du Change de la Ville de Lyon article premier.

ACCEPTATIONS.

Les Acceptations des Lettres en payement des Saints ſe doivent faire depuis le premier Decem-bre juſqu'au ſixiéme dudit mois incluſivement. Voyez le même reglement de la place du Change, article premier.

PROTESTS.

L'aquit des Lettres payables en payement des Saints ſe fait ordinairement depuis le ſix du mois de Decembre juſqu'à la fin dudit, faute dequoy le porteur doit faire proteſter les Lettres dans les trois premiers jours du mois de Janvier de l'an-née ſuivante, conformément au même reglement article IX.

MODELLE D'UNE LETTRE EN PAYEMENT
des Saints.

A Orleans, le 7. Novembre, 1722. pour 1800. livres.

En prochain payement des Saints, payez à Madame la Veuve de Varenne ou à son ordre, la somme de dix huit cent livres valeur reçuë de ladite, & que passerez à compte, suivant l'avis de

LUSARCHE.

A Messieurs
Messieurs David
& Olivier.
A Lyon.

Accepté le 3. Decembre 1722.
DAVID ET OLIVIER.

G iij

DE LA PLACE DU CHANGE
de Lyon.

La Place du Change de la Ville de Lyon eſt la plus conſiderable que nous ayons dans l'Europe, & pour en connoître l'importance, il faut d'abord obſerver la ſituation avantageuſe de la Ville, & les quatre Foires qui s'y tiennent tous les ans.

La Ville de Lyon a communication par le Rhône avec la Mer Mediterannée, & par conſequent avec toute l'Italie, l'Eſpagne, & le Levant.

Lyon communique avec le Dauphiné, la Provence, le Languedoc, & même avec la Guyenne par le Canal de Languedoc qui unit les deux mers.

Par la Riviere de Loire qui eſt à Rouanne, Lyon communique avec l'Ocean, avec la Ville de Paris, & avec toutes les Provinces & les confins du Royaume.

Lyon eſt dans le voiſinage de la Suiſſe & de la Savoye, d'où l'on peut communiquer avec une partie de l'Allemagne, avec le Piedmont & le Milanois.

Foires & payemens.

De toutes les Villes de l'Europe, il n'y en a point dont la ſituation ſoit ſi convenable à la Banque & au Commerce que la Ville de Lyon, & c'eſt cette même ſituation qui y procura l'établiſſement des Foires & des payemens qui y ſont aujourd'hui.

Avant cet établiſſement, le Commerce ſe faiſoit aux Foires de Brie & de Champagne qui étoient les plus conſiderables, mais ces aſſemblées publiques s'étant inſenſiblement détruites, tout le Commerce ſe tranſporta à Geneve.

Le Roy Louis XIII. informé du tort qu'en re-
çevoit le Royaume de France par la quantité d'or
& d'argent qui en fortoit, jugea que le Commerce
fe portant naturellement de ce côté-là on ne pourroit l'en détourner : mais qu'il convenoit de l'atti-
rer à Lyon, & pour cela il y fit établir quatre Foires
franches.

Cet établiffement eut un tel fuccés, que le Commerce de Geneve tomba, & ne s'y eft relevé que
depuis l'année 1670.

Chaque Foire dure quinze jours ouvrables.

La premiere commence le Lundi après les Rois.

La deuxiéme, le Lundi après la Quafimodo.

La troifiéme, le quatriéme jour d'Août.

La quatriéme, le troifiéme jour de Novembre.

Ces Foires font fuivies chacune d'un payement.

Ouverture des payemens.

L'ouverture de chaque payement fe fait par le
Prevôt des Marchands, ou en fon abfence par un
Echevin le premier jour du mois de chaque
payement.

Le Prevôt des Marchands ou Echevin avec le
Greffier, s'étant tranfporté dans la Loge du
Change, où eft l'affemblée des principaux Négocians & des Sindics des Nations au nombre de
fix, il fait aux affiftans un petit difcours pour re-
commander la probité dans le négoce & l'obfer-
vation des Reglemens de la place. Enfuite on lit
les Reglemens, & le Greffier dreffe un Procès
Verbal de l'ouverture du payement. Voyez le Reglement de la place du Change, ci-après, article I.

G iiij

Prix du Change reglé pour toutes les Places de l'Europe.

Le troisiéme jour de chaque payement, le Prevôt des Marchands ou un Echevin se rend avec les mêmes Syndics dans une chambre de l'Hôtel de Ville, & par leur avis il y regle le prix du Change pour toutes les places de l'Europe, & les autres parties du monde où celle de Lyon a correspondance.

Des Viremens de Parties.

Par le mot de Virement de Partie, il faut entendre une compensation de compte, un échang de parties que les Banquiers de Lyon font entre eux lors des payemens, soit en acceptant de leurs débiteurs ou en cédant réciproquement à leurs créanciers une ou plusieurs parties couchées sur leurs bilans, & dont ils conviennent de faire le virement.

De quelle maniere se font les Viremens.

Pour sçavoir comment se fait un virement de parties, il est à propos d'observer que les Banquiers de Lyon qui vont au Change, se trouvent dans la Loge du Change depuis dix heures du matin jusqu'à onze & demy, & par la confrontation de leurs bilans voyant reciproquement leurs debiteurs & leurs créanciers, ils conviennent les uns avec les autres de quelle maniere ils feront leurs viremens ou échange de parties.

Celuy qui doit, propose à son créancier un autre débiteur qui se charge en son lieu & place de la même partie. Si la proposition est agrée, ils écrivent chacun respectivement sur leurs bilans, après quoy la partie est reputée virée ou tournée au profit de celuy qui l'a acceptée. De cette maniere, ils ajustent si bien leurs compensations les uns avec les autres, qu'il y a des payemens où il se fondra pour plus de vingt milions d'affaires, & où néanmoins il ne se déboursera pas quelquefois cent mil écus de comptant.

Dans quel temps commencent les Viremens.

Les viremens de partie commencent le ~~sixiéme~~ *16.* jour non ferié du premier mois de chacun des quatre payemens, & continuent jusqu'au dernier jour dudit mois inclusivement.

Voyez le Reglement du Change de la Ville de Lyon, cy-après article quatre.

Origine des Viremens.

L'usage des viremens de parties a été introduit à Lyon par les Florentins sur le modelle des Foires dans le Tirol.

Le même usage se pratique aussi parmi les Genevois dans leurs Foires, mais avec cette difference qu'à Bolzano & à Lyon les viremens se font par les nottes que chacun en fait sur son bilan, au lieu qu'à Nove un Officier public sous le titre de Chancelier de la Foire en tient regiftre.

Chacune de ces manieres a ses avantages particuliers ; celle des Genevois prévient les Banqueroutes, en obligeant les Négocians à faire voir d'abord leur bilan dans un dépôt public.

Celle des Florentins est plus favorable au crédit, & laisse aux particuliers le moyen de cacher leur foible, aussi a-t-on à Lyon plusieurs exemples de gens qui se sont soûtenus par le sçavoir faire de la place.

Ce sçavoir faire consiste à avoir beaucoup de dettes actives, lorsqu'elles sont plus estimées sur la place que l'argent comptant. Tel donc qui n'ayant qu'à peine dequoi payer le quast de ses dettes, a l'industrie & l'adresse de déposer sur la place avant le tems du payement ce qu'il a d'argent comptant, & cet argent ainsi déposé donnant de la réputation à ses affaires, lui donne ainsi le loisir d'attendre les remises de ses Correspondans, & la facilité de trouver du crédit dans Lyon même dans la bourse des Bourgeois qui font valoir leur argent sur la place.

Les Florentins qui passent en matiere de Banque & de Commerce pour les plus fins & les plus habiles de tous les Italiens ayant aussi preferé le grand crédit à la plus grande sûreté, furent aussi les premiers dont l'exemple en fit connoître les consequences par les premieres Banqueroutes considerables qui ayent été faites à Lyon par les principaux d'entre les Florentins, dont les familles s'étoient retirées à Lyon.

Nonobstant cet inconvenient, on ne peut douter que la maniere dont se fait le Change à Lyon ne soit excellente, & l'on en peut juger par cette seule circonstance, qu'il n'est point de Ville en France où les Marchands trouvent plus de crédit, en effet par le moyen des bilans, les créanciers faisant tous les trois mois un espece d'inventaire des effets de leurs débiteurs, on prête d'autant plus volontiers, que pour ainsi dire on ne perd pas son argent de vûe.

Les avantages qu'a la Ville de Lyon par sa situation & par les Foires qui s'y tiennent tous les ans y ayant attiré dès les premiers temps un grand nombre d'Italiens ; c'est à eux proprement que l'on se reconnoît encore aujourd'hui redevables du genie & de l'intelligence qui regne à Lyon pour le Commerce, n'y ayant guere de Ville ni de lieu praticable dans l'Europe & même dans tout le monde pour lequel on ne trouve à Lyon des habitudes & des relations.

Les Italiens obtinrent même des grands privileges, & comme il arrive ordinairement dans les grands établissemens qui se font avec succès, ils firent à Lyon de très-grands profits, ce qui y en attira un si grand nombre, qu'ils y étoient au commencement comme cantonnez par Nations, & les Florentins avoient la distribution de faire l'ouverture des payemens.

Il y avoit encore en 1700. des gens à Lyon qui leur avoient vû faire cette ouverture, mais enfin ne s'étant pas trouvé à Lyon aucun Florentin en état, ce fut tantôt un Genois, tantôt un Piedmontois qui faisoit cette ouverture par commission du Grand Duc de Toscanne ; & enfin le Consulat de Lyon se l'est attribué avec raison, les Lyonnois s'étant peu à peu formez au négoce en le pratiquant avec les autres Nations.

CHAPITRE III.

Des Billets, des Avals, & des Affignations en Banque.

SOMMAIRE.

1. *Difference des Billets aux Lettres de Change.*
2. *Remarque fur les Billets.*
3. *Conditions requifes aux Billets.*
4. *Aplication des conditions pour la forme des Billets.*
5. *Des differentes efpeces de Billets.*
6. *Des Billets fimples.*
7. *Des Billets de Compagnie.*
8. *Des Billets de Change.*
9. *Des Avals.*
10. *Des Affignations en Banque.*

1. Difference des Billets aux Lettres de Change.

LES Billets different des Lettres de Change en fix chofes.

La premiere c'eft que les Lettres de Change fe font dans une place pour être toûjours acquit-tées dans une autre, au lieu que les Billets s'ac-quitent ordinairement dans la même Ville & par la même perfonne qui les a fait, c'eft pour cette raifon que l'on dit dans les Billets, *je payerai*, parlant de foi-même, & que dans les Lettres on dit, *je vous prie de payer*, en s'adreffant à ce-luy qui doit acquitter la Lettre.

La feconde, c'eft que les Lettres de Change fe negocient de place en place, & les Billets ne fe negocient ordinairement que dans la place où ils font faits.

REMARQUE.

Il faut excepter de l'article cy deſſus les Billets de Change qui ſe negocient de place en place comme les Lettres de Change.

La troiſiéme, c'eſt que les Lettres de Change ont le par corps contre toutes fortes de perſonnes indiſtinctement, & les Billets ſimples ne l'ont qu'envers les perſonnes qui font dans le négoce ou dans les affaires.

La quatriéme, dans les Lettres de Change on y fait toûjours mention de deux places, une où elle eſt faite, & l'autre où elle doit être acquittée, & dans en Billet il n'y doit avoir que la place où on la fait.

La cinquiéme, c'eſt qu'il n'eſt pas d'uſage d'accorder du tems pour le payement des Lettres de Change, & que pour les Billets les porteurs en peuvent accorder fans courir aucun riſque, fur tout lorſqu'ils n'ont point été négociez.

La ſixiéme c'eſt qu'à faute de payement à l'échéance des Lettres de Change, il eſt d'uſage de faire faire un proteſt, & pour les Billets on fait faire ſimplement une ſommation aux débiteurs.

2. Remarque fur les Billets.

Comme les Billets font quelquefois de conſequence, & qu'ils peuvent tenir lieu pour des ſommes très-conſiderables, il eſt eſſentiel à ceux qui en donnent ou qui en prennent de ſçavoir la forme & les conditions eſſentielles qu'ils doivent renfermer; c'eſt pourquoi on en va donner l'explication dans l'article fuivant.

3. DES CONDITIONS REQUISES
& neceſſaires aux Billets.

Les Billets faits entre Banquìers, Commerçans, & Gens d'affaires, doivent avoir ſept conditions eſſentielles pour ſortir leur plein & entier effet.

SÇAVOIR,

1. *Le temps du payement.*

2. *Le nom de celuy à qui on fait le Billet.*

3. *La ſomme.*

4. *De qui on a reçu la valeur.*

5. *En quelle eſpece cette valeur a été donnée.*

6. *La datte.*

7. *La ſignature.*

La maniere d'exprimer ces conditions eſt arbitraire, cependant il y a des expreſſions qui y ſont propres & comme affectées, & dont on ſe ſert ordinairement pour la forme des Billets.

Les 7. articles ſuivans contiennent celles qui ſont en uſage dans les Bureaux des plus habiles Banquiers, & dans leſquelles chacun pourra choiſir celles qui conviendront le mieux à leur ſujet.

PREMIERE CONDITION.
Le tems du payement.

Cette premiere condition qui regarde le tems du payement des Billets eſt une des plus eſſentielles & des plus neceſſaires à obſerver lorſqu'on en fournit quelques uns , ou bien qu'on en reçoit en payement.

Quoiqu'il n'y ait point d'obligation particuliere pour commencer les Billets par cette condition , néanmoins les habiles Banquiers obſervent toujours de la mettre la premiere , parce qu'elle regle le payement , & qu'elle fait d'abord connoître le tems que les Billets ont à courir pour être à leurs échéances.

Cette condition tire ſon origine des accords & des conventions faites entre celuy qui fournit le Billet & celuy qui le prend , elle ſe peut exprimer de pluſieurs manieres.

EXPRESSIONS.

Au premier May je payerai , &c.

Dans trois mois je payerai , &c.

Je promets poyer à la fin de Mars , &c.

Dans le courant du mois de May je payerai , &c.

Nous payerons au quinze Septembre de l'année prochaine , &c.

Au vingt Aouſt nous promettons de payer ſolidairement à Monſieur , &c.

DEUXIEME CONDITION.
Le nom de celuy à qui on fait le Billet.

Dans tous les Billets comme dans les Lettres de Change, on y marque *le nom de la personne à qui on les fait* : comme ce font des promesses & des engagemens qui tiennent toûjours lieu pour une fomme que l'on declare avoir reçuë, il faut necessairement pour la validité de toutes fortes de Billets que le nom de ceux à qui ils doivent être payez y foient marquez, foit dans le corps du Billets ou dans les endoffemens.

EXPRESSIONS.

A Monsieur Antoine ... &c.

A Monsieur ... ou ordre, &c.

A l'ordre de Monsieur ... &c.

A Messieurs ... & Compagnie, &c.

A Mademoiselle ... &c.

Au Porteur. &c.

REMARQUE.

Il faut excepter de cette regle generale les Billets au Porteur, (*dont on vient de rétablir l'ufage*) dans lefquels on ne declare jamais le nom de celuy à qui on les fait, le défignant feulement par le mot *au Porteur*.

TROISIEME

TROISIEME CONDITION.
La somme.

Cette troisiéme condition n'est pas moins essen-tielle que les deux premieres, puisqu'elle ren-ferme la cause principale du Billet, qui est la somme.

Cette *somme* par un usage ordinaire & par une pratique universellement reçuë dans la Banque & dans toutes sortes d'affaires, se met toûjours en toutes Lettres dans le corps du Billet & jamais en chiffre.

EXPRESSIONS.

La somme de quatre mil livres.

La somme de cinq cent livres.

La somme de trente-cinq livres dix sols.

REMARQUE.

Cette précaution est fort judicieuse, & prévient les abus qui pourroient s'introduire dans les af-faires; un chiffre se peut gratter aisément, on peut augmenter ou diminuer une *somme* mise en chiffre, au lieu que lorsque cette *somme* est toute au long on ne le peut faire sans qu'il y pa-roisse.

H

QUATRIEME CONDITION.
De qui on a reçu la valeur.

Après que l'on a marqué la fomme que le Billet doit contenir, on explique *le nom de celuy qui en a donné la valeur*, comme il fe pratique dans les Lettres de Change.

Si on a reçu de celui à qui on fait le Billet, on ne repete point fon nom, parce qu'on doit l'avoir mis au deffus dans la deuxiéme condition & l'on met feulement.

EXPRESSIONS.

Valeur reçuë dudit.

Valeur reçuë de ladite.

Mais fi on a reçu la valeur d'un autre, il eft abfolument néceffaire de mettre fon nom dans l'une ou l'autre des manieres fuivantes.

Valeur reçuë de Monfieur ...

Valeur reçuë de Mademoifelle ...

Valeur reçuë des Freres ...

Valeur reçuë de Monfieur Grimod & Compagnie.

Valeur reçuë de Monfieur Jean Bertinet.

CINQUIEME CONDITION.

En quelle espece la valeur a été donnée.

La valeur reçuë pour les Billets que l'on fournit s'exprime de même que dans les Lettres de Change, & se doit entendre de la même maniere.

Outre que cette expression est entierement conforme à l'usage pratiqué de tous les tems, c'est qu'elle est encore autorisée par l'article premier du titre cinq de l'Edit du Commerce de 1673. qui enjoint de bien circonstancier *cette valeur* & de marquer précisément de quelle maniere on l'a reçuë, si c'est en argent comptant, en Lettres de Change, en Billets, pour solde de compte, ou autrement.

EXPRESSIONS.

Comptant.

En Lettre de Monsieur ... sur ... de telle Ville.

En un Billet de Change de M ... à son ordre &

qu'il a endossé au mien.

En son Billet qu'il m'a fourni à six mois.

A compte de telle chose.

Pour solde de compte.

SIXIEME CONDITION.
La datte.

La datte est aussi nécessaire dans les Billets comme dans les Lettres de Change.

C'est par le moyen *des dattes* que l'on sçait précisément dans quel tems les Billets ont été faits & que l'on connoît les mois & les jours qu'ils ont encore à courir pour être à leurs échéances.

Cette datte se met toûjours à la fin des Billets, au lieu que dans les Lettres de Change elle doit être au commencement comme j'ay dit cy-devant à l'article premier de ce Chapitre sur la difference des Billets aux Lettres de Change.

Elle doit contenir deux choses seulement, le nom de la Ville où se fait le Billet, le jour du mois & l'année où l'on est.

EXPRESSIONS.

A Paris, le 1. *Novembre* 1723.

A Rouen, le 10. *Aoust* 1720.

A Bordeaux, le 7. *Septembre* 1722.

A Marseille le 24. *Janvier* 1719.

SEPTIEME ET DERNIERE CONDITION.

La signature.

Cette derniere condition qui regarde la signature des Billets est la plus nécessaire de toutes, puisqu'elle fait valider celles qui la précedent, & qu'un Billet sans signature ne peut avoir aucun effet.

La signature au bas d'un Billet produit deux effets avantageux pour le Porteur.

Le premier c'est qu'elle engage celuy qui signe le Billet, & l'oblige à en payer la valeur à son échéance.

Le second, c'est qu'elle rend le Billet valable & sert de titre au Porteur pour en demander le payement en son temps.

EXPRESSIONS.

Quand c'est un Billet simple, la signature se met ainsi :

UN TEL.

Quand c'est un Billet de Compagnie, il doit être signé de plusieurs des associez, ainsi :

FRANCOIS, GERVAIS, PARIS.

Ou bien d'un seul Associé autorisé de la Compagnie, ainsi :

FRANCOIS & Compagnie.

H iij

APLICATION
des sept conditions nécessaires à tous Billets.

QUESTION.

Un Banquier a besoin de cinq mil livres en especes, il trouve un particulier qui luy prête ladite somme sur son Billet payable dans six mois, comment dressera-t-il son Billet.

ORDRE A OBSERVER.

Conditions.	Expressions.
1. Le tems du payement.	*Je payeray dans six mois,*
2 Le nom du Porteur.	*à Monsieur ... ou ordre,*
3. La somme.	*la somme de cinq mil livres,*
4. De qui on reçoit la valeur,	*valeur reçuë dudit,*
5. En quels effets on reçoit.	*comptant,*
6. La datte.	*A Paris le 1. Novembre 1722,*
7. La signature.	*Rommorantin.*

Assemblez les sept conditions exprimées cy-dessus tout de suite, vous trouverez la forme du Billet dans l'ordre qu'il doit être.

FORME D'UN BILLET.

(1) *Je payeray dans six mois (2) à Monsieur   ou à son ordre, (3) la somme de cinq mil livres, (4) valeur reçûë dudit (5) comptant. (6) A Paris le 1. Novembre 1722.*

(7) *ROMMORANTIN.*

REMARQUE.

Voila en quoi consiste l'ordre, l'arrangement des conditions, & la forme des Billets ; passons maintenant aux differentes especes qui sont usitées dans toutes sortes d'affaires, & expliquons-les chacune en particulier.

H iiij

5. DES DIFFERENTES ESPECES
de Billets.

On diftinque de trois differentes efpeces de Billets qui ont cours dans la Banque & dans les autres affaires.

Les Billets fimples.

Les Billets de Compagnie.

Les Billets de Change.

Par *Billets, fimples*, on entend ceux qui fe font de particulier à particulier fimplement foit à ordre, au Porteur, &c.

Par *Billets de Compagnie*, ceux qui font faits au nom d'une Compagnie, & qui font fignez de plufieurs des affociez.

Par *Billets. de Change*, ceux qui font caufez pour valeur reçuë en Lettres de Change, ou qui portent promeffe d'en fournir.

REMARQUE.

Il faut remarquer pour regle generale que tous les Billets compris dans ces trois differentes efpeces ont les 10. jours de grace comme les Lettres de Change,

6. DES BILLETS SIMPLES.

Premiere efpece.

Les Billets fimples fe fQnt comme j'ay dit cy-devant, de particulier à particulier, pour affaires courantes & journalieres.

L'ordre qu'on obferve pour la forme de ces Billets depend des conventions & des circonſtances qui donnent lieu aux affaires que l'on fait.

Quand on arrête une négociation, on convient ordinairement avec les particuliers des conditions que l'on doit inferer dans les Billets, & fes accords étant faits & arrêtez on choifit les expref fions qui conviennent à la négociation, & on dreffe le Billet en conformité.

Tous les Billets de cette efpece fe peuvent divifer en cinq fortes que nous nommerons :

Billets fans ordre.

Billets à ordre.

Billets au Porteur.

Billets à volonté.

Billets donnez par duplicata.

DES BILLETS SANS ORDRE.

Inftruction.

Les Billets *fans ordre*, font ceux qui font payables fimplement à un Particulier y denommé qui en eft le porteur.

Ces fortes de Billets ne font pas d'un ufage univerfel, & on ne les fournit ordinairement que dans certaines occafions, & pour affaires que l'on fait entre amis. Comme ils ne font point conditionnels, perfonne ne veut s'en charger, ni les recevoir en payement. Ainfi les particuliers au nom defquels ces Billets font faits ne pouvant guere les remettre, ni en difpofer par négociation avec d'autres perfonnes, ils les gardent ordinairement jufqu'à l'échéance & en reçoivent eux-mêmes la valeur, comme il eft dit cy-devant aux Lettres de Change fans ordre.

REMARQUE.

Si nonobftant ce qui eft dit ci-deffus le porteur d'un Billet fans ordre veut le négocier, il faut un tranfport pardevant Notaire, par lequel il paroiffe qu'il cede & tranfporte fes droits en faveur du Ceffionnaire qui fe met en fon lieu & place.

MODELLE D'UN BILLET
fans ordre.

Je promets payer à Monfieur Joly, dans trois mois la fomme de trois cent livres valeur reçue dudit. A Paris le 1. Mars 1722.

BERNARDY.

REMARQUE.

On conftruit quelquefois les Billets autrement mais les mêmes conditions s'y doivent toûjours rencontrer, quoique les unes devant les autres.

MODELLE DU MESME
Billet conftruit autrement.

A la fin du mois de May je payeray à Monfieur Joly la fomme de trois cent livres valeur reçuë comptant dudit. A Paris le 1. Mars 1722.

BERNARDY.

DES BILLETS A ORDRE.

Instruction.

Les Billets *à ordre* ne different de ceux cy-devant que dans le seul mot *à ordre* que l'on ajoûte après le nom de celuy en faveur de qui on les fait, au lieu de dire,

Je payeray à Monsieur Bernard la somme de mil livres.

On dit

Je payeray à Monsieur Bernard ou à son ordre la somme de mil livres.

OBSERVATION.

Par le moyen de cet ordre le proprietaire du Billet peut le négocier & le transporter à un autre en y mettant le sien au dos comme on fait aux Lettres de Change lorsqu'on les négocie ; cette pratique est usitée dans toutes sortes d'affaires, & rend la négociation des Billets plus aisée & plus facile.

USAGE.

Il est aussi d'usage chez Messieurs les Banquiers & les Financiers de mettre au haut de leurs Billets la somme qu'ils contiennent en chiffre de cette maniere :

Pour 800. livres.

Pour 4000. livres.

Voyez le modelle qui suit.

MODELLE D'UN BILLET
à ordre valeur reçuë comptant.

Pour 1500. livres.

Au 15. Avril prochain je payeray à Monsieur Bernard ou à son ordre, la somme de quinze cent livres, valeur reçuë comptant dudit. A Paris, le 25. Janvier 1723.

BONNAVENTURE.

ECHEANCE DU BILLET.

Le Billet cy-dessus échoit le 15. Avril; mais comme il est d'usage d'accorder à l'Acquitteur les 10. jours de grace après l'échéance, il ne sera exigible que le 25. dudit mois, conformément à la remarque generale mise ci-devant à la page 108.

DES BILLETS AU PORTEUR.

Instruction.

Les Billets *au porteur* sont ceux qui sont sans denomination de personne certaine, c'est-à-dire, que le nom du particulier à qui on fait le Billet n'y est point marqué comme dans les Billets à ordre.

Dans le Billet précedent on a dit :

Je payeray à *Monsieur le Roi ou à son ordre* la somme de

Et dans celuy-ci on met :

Je payeray *au porteur.* la somme de

Ainsi toute la difference de ce Billet au précedent ne consiste seulement que dans le mot *au porteur* que l'on substituë à la place de celuy de *Monsieur le Roy.*

Les facilitez que les Billets au porteur ont procuré dans les affaires pendant un temps, & les abus qu'ils ont introduits dans d'autres ont donné lieu à la diversité des Loix & des reglemens qui ont été faits sur cette matiere, ensorte que le Parlement les a condamnez dans un tems & les a approuvez dans un autre.

En 1716. l'usage des billets au porteur fut interdit, mais quelques années après ils furent rétablis, & Sa Majesté ordonna par sa Declaration du 21. Janvier 1721. qu'il seroit permis à ses Sujets dans toutes les négociations de se servir des Billets au porteur comme il se pratiquoit avant l'Edit de 1716.

Voyez la Déclaration ci-après à la quatriéme partie page

MODELLE D'UN BILLET
au Porteur.

Pour la somme de trente mil huit cent livres que je payerai au Porteur d'aujourd'hui en un an, valeur reçuë comptant de Monsieur Paris de Monmartel. A Paris le 1. Aouſt 1723.

SAMUEL BERNARD.

OBSERVATION.

Toute la difference qu'il y a dans la négociation des Billets *au Porteur* aux Billets à ordre, c'eſt qu'en remettant des Billets au porteur , on n'a pas beſoin de les endoſſer comme on fait les Billets à ordre , il ſuffit ſeulement pour en tranſporter la proprieté de les donner de la main à la main ſans qu'il ſoit néceſſaire d'y paſſer aucun ordre.

DES BILLETS A VOLONTE'.

Inſtruction.

Quoique le temps du payement ſoit une choſe trés-eſſentielle dans un Billet pour en connoître l'échéance, on en fait quelquefois où ce tems n'eſt point ſtipulé, laiſſant à la diſcretion du porteur la liberté d'en demander le payement lorſqu'il le trouvera à propos.

On appelle ces ſortes de Billets, *Billets à volonté*.

Les Billets à volonté ne ſont pas beaucoup en uſage, on ne les fait même qu'entre amis & pour des affaires de peu de valeur, comme le payement en eſt toûjours incertain, & que l'on a de la peine à les négocier, il y a peu de perſonnes qui veuillent s'en charger.

La forme de ces Billets ne diffère en rien à ceux cy-devant, il faut ſeulement y ajoûter la clauſe de *volonté* à la place du terme du *payement*. Au lieu de dire

Je payeray dans trois mois à Monſieur,

On dit :

Je payeray à volonté à Monſieur.

C'eſt-à-dire, à la volonté de celuy à qui on fait le Billet & non de celui qui le fournit.

Voïez le Modelle ſuivant.

MODELLE

MODELLE D'UN BILLET
à volonté.

Je payerai à volonté à Monsieur Gregoire la somme de deux cent cinquante neuf livres dix sols pour reste & solde de tous comptes jusqu'à ce jour. A Paris le 1. May 1722.

DESCHAMPS.

OBSERVATION.

L'échéance du Billet cy-dessus n'est point determinée, parce qu'il est payable *à volonté* & que les Billets de cette espece n'ont jamais de terme fixe ni arrêté. Cependant après l'avoir gardé un certain tems Monsieur Gregoire au nom de qui il est, en peut demander le payement à Monsieur Deschamps ; & s'il ne se met point en état d'y satisfaire, il est en droit de faire ses diligences comme pour les autres sortes de Billets.

I

DES BILLETS DONNEZ
par duplicata.

Instruction.

Les Billets donnez par duplicata font des feconds Billets que l'on fournit à des particuliers qui ont perdu ou adhirée le premier qu'on leur avoit fait.

Lorfqu'on a perdu un Billet fans efperance de le retrouver, on a recours à celui qui l'avoit fait pour en avoir un fecond par duplicata.

Ce fecond Billet doit être de même que le premier, en y ajoûtant la claufe de *duplicata* que l'on peut exprimer par ces mots ou autres équivalens.

Le prefent donné par duplicata, en ayant fourni un premier audit fieur qu'il a perdu, lequel demeurera nul en cas qu'il fe retrouve.

Voyez le Modelle à la page fuivante.

REMARQUE.

Les Billets par duplicata font en ufage chez Meffieurs les Gens d'affaires comme les premieres & feconde, Lettres de Change font ufitées chez les Banquiers.

MODELLE D'UN BILLET
donne par duplicata.

Je payerai à Monsieur le Clerc ou à son ordre au 15. May prochain la somme de cinq mil livres valeur reçuë comptant dudit, le present donné par duplicata en ayant fourni un premier audit sieur le 15. May dernier qu'il a perdu, lequel Billet au moyen du present sera de nulle valeur en cas qu'il se retrouve. A Paris le 25. Decembre 1722.

LALLEMAND.

REMARQUE.

Si avant l'échéance ou après l'acquit du Billet cy-dessus Monsieur le Clerc retrouvoit le premier Billet, il seroit regardé comme nul, & Monsieur Lallemand ne seroit point tenu de l'acquitter au moyen du nouvel engagement qu'il a contracté par son second Billet.

I ij

7. DES BILLETS DE COMPAGNIE
OU
BILLETS SOLIDAIRES.

Seconde efpece.

Inftruction.

Les Billets de Compagnie font ceux qui ont cours fur la place fous le nom de *Billets folidaires,* c'eft-à-dire des Billets faits par une Compagnie de Banquiers ou de Gens d'affaires qui les fignent & qui s'engagent folidairement l'un pour l'autre à les payer & acquitter à leurs échéances.

Lorfqu'une Compagnie fe forme, les Intereffez conviennent toûjours par un article de leur Societé de quelle maniere il feront leurs Billets. Quelquefois ils ftipulent qu'ils feront fignez de plufieurs intereffez.

Quelquefois ils conviennent qu'il n'y en aura qu'un feul qui les fignera au nom de la Compagnie, & qui engagera par confequent tous ceux qui y font intereffez.

Les Billets que l'on fait avec folidité doivent avoir la condition folidaire que l'on exprime de cette maniere :

Nous promettons de payer folidairement à M. tel.
Ou bien

Nous fouffignez tant en nos noms qu'en celuy de la Compagnie, promettons.

Et quelquefois ils arreftent entre eux de faire leurs Billets fans la claufe folidaire, & alors ils mettent fimplement :

Nous payerons à Monfieur tel ou à fon ordre.

Voyez les Modelles fuivans.

MODELLE D'UN BILLET
de Compagnie solidaire.

Nous souffignez promettons payer solidairement à Monfieur Caftagnier ou ordre au premier Mars prochain de l'année 1724. la fomme de fix mil livres valeur reçûë comptant dudit. A Paris le 15. Octobre 1723.

ANTOINE, BERNARD,
PEREIN, FARGEZ,
DE LA PORTE, FOURNIER.

REMARQUE.

Lorfque la claufe folidaire eft exprimée dans un Billet comme deffus, tous les Intereffez dans la Compagnie font engagez folidairement au paye-ment de leurs Billets quoiqu'ils n'ayent pas tous figné, & le Porteur peut les pourfuivre tous folidairement, ou un feul pour tous les autres, *à moins qu'il ne fût ftipulé autrement par l'acte de fociete.*

I iij

AUTRE BILLET DE
Compagnie solidaire avec élection de domicile.

Pour la somme de cinq mil livres que nous souffignez tant en nos noms qu'en celuy de la Compagnie, promettons de payer folidairement à Monfieur Cottin ou à fon ordre en nôtre Bureau general ruë... au fix Novembre prochain, valeur reçuë dudit. A Paris le 8. May 1723.

DUPIN, CARET, FARGEZ.

REMARQUE.

Le Billet ci-deffus a encore plus de force que le précedent pour la folidité, & tous ceux qui l'ont figné font non-feulement engagez folidairement & de plein droit, mais encore toute la Compagnie au nom de laquelle ils ont ftipulé par cette claufe generale inferée dans le Billet, *tant en nos noms qu'en celuy de la Compagnie*, c'eft-à-dire, que ceux qui n'ont pas figné font également obligez comme ceux qui ont figné, & le Porteur a action folidaire contre tous en general.

AUTRE REMARQUE.

L'élection de domicile élu dans un Billet n'ôte point au proprietaire le droit de s'adreffer en cas de pourfuite à celui qu'il voudra de la Compagnie, mais il faut auparavant en faire la demande au domicile marqué dans le Billet.

Suppofons que le Billet ci-deffus foit échu & qu'à faute de payement le porteur foit obligé de faire fes diligences il doit commencer d'abord par former fa demande au Bureau general de la Compagnie, & enfuite il lui eft loifible de s'adreffer à celuy de la Compagnie qu'il voudra pour en pourfuivre le payement.

AUTRE BILLET DE
Compagnie folidaire.

Nous payerons folidairement au Por-
teur au quinzieme May 1722. la fomme
de dix-neuf cent cinquante livres valeur
reçuê de Monfieur Fremyot. A Mar-
feille le 8. Novembre 1721.

GRIMOD & Compagnie.

REMARQUE.

Quoique ce Billet ne foit figné que d'un feul
affocié, il engage néanmoins folidairement tous
ceux qui font intereffez avec luy, parce qu'il a
figné pour luy & pour fa Compagnie, ayant ajoû-
té aprés fa fignature ces mots, & Compagnie.

Preuve tirée de l'Ordonnance de 1673.
titre 4. article 7.

Tous Affociez feront obligez folidairement aux
dettes de la Societé, encore qu'il n'y ait qu'un qui
ait figné, au cas qu'il ait figné pour la Compagnie,
& non autrement.

I iiij

MODELLE D'UN BILLET
de Compagnie dans lequel il n'y
a point de *clauſe ſolidaire.*

*Nous payerons au premier Juin pro-
chain au porteur la ſomme de deux mil
cinq cent livres valeur reçuè comptant
de Monſieur le Roux. A Paris le 19.
Fevrier 1723.*

COTTIN, LE TOURNEUR, CARCILLIER, FOUGERET.

REMARQUE.

LES Billets de Compagnie qui n'ont point la
condition. *ſolidaire* comme celuy cy-deſſus ne ſont
exigibles à l'égard de ceux qui les ſignent que
pour chacun leur cotte-part, & non pas un ſeul
pour le tout : c'eſt pourquoi lorſquoi lorſqu'on
en prend en prend en payement par compenſation ou négociation, il faut examiner de quelle
maniere ils ſont conſtruits, & prendre garde s'ils
renferment *la cluaſe ſolidaire ou non.*

8. DES BILLETS DE CHANGE

OU

PROMESSES DE FOURNIR LETTRES de Change.

Troifieme efpece.

Explication.

Les Billets de Change ou promeffes de fournir Lettre de Change font d'une nature differente aux Billets précedens ; c'eft pourquoi on les a compris dans une claffe particuliere.

De l'effence des Billets de Change.

Les qualitez effentielles des Billets de Change, c'eft d'être faits pour raifon de Lettres de Change qu'un Banquier a fournies ou qu'il promet de fournir dans la fuite.

Ainfi ce n'eft que la caufe qui en fait toute l'effence, car un Billet où cette condition n'eft point ftipulée, eft un Billet fimple, & ne peut être reputé Billet de Change, conformément à l'Ordonnance de 1673. titre 5. article 27. qui porte expreffément.

Qu'aucun Billet ne fera reputé Billet de Change, fi ce n'eft pour Lettres de Change qui auront efté fournies, ou qui le devront être.

Suivant cet article il y a de deux fortes de Billets de Change.

Le 1. concerne les Lettres de Change que l'on a fournies.

Le 2. les Lettre de Change que l'on promet de fournir.

DES BILLETS DE CHANGE
pour Lettres fournies.

Inftruction.

Les Billets que l'on fait pour Lettre de Change qui ont été fournies doivent faire précifément mention fur qui elles auront été tirées, à qui elles font payables, & en quel tems, de qui, & de quelle maniere la valeur en a efté donnée, foit en argent, marchandifes, ou autres effets ; le tout à peine de nullité du Billet, c'eft-à-dire, que le Billet ne fera pas nul de plein droit, mais qu'il fera regardé comme *Billet fimple*, & non comme *Billet de Change*, comme j'ay dit cy-devant.

Preuve tirée de l'Ordonnance de 1673.
titre 5. article 28.

Les Billets pour Lettres de Change fournies feront mention de celuy fur qui elles auront efté tirées, qui en aura payé la valeur, & fi le payement en a efté fait en deniers, marchandifes, ou autres effets à peine de nullité.

Suivant cette difpofition de l'Ordonnance, un Billet de Change pour Lettres fournies fera comme le modelle de la page fuivante.

MODELLE DE BILLET
de Change pour Lettre *fournie*
fur Rouën.

Pour la fomme de quatre mil livres que je promets payer à la fin du courant à Monfieur Gaftebois ou à fon ordre va-leur reçûë dudit en une Lettre de Change qu'il m'a fournie fur Monfieur le Gendre de Roüen à mon ordre. A Paris le 1. Aouft 1723.

OLIVIER.

REMARQUE IMPORTANTE.

Il faut remarquer que le Billet de Change cy-deffus, & ceux de pareille nature vont de place en place comme les Lettres de Change, & que l'Ordonnance de 1673. leur accorde les mêmes pri-vileges & les mêmes prérogatives ; c'eft-à dire, qu'ils ont le par corps contre toutes fortes de per-fonnes indiftinctement.

DES BILLETS DE CHANGE
pour Lettre à fournir.

Instruction.

Les Billets que l'on fait portant promeſſe de
fournir Lettre de Change dans un certain temps
doivent marquer préciſement la place où les Lettres devront être tirées, le tems du payement,
de qui & de quelle maniere la valeur a eſté reçuë, auſſi à peine de nullité.

Preuve tirée de l'Ordonnance de 1673,
titre 5. article 29.

*Les Billets pour Lettre de Change à fournir feront
mention du lieu où elles feront tirées, & ſi la valeur
en a eſté reçuë, & de quelles perſonnes, à peine de
nullité.*

Suivant l'article cy-deſſus, les promeſſes de
fournir Lettres de Change feront comme le modelle ſuivant.

MODELLE D'UN BILLET
de Change pour Lettre qu'on promet *de fournir*.

J'ai reçu comptant de Monsieur Pierre Colomez la somme de deux mil huit cent livres, pour laquelle je promets luy fournir Lettres sur Lyon payables en prochains payemens des Rois à son ordre sur Grimod. A Bordeaux le 1. Decembre 1722.

LE TONNELLIER.

REMARQUE.

A l'échéance de ce Billet, Monsieur le Tonnellier le doit convertir en Lettre de Change payable en payement de Rois, ainsi qu'il est stipulé, faute dequoy le porteur lui fera faire une sommation pour qu'il ait à y satisfaire.

Voyez les diligences pour Billets de Change à la page

9. DES AVALS.

Les Avals font des fignatures ou des foufcriptions que l'on met au bas de certaines Lettres de Change ou Billets, &c. pour les rendre plus valables.

L'Aval eft proprement une caution, une affurance que l'on donne pour le payement & la validité d'une Lettre de Change, en cas qu'elle ne foit point acquittée par celuy fur qui elle eft tirée.

L'Aval a tant de force par lui-même, qu'il engage folidairement celuy qui le donne avec le Tireur, l'Accepteur & les Endoffeurs au payement des Lettres ou des Billets fur lefquels ils font mis.

Preuve tirée de l'Ordonnance de 1673. titre 5. article 33.

Ceux qui auront mis leur Aval fur des Lettres de Change, fur des promeffes d'en fournir, fur des ordres, ou des acceptations, fur des Billets de Change, ou autres actes de pareille qualité, feront tenus folidairement avec les Tireurs, Accepteurs, Prometteurs, & Endoffeurs, encore qu'il n'en foit pas fait mention dan l'Aval.

DE QUELLE MANIERE ON FAIT
les Avals.

USAGE DES BANQUIERS ET
des Negocians.

Les Avals se font de plusieurs manieres, quelquefois on les met au bas des Lettres de Change ou Billets, & quelquefois on les fait sur un papier separé.

Quand on les fait sur une Lettre de Change ou sur un Billet, on les met au dessous de la signature du Tireur, & s'expriment en deux mots de cette façon :

Pour Aval. Ou bien *Pour servir d'Aval.* Après quoi on signe.

Donnons pour exemple un Modelle de Billet avec son Aval.

Je payerai au porteur dans le courant du mois de Juin prochain la somme de six cent quarante-sept livres, valeur reçüe de M. Aubert. A Paris le 25. Mars 1723.

BONNAMOUR.

Pour Aval,
LE TOURNEUR.

AUTRE USAGE.

Quand on fait les Avals fur un papier feparé, ils font conftruits autrement; on fait d'abord une notte de la Lettre ou du Billet que l'on veut cautionner, & l'on met enfuite l'Aval. Voyez le Modelle fuivant.

NOTTE.

Lettre de Francois Hebert de Bayonne de 1000. livres payable au 15. Mars 1723. à l'ordre de Joffe fur Himette de Paris.

AVAL.

Je promets en mon propre & privé nom garantir la Lettre de Change dont la notte eft ci-deffus & la payer à Monfieur ... en cas qu'elle ne foit point acquittée à fon échéance, en foi de quoi j'ai figné le préfent Aval. A Roüen le 15. May 1723.

BEAUCHAMP.

AUTRE

AUTRE USAGE.

Quand on ne veut point faire de notte fepa-
rée de la Lettre de Change, on en comprend la
teneur dans le corps de l'Aval comme ci-après.

AVAL.

*Je reconnois avoir remis cejou'rdhuy
à Monfieur.... une Lettre de Change
de la fomme de mil livres tirée par M...
de Marfeille fur .... de Bordeaux payable au 15. May prochain à l'ordre de
Carriere qui l'a paffé au mien & moy
audit... qui m'en a payé la valeur comptant, laquelle je promets lui rembourfer en
cas de proteft. A Marfeille le 1. Octobre
1722.*

BONNAFOUX.

K

DES ASSIGNATIONS EN
Banque.

Ls assignations en Banque sont des ordres que les Banquiers fournissent quelquefois à des particuliers pour recevoir des mains d'une tierce personne *une somme.*

Lorsqu'un Banquier a des Lettres de Change ou des Billets à payer, & qu'il ne veut point les acquitter lui-même, ou bien qu'il lui est dû par un autre Banquier de la même Ville, il fournit une assignation au Porteur pour recevoir de son débiteur le montant de la Lettre.

Ces assignations sont regardées entre Banquiers comme Lettres de Change, avec cette difference qu'elles ne vont point de place en place, & qu'elles doivent être acquittées dans la même Ville où elles ont été fournies.

REMARQUE.

L'usage d'acquitter les assignations dans la même Ville où elles sont faites est suivi en France, mais dans les Païs Etrangers elles vont de place en place comme les Lettres de Change, c'est-à-dire qu'elles se font dans une place & qu'elles peuvent être acquittées dans une autre. *C'est le rapport d'un très-habile Negociant d'Anvers.*

Ce sentiment se trouve conforme *au Guide des Negocians* dans lequel il y a un Modelle d'assignation tirée de Lille sur Courtray.

MODELLE D'UNE
Affignation.

Je prie Monfieur Ferlet de payer au porteur la fomme de cinq cent livres dont je lui tiendrai compte en me rapportant la préfente acquittée. A Paris le 1. Octobre 1723.

DEMEUVE.

AUTRE MODELLE.

Monfieur Bonnet payera à Monfieur Caftagne la fomme de fix cent foixante livres, dont je lui tiendrai compte en me remettant la préfente endoffée. A Marfeille le 15. May 1723.

RAVEL.

K ij

CHAPITRE IV.

DES LETTRES D'AVIS, LA maniere de les faire, & dans quel temps on les doit envoyer.

TOUTES sortes d'affaires demandent de la bonne foi, de l'exactitude, & de la précaution, mais la Banque en demande encore plus que d'autres, parce que les consequences en sont plus dangereuses, & qu'il est plus difficile & quelquefois même impossible de revenir d'une tromperie qui aura esté faite. Ce sont des affaires d'argent donné qui se font en peu de tems, une somme monnoyée que l'on donne sur une Lettre n'a pas de suite lorsque celui qui l'a reçuë n'en a pas non plus ; ainsi puisqu'il n'y a point de remede contre le mal quand il est fait, il convient à un homme prudent & sage de prendre toutes les précautions necessaires pour le prévenir & empêcher qu'il n'arrive.

C'est pour cette raison que les Banquiers envoyent *des Lettres d'avis* à leurs Correspondans à mesure qu'ils tirent des Lettres de Change sur eux, parce qu'au moyen de ces avis ils empêchent qu'ils ne soient surpris ny trompez par des gens mal intentionnez qui s'aviseroient de faire de fausses Lettres de Change, & de contrefaire leurs signatures.

De quelle maniere on doit faire les Lettres d'avis.

Les Lettres d'avis se font ordinairement fort courtes, elles doivent seulement contenir en substance les principales circonstances des Lettres de Change afin qu'elles soient d'abord reconnuës pour vrayes & non supposées aussi-tôt qu'on les présente.

Dans quel tems on envoye les Lettres d'avis.

Les Banquiers observent regulierement lorsqu'ils tirent des Lettres sur leurs Correspondans de leur envoyer par le même ordinaire une Lettre d'avis afin de les avertir, de leur donner la facilité de trouver des fonds, & de les tenir prêts pour payer les Lettres à leurs échéances.

Pour donner une idée de la forme des Lettres d'avis, on en va donner quelques Modelles sur lesquels on en pourra faire plusieurs autres, suivant les affaires qui se présenteront.

M. Fontaine à Bordeaux.

A Lyon le 3. Mars 1723.

Monsieur

Je vous donne avis que j'ai cejour-
d'hui tiré fur vous cinq mil livres à l'ordre
de Monfieur Bourgeois, je vous prie de
vouloir bien faire honneur à ma Lettre,
& de la paffer à mon compte. Je fuis
trés-parfaitement,

Monsieur,

Vôtre très-humble &
très-obéiffant Serviteur
DE VARENNES.

M. Perin à Lyon.

A Paris le 10. May 1723.

Je vous envoye cy inclus, Monsieur, une Lettre de quatre mil livres de Monsieur le Couteux sur Monsieur . . . . . . payable en payement des Saints à mon ordre que j'ai passé au vôtre ; je vous prie de vouloir bien l'envoyer à l'acceptation, d'en faire solliciter le payement à son échéance, & de m'en donner credit. Je suis,

Monsieur,

Vôtre trés-humble & trés-obéïssant Serviteur BONNARDIERE.

M. la Chenaye-Gardin à S. Malo.

A la Rochelle le 30. Juin 1723.

C'eſt pour vous donner avis, Monſieur, que je tire cejourd'huy ſur vous
pour compte de M .... 800. livres à
l'ordre de Berthe. Je vous remets auſſi
par la même occaſion par ordre & pour
compte de M ..... une Lettre de 1500.
livres ſur M ...de vôtre Ville que j'ai
fait paſſer à vôtre ordre, vous aurez la
bonté de luy en procurer le requis, & de
luy en donner avis. Je vous baiſe les mains
& ſuis,

Monſieur,

Vôtre très-humble &
très-obéïſſant Serviteur
LE TOURNEUR.

M. Bruny à Marseille.

A Rouen le 18. Octobre 1723.

J'ai, Monsieur, comme vous me l'avez ordonné, payé à M . . . les 2500. livres pour solde de son compte. J'ay fait accepter vôtre Lettre de 4000. livres sur Arnaud fils, & dont j'aurai soin de vous crediter aussi-tôt que j'en auray touché la valeur.

Pour ce qui est de celle de 2000. livres sur la Veuve l'Heritier je vous la renvoye protestée avec le protest, je vous ay debité des frais. *j'écris*

Monsieur,

Vôtre très-humble &
très-obéïssant Serviteur
VALET & Compagnie.

M. la Veuve Vincent à Lyon.

A Marseille le 25. Octobre 1723.

Madame,

Suivant l'ordre que vous m'avez donné par vôtre Lettre du 16. du courant
j'ay tiré sur M. Eon de Saint Malo 300.
livres pour vôtre compte dont je vous ay
credité.

J'ay fait honneur à vos deux traites
de 4. & de 6000. livres à l'ordre de Ro-
land.

Il y a encore celle de 5000. livres à
15. jours de vûë à l'ordre de Pairier que
j'ay acceptée & que j'acquitetay en son
tems. Je vous baise les mains & suis,

Madame,

Vôtre très-humble &
très-obéiſſant Serviteur
CASTELANNE.

LE BANQUIER
FRANÇOIS.
TROISIEME PARTIE.

CHAPITRE PREMIER,

Des Acceptations des Lettres de Change,

SOMMAIRE.

1. *Des differentes sortes d'acceptations.*
2. *De l'acceptation pure & simple.*
3. *De l'acceptation conditionnelle.*
4. *De l'acceptation sous protest.*
5. *De l'acceptation pour payer à soi-même.*
6. *Observations generales sur les acceptations des Lettres de Change.*
7. *Usages des Banquiers & des Négocians sur les acceptations des Lettres de Change.*

x

1. DES DIFFERENTES SORTES
d'acceptations.

Les acceptations des Lettres de Change ne se font pas toutes de la même maniere, elles sont differentes suivant les cas, & operent differens effets selon la forme qu'on leur donne.

On distingue de 4. sortes d'acceptations usitées dans la Banque.

SÇAVOIR,

1. *Les acceptations pures & simples.*
2. *Les acceptations conditionelles.*
3. *Les acceptations sous protest.*
4. *Les acceptations pour payer à soi-même.*

Place où se mettent les acceptations.

La place ordinaire où l'on met les acceptations des Lettres est au dessous du corps de la Lettre entre l'adresse & la signature. Voyez dans les articles suivans la forme qu'elles doivent avoir.

REMARQUE.

Comme il est très-important aux Banquiers de bien connoître ces differentes *acceptations*, de sçavoir la maniere de les faire, leurs usages & leurs prérogatives, on va traiter de chacune en particulier.

2. DES ACCEPTATIONS
pures & simples.

Les acceptations pures & simples font celles que l'on met purement & simplement au bas des Lettres de Change fans aucune claufe ny condition.

Dans les Lettres à quelques jours de vuë, il faut abfolument que l'acceptation foit dattée, parce que c'eft cette datte qui regle l'échéance de la Lettre, & par confequent elle doit être connuë afin que l'on puiffe fçavoir quand les jours de vuë marquez dans la Lettre font écoulez ou non.

USAGE.

La forme de cette acceptation doit être de cette maniere.

Accepté le 4. Decembre 1722.
UN TEL.

AUTRE USAGE.

Dans les Lettres payables à jour nommé, à ufance auffi-bien que celles payables en Foires, en payemens, &c. il n'eft pas effentiellement néceffaire que l'acceptation foit dattée, & l'accepteur met feulement

Accepté UN TEL.

3. DES ACCEPTATIONS
conditionelles.

Les acceptations conditionelles se font lorsque l'on accepte une Lettre de Change avec quelque restriction soit pour le tems du payement ou pour la somme qu'elle contient.

Si on présente à un Banquier une Lettre à deux Usances, & qu'il veuille l'accepter pour quatre Usances, ou bien pour une moindre somme que celle qui y est marquée; alors l'accepteur met dans son acceptation la clause conditionelle, & marque la somme ou le tems qu'il veut payer.

USAGE.

Supposons que la Lettre qu'on lui présente soit payable à deux Usances, & qu'il ne veuille l'accepter que pour la payer à trois Usances, son acceptation sera conçuë de cette façon :

Accepté pour payer à trois Usances.
UN TEL.

AUTRE USAGE.

Si la Lettre étoit de 3000. livres & qu'il ne voulût l'accepter que pour deux mil, il mettroit

Accepté pour deux mil livres.
UN TEL.

Le porteur d'une Lettre de Change ne doit jamais recevoir ces sortes d'acceptations, à moins qu'il n'ait un ordre exprès de son Commettant.

4. DES ACCEPTATIONS
fous proteſt.

Les acceptations fous proteſt ſe nomment ainſi, parce qu'elles ne ſe font qu'aprés que le porteur a fait proteſter la Lettre de Change.

Lorſqu'un Banquier tire pour le compte d'un autre, & que l'accepteur ne veut point accepter la Lettre, ſoit parce qu'il n'a pas de proviſion, ou parce qu'il n'a pas encore reçu d'ordre de celui pour compte de qui on tire, l'acquitteur connoiſſant le Tireur, peut alors pour lui faire honneur accepter la Lettre fous proteſt.

USAGE.

Ces ſortes d'acceptations ſe font de cette manière : l'acquitteur laiſſe proteſter la Lettre, & il répond au proteſt qu'il ne peut accepter la Lettre faute de proviſion ou d'ordre, mais qu'il l'accepte fous proteſt pour l'honneur du Tireur, enſuite il met ſon acceptation ſur la Lettre de cette façon :

Accepté S. P.
A Paris le 4. Decembre 1722.
UN TEL.

REMARQUE.

Les acceptations fous proteſt ont été introduites pour empêcher le tort que le refus abſolu de payer cauſoit au Tireur ou aux Endoſſeurs, ſoit par rapport aux frais, ſoit par rapport à leur réputation.

5. DES ACCEPTATIONS
pour payer à soy-même.

Quoique cette forte d'acceptation foit très-rare, il y a cependant une circonftance où celuy fur qui la Lettre eft tirée peut la mettre.

C'eft lorfqu'il a des fonds au Tireur ou au donneur de valeur, & qu'il fe trouve en même tems créancier de l'un ou de l'autre, alors ne refufant pas de payer la Lettre de Change tirée fur luy, mais voulant faire une compenfation de ce qui luy eft du, & fe payer par cette Lettre plûtôt que de payer le porteur, il accepte la Lettre de cette maniere :

Accepté pour payer à moy-même. A Rouen le 3. May 1722.
UN TEL.

OBSERVATION.

Afin qu'un acquitteur puiffe mettre une pareille acceptation fur une Lettre, il faut que fa dette foit liquidée, c'eft-à-dire, que l'échéance du payement qu'on luy en doit faire tombe dans le même tems que l'échéance de la Lettre, parce que fi le payement de la fomme qu'on luy doit eft incertain, elle ne fçauroit entrer en compenfation.

6. OBSERVATIONS

6. OBSERVATIONS GENERALES
sur les acceptations des Lettres de Change.

1. OBSERVATION.

Les Banquiers doivent observer de ne jamais accepter des Lettres de Change qu'ils n'ayent provision en main pour les payer à l'échéance, ou qu'ils ne ne soient bien assurez qu'il leur rentrera des fonds avant que les 10. jours de grace se soient écoulez.

II. OBSERVATION.

Dés le moment qu'un Banquier accepte une Lettre de Change, il se constituë débiteur envers le porteur, & contracte par ce moyen une nouvelle obligation, & un engagement auquel il doit toûjours être en état de satisfaire en faisant honneur à son acceptation.

III. OBSERVATION.

Les acceptations ont tant de force par elles-mêmes, que si les Tireurs viennent à faire faillite avant le payement de la Lettre, celui qui l'a acceptée en est le veritable débiteur, & il est tenu d'en payer la valeur, sauf son recours envers les Tireurs.

IV. OBSERVATION.

Lorsqu'un Banquier a delivré son acceptation au porteur, il ne peut point se retracter ni se dispenser de payer la Lettre, mais s'il n'avoit pas delivré la Lettre de Change & qu'elle fût encore en sa possession, il seroit le maître de sa signature & pourroit rayer son acceptation.

L

V. OBSERVATION.

Lorfque l'acceptation d'une Lettre de Change a efté furprife, celuy qui l'a acceptée eft en droit de s'en faire décharger, pourvû qu'il puiffe prouver la furprife.

VI. OBSERVATION.

L'acceptation pure & fimple mife au bas d'une Lettre de Change engage l'accepteur à payer la fomme mentionnée dans la Lettre en fon tems & dans toutes les circonftances qui y font exprimées.

VII. OBSERVATION.

Par le moyen de l'acceptation, l'accepteur fe rend le débiteur principal de la Lettre & le Tireur n'en demeure plus que le garant folidaire.

VIII. OBSERVATION.

Une acceptation conditionnelle dégage le Tireur de la pourfuite en garantie.

Elle engage l'Accepteur pour la fomme qu'il a marqué & pour le tems qu'il a exprimé dans fon acceptation.

Elle foumet le porteur qui la reçoit à tous les évenemens qui peuvent arriver, parce qu'il a changé la nature & les circonftances de la Lettre de Change.

IX. OBSERVATION.

Si le porteur d'une Lettre payable à deux Ufances reçoit une acceptation à trois Ufances fans ordre du Tireur, il eft conftant que la Lettre eft à fes rifques pour le tems qu'il a donné au delà du terme.

Elle feroit pareillement à fes rifques, s'il l'avoit acceptée pour une moindre fomme.

7. USAGE DES BANQUIERS
fur les acceptations.

Lorfque les Banquiers envoyent des Lettres de Change à l'acceptation, il s'eft introduit un ufage parmi eux de les laiffer jufqu'au lendemain afin que le Banquier qui doit accepter puiffe voir à loifir fur fon livre d'acceptations fi fon Correfpondant lui a donné avis de la traitte, & s'il a ordre d'accepter.

Avant d'accepter une Lettre de Change, il eft de la prudence du Banquier qui accepte d'examiner foigneufement fur fon livre d'acceptations fi la Lettre eft conforme à l'avis.

Il y a des Banquiers qui marquent fur les Lettres qu'ils acceptent le folio du livre d'acceptations où ils enregiftrent la Lettre.

Il y en a d'autres qui ont une autre maniere en acceptant, ils enregiftrent les Lettres par numero.

L'une & l'autre de ces manieres font bonnes, & les Banquiers qui ont des affaires confiderables ne fçauroient avoir trop d'ordre ni prendre trop de précaution pour les bien faire.

REMARQUE.

Si le Banquier chez qui on a laiffé une Lettre pour accepter, la garde plufieurs jours, il doit datter l'acceptation du jour que la Lettre luy a été remife, & non pas du jour qu'il la rend acceptée.

L ij

CHAPITRE II.

DES NEGOCIATIONS DES
Lettres de Change & Billets.

SOMMAIRE.

1. Définitions des negociations.
2. Par qui se doivent faire les négociations.
3. Des choses essentielles à observer dans chaque négociation.
4. Des accords & conventions, premiere chose essentielle aux négociations.
5. Des Calculs, seconde chose essentielle aux négociations.
6. Des endoßemens, troisieme chose essentielle aux négociations.
7. Effets que produisent les endoßemens.
8. Du second, troisieme & autres endoßemens.
9. Aplication sur les endoßemens.
10. Des endoßemens simples.
11. Des endoßemens en blanc.
12. Donner & prendre des Lettres de Change en négociation.
13. Premiere négociation avec benefice.
14. Seconde negociation avec perte.
15. Troisiéme négociation avec benefice.
16. Quatriéme negociation avec perte.
17. Cinquiéme negociation d'un Billet de Change.
18. Conversion d'un Billet de Change en Lettre de Change.
19. Sixiéme negociation d'un Billet au porteur.
20. Autres negociations en Actions de la Compagnie des Indes.
21. Donner & prendre de l'argent sur des Billets.

I. DEFINITIONS DES
négociations.

Quoiqu'on ait donné dans la premiere Partie de cet Ouvrage la définition du mot de négociation, on a jugé néceſſaire de retoucher ſur cet article, & de le donner ici d'une maniere plus étenduë & mieux circonſtanciée, afin que le Lecteur puiſſe tirer plus d'avantage de ce Chapitre qui renferme le précis de tout ce qui regarde les négociations.

Par le mot de *négociation* il faut entendre la circulation des Lettres de Change, Billets & autres Papiers qui ſe peuvent negocier ſur la place.

La remiſe ou le tranſport que les Banquiers ſe font des uns aux autres en ſe remettant réciproquement de la main à la main des effets *en negociation*.

La ceſſion que le porteur d'une Lettre fait en paſſant ſon ordre en faveur d'un autre qui la prend *en negociation*, ſoit contre d'autres Lettres, à terme ou autrement.

C'eſt ce qu'on peut appeller *négocier en papiers*.

Voyez les differentes négociations cy-après.

On entend encore par le mot de *Négociation*, le commerce d'argent qui ſe fait ſur la place par des particuliers qui y font valoir leurs fonds à tant pour cent.

C'eſt ce qu'on appelle *négocier en argent*.

Voyez les négociations cy-après.

L iij

2. PAR QUI SE DOIVENT
faire les négociations.

Les differentes négociations des Lettres & Billets de Change se doivent faire par l'entremise des Agens de Change établis dans les principales Villes de Commerce.

Les Agens de Change ne se mêlent pas seulement des Lettres & Billets de Change, ils s'entremettent aussi dans la négociation des Billets au porteur & à ordre, & de toute autres sortes de Billets, soit pour les Banquiers & les Négocians, soit même pour les gens d'affaires & autres personnes qui prêtent ou qui empruntent par Billets.

Voyez leur Chapitre cy-après.

3. DES CHOSES ESSENTIELLES A
observer dans chaque négociation.

Il y a trois choses essentielles à observer dans chaque négociation.

La premiere regarde *les accords & les conventions* dont les parties doivent convenir.

La seconde concerne *les calculs* que l'on doit faire à chaque négociation pour connoître le profit ou la perte que l'on y peut faire.

La troisiéme regarde *les endossemens* que l'on met aux Lettres & Billets en les négociant.

4. DES ACCORDS ET DES
conventions.

Premiere chofe effentielle aux Négociations.

La premiere chofe que l'on doit obferver dans les négociations des Lettres de Change & des Billets, ce font les accords & les conventions dont l'Agent de Change doit faire convenir les Parties avant toutes chofes.

Ces accords & ces conventions fe peuvent arrêter de trois manieres differentes.

Au pair.

Avec benefice.

Avec perte.

Négocier au pair c'eft lorfqu'on remet précifément une Lettre pour la même fomme qu'elle porte, c'eft-à-dire, pour la même valeur, & qu'il n'y a ni gain ni perte.

Negocier avec benefice, c'eft lorfqu'on négocie une Lettre ou un Billet à tant pour cent de profit pour le remetteur qui eft le benefice qu'on fait fur la Lettre.

Negocier avec perte, c'eft lorfqu'on fournit ou remet une Lettre pour une moindre fomme qu'elle ne porte. Ce moins eft la perte que l'on fait fur l'effet negocié.

L iiij

5. DES DIFFERENS CALCULS,

Seconde chofe effentielle aux Négociations.

Le mot de calcul eft un terme d'Arithmetique dont on fe fert pour exprimer les operations qu'il convient faire dans la négociation des Lettres de Change.

Ces operations font des regles de multiplication, par le moyen defquelles on trouve le benefice ou les pertes qu'il y a fur chaque négociation.

Pour faire ces regles & ces calculs, on employe la regle du Change en dehors ou celle en dedans fuivant l'ufage des places où l'on eft. A Paris on fe fert de la regle du Change en dehors. A Bordeaux & dans plufieurs autres Villes de Commerce on pratique fouvent celle en dedans.

USAGE DE PARIS.

Pour faire ces operations, on multiplie la fomme contenuë dans la Lettre par le prix de la négociation arrêtée entre les parties, & du produit de cette multiplication on en tranche les deux derniers chiffres à droite, & ceux à gauche donnent le gain ou la perte qu'il y a fur la négociation.

Si les chiffres tranchez à droite font fignificatifs, on en prend le cinquieme pour avoir fols & deniers. Voyez pour modelle les négociations qui font à la fin de ce Chapitre.

6, DES ENDOSSEMENS.

Troisieme chose essentielle aux négociations.

Les ordres ou Endossemens se mettent au dos des Lettres & Billets lorsque les Banquiers veulent les négocier, les remettre ou les envoyer à leurs Correspondans.

Ces ordres doivent contenir 4. choses essentielles en conformité de l'Ordonnance de 1673.

1. L'ordre & le nom de celuy à qui on veut remettre la Lettre, ce qui s'exprime de cette façon :

Payez à l'ordre de Monsieur Simon.

2. En quels effets on reçoit la valeur.

valeur reçuë dudit, comptant.

3. La datte.

A Paris le 10. May 1722.

4. La signature,

S A U V A G E.

Ces 4. choses de suite forment un ordre dans toutes les regles.

Payez à l'ordre de Monsieur Simon, valeur reçuë dudit, comptant. A Paris le 10. May 1722.
                              S A U V A G E.

Voilà l'ordre qu'on observe pour la forme des endossemens, venons présentement aux effets qu'ils produisent.

7. DES EFFETS QUE PRODUISENT
les Endoſſemens.

C'eſt par le moyen des endoſſemens que les Lettres de Change & les Billets paſſent de main en main, & que les négociations ſe font avec plus de facilité.

2. Au moyen des endoſſemens, les Banquiers s'acquittent facilement par des compenſations de Lettres & Billets qu'ils ſe font des uns aux autres ſans rien débourſer.

3. Un endoſſement revêtu de toutes les conditions eſſentielles a tant de force par luy même, qu'il ſert de tranſport au porteur pour ceder & tranſporter ſes droits & actions en faveur d'un autre, & celuy au nom duquel il eſt rempli en devient le proprietaire, & peut exercer ſes droits au lieu & place du cedant.

PREUVE.

Cecy eſt conforme à l'Ordonnance de 1673. titre 5. article 24. qui porte expreſſément que

Les Lettres de Change endoſſées dans les formes preſcrites par l'article 23. appartiendront à celuy du nom duquel l'ordre ſera remply ſans qu'il ait beſoin de tranſport ni de ſignification.

8. DU SECOND, TROISIEME,
quatriéme, & autres Endoſſemens.

Comme les Lettres de Change ſont faites pour aller de place en place, elles ſont ſujettes à avoir pluſieurs endoſſemens, parce qu'à meſure qu'elles changent de main le proprietaire qui les cede eſt obligé pour en tranſporter la proprieté d'y mettre ſon ordre en faveur de celuy à qui il les remet.

Si le Banquier au profit de qui elles ſont endoſſées veut les remettre à un autre, il met pareillement un autre ordre ſous le premier.

Le Banquier qui les reçoit les donne de même en négociation à un autre qui les fait pareillement paſſer dans d'autres mains.

Deſorte que ces Lettres qui vont & viennent de place en place changent ſouvent de proprietaire ſans changer de nature, au contraire c'eſt par ces differentes caſcades qu'on leur fait faire juſqu'à l'échéance qu'elles en deviennent meilleures, & que les porteurs ont plus d'endoſſeurs pour obligez.

Du dernier endoſſement que l'on nomme acquit.

Quand les Lettres ſont échuës & qu'on va pour les recevoir, au lieu de mettre un endoſſement comme ceux cy-deſſus, on met ſeulement un acquit dans la forme qui ſuit.

Pour acquit,
UN TEL.

9. APLICATION.

Appliquons ces principes à la pratique, & pour faire concevoir une idée plus claire & plus nette au Lecteur, donnons pour exemple un modelle de Lettre de Change negocié dans differentes places par le moyen de plusieurs ordres & endossemens.

LETTRE NEGOCIE'E DE PLACE EN PLACE.

A Lyon le 28 Octobre 1722. pour 2000. livres.

A quatre Usances il vous plaira de payer à Monsieur le Roux ou ordre la somme de deux mil livres, valeur reçuë comptant de Monsieur Delespine & que passerez à compte suivant l'avis de

DESMADIERES.

A Monsieur
Monsieur Cottin,
Banquier.
A Paris.

I. NEGOCIATION
de Lyon à Roüen.

M. le Roux de Lyon, pro-prietaire de la Lettre, l'en-voye à M. Chevalier à Roüen à compte des avances qu'il a faites pour luy & passe son or-dre au dos de la Lettre, comme cy à-côté.

Dos de la Lettre de Change.

I. ENDOSSEMENT.

Payez à l'ordre de Mon-fieur Chevalier valeur en compte avec luy. A Lyon le 10. Novembre 1722.

LE ROUX.

Dos de la Lettre de
Change.

I. ENDOSSEMENT.

Payez à l'ordre de Mon-
sieur Chevalier, valeur en
compte avec luy. A Lyon
le 10. Novembre 1722.

LE ROUX.

II. NEGOCIATION
de Roüen à Bordeaux.

M. Chevalier de Roüen
étant redevable de 2000. livres
à Monsieur Gobin de Bor-
deaux passe son ordre sur la
Lettre & la luy remet.

II. ENDOSSEMENT.

Payez à l'ordre de Mon-
sieur Gobin valeur reçuë du-
dit. A Roüen le 21. Janvier
1722.

CHEVALIER.

Dos de la Lettre de Change.

I. ENDOSSEMENT.

Payez à l'ordre de Mon-
sieur Chevalier valeur en
compte avec luy. A Lyon
le 10. Novembre 1722.

LE ROUX,

II. ENDOSSEMENT.

Payez à l'ordre de Mon-
sieur Gobin, valeur reçuë
dudit en marchandises. A
Rouen le 21. Janvier 1723.

CHEVALIER.

III. NEGOCIATION
de Bordeaux à Lyon.

Monsieur Gobin de Bor-
deaux négocie sa Lettre avec
Monsieur de Roy de Lyon ,
& luy passe son ordre.

III. ENDOSSEMENT.

Payez à l'ordre de Mon-
sieur de Roy , valeur reçuë
comptant dudit. A Bor-
deaux le 9. Janvier 1723.

GOBIN.

Dos de la Lettre de Change.

I. ENDOSSEMENT.

Payez à l'ordre de Monsieur Chevalier valeur en compte avec luy. A Lyon le 10. Novembre 1722.

LE ROUX.

II. ENDOSSEMENT.

Payez à l'ordre de Monsieur Gobin, valeur reçuë dudit en marchandises. A Rouen le 21. Janvier 1723.

CHEVALIER.

III. ENDOSSEMENT.

Payez à l'ordre de Monsieur de Roy, valeur reçuë dudit comptant. A Bordeaux le 29. Janvier 1723.

GOBIN.

ACQUIT DE LA Lettre.

M. de Roy étant à Paris va recevoir sa Lettre à l'échéance, alors au lieu de mettre un endossement comme les précedens ; il met l'acquit comme à côté.

Pour acquit,

DE ROY.

Voyez aussi les endossemens cy-après.

10. DES

10. DES ENDOSSEMENS
simples.

Les endoſſemens ſimples ſont ceux qui ne ſont point revêtus de toutes les circonſtances neceſ-ſaires pour leur validité; J'ay dit cy-devant que chaque endoſſement doit contenir quatre choſes eſſentielles pour ſortir ſon plein & entier effet, ainſi lorſqu'ils manquent dans quelques-unes de ces quatre choſes, ils ne peuvent point avoir leur en-tiere execution, & ſont reputez endoſſemens ſimples, comme par exemple ſi vous endoſſez une Lettre de cette façon.

Payez à l'ordre de Monſieur Perein.
A Paris le 10. May 1723.
BONNAVENTURE.

Cet endoſſement n'eſt point dans la forme preſ-crite par l'Ordonnance de 1673. Il y manque une choſe eſſentielle qui eſt l'expreſſion de la valeur, ainſi il ne peut paſſer que pour un ſimple endoſſe-ment, & la Lettre eſt toûjours reputée apparte-nir à celuy qui l'a endoſſée de cette façon.

Preuve tirée de l'Ordonnance de 1673.
titre 5. article 25.

En cas que l'endoſſement ne ſoit pas dans la forme preſcrite par l'article 25. les Lettres ſeront reputées appartenir à celuy qui les aura endoſſées, & pourront être ſaiſies par ſes creanciers, & compenſez par ſes re-devables.

M

II. DES ENDOSSEMENS
en blanc.

Quoique les endoſſemens en blanc ſoient d'un uſage fort pernicieux, il y a cependant beaucoup de Banquiers & de Négocians qui les mettent en pratique.

Lorſqu'ils font des négociations, ils reçoivent des Lettres de Change & des Billets endoſſez en blanc, & les donnent de même de la main à la main ſans les remplir. Ils ſuivent le même uſage lorſqu'ils en envoyent à leurs Correſpondans ou Commiſſionnaires & leur laiſſent la liberté de les remplir au nom de ceux avec qui ils font des affaires, je conviens que cette pratique a ſa commodité, mais elle eſt ſujette à bien des inconveniens.

Si un Banquier a des Lettres endoſſées en blanc & qu'elles luy ſoient volées ou bien qu'il vienne à les perdre, ceux entre les mains de qui elles tombent en peuvent faire un mauvais uſage en rempliſſant les ordres à leur fantaiſie & au nom de ceux qu'ils veulent, ce qui eſt une perte pour le Banquier ; au lieu que lorſque les endoſſemens ſont remplis, il peut en cas d'accident reclamer les Lettres, & prouver qu'elles luy appartiennent.

Ainſi par cette raiſon & une infinité d'autres également ruineuſes & déſavantageuſes aux Banquiers on leur conſeille pour prévenir tous ces accidens, à meſure qu'ils donnent ou qu'ils reçoivent des Lettres de les remplir ou faire remplir d'un endoſſement bien circonſtancié, & dans la forme preſcrite par l'Ordonnance de 1673.

12. DONNER ET PRENDRE
des Lettres de Change & Billets
en négociation.

Après avoir expliqué les chofes effentielles qu'on doit obferver en négociant, il eſt à propos de donner auſſi quelques modelles de négociation fuivant l'uſage des principales Places de Commerce.

AVERTISSEMENT.

On obſervera que tous les calculs de négociations ſuivantes ſont faits comme je l'ay inſinué cy-devant par la regle du Change en dehors : il ÿ a des Auteurs * qui les font en dedans comme la regle d'eſcompte, mais l'uſage le plus ſuivi à Paris , c'eſt de les faire en dehors.

Cependant comme ce Livre n'eſt pas fait pour Paris ſeulement, & qu'il eſt utile aux Banquiers des autres places, on y a inſeré un calcul fait par la regle du Change en dedans pour contenter ceux qui voudront ſuivre cette methode. V. ɑ 175.

* Molinier de Bordeaux.

M ij

13. PREMIERE NEGOCIATION
avec benefice.

QUESTION.

Un Banquier de Paris a une Lettre de 25000. livres, il la négocie fur la place dans le tems qu'elle gagne deux & demy pour cent: combien doit-on luy compter tant pour le principal de fa Lettre que pour le benefice qu'il fait fur la négociation?

CALCUL.

Letttre de	25000. livres.	
Negociée à	2 $\frac{1}{2}$ pour cent.	
Pour deux.	50000.	
Pour un demy.	12500.	
Benefice fur la négociation.	625 | 00.	
Principal.	25000.	
Somme à recevoir.	25625. liv.	

REPONSE.

Suivant le calcul cy-deffus, le Banquier doit recevoir tant par le montant de fa Lettre que pour le Change la fomme de 25625. livres.

USAGE.

A mefure que l'on négocie une Lettre de Change, le porteur y met fon endoffement, & paffe fon ordre en faveur de celuy qui la prend, comme on a dit cy-devant & comme il eft pratiqué aux pages fuivantes.

LETTRE NEGOCIÉE SUR LA PLACE.

A Bordeaux le 4. Mars 1723. pour 25000. livres.

Monsieur

A Usance il vous plaira payer à Monsieur le Roy ou à son ordre, la somme de vingt-cinq mil livres, valeur reçuë comptant dudit, & que vous ferez passer en compte suivant l'avis de

Vôtre très-humble &
très-obéïssant Serviteur
DROUILLARD.

A Monsieur
Monsieur Paris de Monmartel
ruë des Balets.
A Paris.

Et au dos est écrit.

Payez à l'ordre de Monsieur Tourton & Compagnie, valeur reçuë dudit. A Paris le 20. Mars 1723.
LE ROY.

14. SECONDE NEGOCIATION
avec perte.

QUESTION.

Un Banquier de Marſeille à une Lettre de 8540. livres, il la remet à un Cenſal qui la luy négocie ſur le pied d'un & un quart de ſa perte, combien luy doit-on compter de reſte?

CALCULS.

8540. l. negociées à 1. $\frac{1}{4}$ pour cent de perte.

85.   8.

21.   7.

106. l. 15. ſ. à déduire ſur les 8540. l. de principal.

106.   15.   ſ.

Reſte 8433. l. 5. ſ.

REPONSE.

Par les Calculs cy-deſſus il revient au Banquier de Marſeille pour reſtant de ſa Lettre de 8540. livres négociée à un & un quart pour cent de ſa perte la ſomme de 8433. livres 5. ſols.

LETTRE NEGOCIE'E SUR LA PLACE.

A Rouen le 10. Juin 1722. pour 8540. livres.

A quatre Usances vous payerez à Monsieur le Couteux ou à son ordre la somme de huit mil cinq cent quarante livres, valeur reçuë de Monsieur Felix, & que passerez à compte suivant l'avis de

LA VEUVE ABSOLU.

A Monsieur
Monsieur Varanchan,
Marchand de Loge.
A Marseille.

Et au dos est écrit

Payez à l'ordre de Monsieur Castelanne, valeur reçuë comptant dudit. A Roüen le 20. Juin 1722.

LE COUTEUX.

15. TROISIEME NEGOCIATION
avec benefice.

QUESTION.

Un Banquier de la Rochelle a une Lettre de 3000. livres payable à son ordre, il la négocie au Canton avec un autre Banquier pour comptant dans le tems que les Lettres gagnent deux & un tiers pour cent ; combien doit-il recevoir pour le montant de la négociation.

CALCULS.

3000 livres négociées à deux & un tiers pour cent de benefice.

à 2. $\frac{1}{3}$

6000.	
1000.	Principal 3000. livres.
70 | 00.	Benefice. 70.
	A payer 3070.

REPONSE.

Le Preneur doit compter 3070. livrés au Banquier pour avoir sa remise de trois mil livres qu'il prend à deux & un tiers pour cent de sa perte.

LETTRE NEGOCIE'E SUR LA PLACE.

A la Rochelle le 20. May 1722. pour 3000. livres.

A deux Usances je vous prie de payer à Monsieur Bernard ou à son ordre la somme de trois mil livres valeur reçuë dudit & que passerez à compte suivant l'avis de

BOUTILIER.

A Monsieur
Monsieur le Blanc,
ruë Jean pain molet.
A Paris.

Et au dos il y a plusieurs endossemens.

ENDOSSEMENS.

Payez à l'ordre de Monſieur Louis Bonne-
fonds, valeur reçuë comptant dudit. A la Ro-
chelle le 15. May 1723.

BERNARD.

Payez à l'ordre de Monſieur la Chenaye-
Gardin, valeur en compte avec ledit. A S.
Malo le 25. May 1723.

BONNEFONDS.

Pour moy payez à Monſieur de la Rou-
viere le montant de l'autre part, valeur reçuë du-
dit en marchandiſes. Au Havre le 12. Juin 1723.

LA CHENAYE-GARDIN.

Payez à l'ordre de Monſieur Eon, va-
leur reçuë dudit en ſon Billet de Change. A
S. Malo le 21. Juin 1723.

LA ROUVIERE.

Payez à l'ordre de Monſieur Fromaget,
valeur en compte avec ledit. A S. Malo
le 24. Juin 1723.

EON,

6. *Pour acquit,*

FROMAGET,

16. QUATRIEME NEGOCIATION
avec perte.

QUESTION.

Un Banquier de S. Malo a un Billet de 1500.
livres payable dans huit mois, son débiteur offre
de le luy payer presentement moyennant 6. pour
cent par an; combien reste-il à payer.

CALCULS.

par la regle du Change en dedans.

Billet de 1500. l. escompté à 6. pour cent par an.

On dit.

Si 106. l. donnent 6. l. combien donneront 1500. l.

$$6.$$

.9000. $\begin{cases} 106. \\ 84. \text{ l. } 18. \text{ s. } 1. \text{ d. } \dfrac{19.}{53.} \end{cases}$ 9 0 0 0.

520.

96.

20.

___

1920.

860.

12.

12.

___

144.

38. deniers restans. ou $\dfrac{19.}{53.}$

Par l'operation cy-dessus il vient pour l'escompte
d'un an 84. liv. 18. s. 1. d. dix-neuf cinquante troisieme dont il faut prendre les deux tiers pour les 8.
mois qui donnent 56. l. 12. s. & quelquepetite frac-
tion qu'on néglige.

Somme principale . . 1500. livres.
Change à déduire. . . 56. 12.

___

Reste. 1443. l. 8. s. à payer.

17. CINQUIEME NEGOCIATION
avec perte.

QUESTION.

Un particulier a un Billet de Change de 4500. livres, il le négocie fur la place à un & un quart pour cent de perte par mois, combien y a-t-il à perdre fur le Billet pour un mois & dix jours qu'il a encore à courir.

CALCUL.

Montant du Billet. . .	4500. livres.
A 1. pour cent. : .	45.
A 1. quart pour cent. .	11. 5.
Change pour un mois. .	56. 5.
Pour 10. jours. . .	18. 15.
La perte de ce Billet est de .	75. 0.

REPONSE.

Suivant le calcul cy-deffus, la perte du Billet fe monte à 75. livres lefquelles étant déduites des 4500. livres refte encore 4425. livres que le preneur doit compter au remetteur du Billet.

BILLET DE CHANGE
negocié.

Pour 4500. livres.

J'ay reçu de Monsieur Louis Arnaud Marchand de cette ville la somme de quatre mil cinq cent livres, pour laquelle je promets luy fournir Lettre de Change payable à son ordre à la fin de May prochain sur Jean Morassin de Bayonne. A Bordeaux le 25. Fevrier 1722.

DROUILLARD.

REMARQUE.

Ce Billet a été negocié plusieurs fois, & a passé par les mains de divers Banquiers qui ont mis successivement leurs ordres, comme il paroist par les endossemens qui y ont été mis à mesure que les négociations se sont presentées.

Voyez à la page suivante.

ENDOSSEMENS.

Payez à l'ordre de Monsieur Jean Fabre, valeur reçuë dudit comptant. A Bordeaux le 12. Mars 1723.

LOUIS ARNAUD.

Payez à l'ordre de Jean du Prat, valeur reçuë dudit en son Billet. A Marseille le 12. Mars 1723.

JEAN FABRE.

Payez à Monsieur Pierre Castain ou ordre, valeur reçuë dudit. A Nante le 1. Avril 1723.

JEAN DU PRAT.

Payez à l'ordre de Monsieur le Maire & Compagnie, valeur entre nous. A Bordeaux le 20. Avril 1723.

PIERRE CASTAIN.

REMARQUE.

Le Billet étant échu, Monsieur le Maire au nom duquel est le dernier ordre, le présente à Monsieur Drouillard pour le convertir en Lettre de Change sur Bayonne, ainsi qu'il est stipulé par le corps du Billet qu'il luy remet.

Voyez le modelle qui suit.

18. CONVERSION D'UN BILLET DE CHANGE en Lettre de Change.

A Bordeaux le 1. Juin 1723. pour 4500. livres.

A la fin du courant je vous prie de payer à Monsieur le Maire & Compagnie ou ordre la somme de quatre mil cinq cent livres, valeur reçuë dudit en mon Billet de Change de pareille somme qu'il m'a remis & que passerez à compte suivant l'avis de

DROUILLARD.

A Monsieur
Monsieur Morassin,
Banquier.
A Bayonne.

19. SIXIEME NEGOCIATION.

QUESTION.

Un Banquier de... eſt porteur d'un Billet de 1200. livres il en fait tranſport à un particulier qui le prend à deux & un huitieme pour cent de perte, on demande combien ce particulier en faveur duquel eſt fait le tranſport doit compter au Banquier pour le reſtant de ſon Billet.

CALCUL.

1200. livres.	Le Billet eſt de . 1200. l.
à $2\frac{1}{8}$ pour cent.	Le Change va à 25. 10.
2400.	reſte à payer 1174. 10.
158.	
25. 10.	

REPONSE.

Le particulier qui prend le Billet en negociation doit compter au Banquier qui luy en fait tranſport 1174. livres 10. ſ. de reſte.

REMARQUE.

Après avoir donné pluſieurs modelles de négociation concernant les Lettres de Change & Billets, on a jugé à propos d'en donner auſſi quelques-uns pour les Actions de la Compagnie des Indes. Voyez les 3. queſtions ſuivantes.

SEPTIEME

20. **SEPTIEME NEGOCIATION**
en Actions de la Compagnie
des Indes.

QUESTION.

Un Négociant·voulant acheter 23. Actions de
la Compagnie des Indes , donne ordre à un Agent
de Change de les lui prendre fur la place dans le
tems qu'elles font à 1430. liv. piece ; on demande
combien il doit compter pour le montant de cette
négociation.

CALCULS.

23. Actions à	. .	1430. l. piece.
Multipliez par.	. .	23.
		4290.
		2860.
		32890.
Droit de Courtage à $\frac{1}{4}$ pour cent .		82. 18.
		32972. 18.

REPONSE.

Le Négociant doit compter à l'Agent de Change
pour le montant de fa négociation , y compris le
droit de courtage , la fomme de trente-deux mil
neuf cent foixante & douze livres dix huit fols.

N

HUITIEME NEGOCIATION.

QUESTION.

Un particulier a 9. Actions de la Compagnie des Indes, il les négocie sur la place à 1352. liv. 10. f. piece, combien doit-il recevoir ?

CALCUL.

9. Actions de la Compagnie des Indes à 1352. l. 10 f.

9.

Il recevra　.　.　.　12172. 10.

AUTRE NEGOCIATION.

Un Courtier a ordre de prendre sur la place 7. dixieme d'Actions à 137. livres 10. fols piece; combien faut-il que le Negociant qui l'employe lui donne pour avoir les 7. dixiemes d'Actions dont il a besoin ?

CALCUL.

7. dixiemes d'Actions à　.　.　137. l. 10. f. piece.

7.

962. 10.

Courtage.　.　.　.　2. 6.

964. 16.

REPONSE.

Ces 7. dixiémes d'Actions à raison de 137. livres 10. fols piece montent y compris le droit de Courtage à la somme de 964. livres 16. fols.

21 DONNER ET PRENDRE
de l'argent fur des Billets.

Comme c'eſt l'intereſt des Banquiers, des Négocians, des Marchands, & autres particuliers
qui ont des fonds à diſpoſer de ne point laiſſer
leur argent en Caiſſe ſans profit, ils en donnent
& prennent réciproquement les uns des autres
ſur leurs Billets payables à ordre ou au porteur,
moyennant un Benefice de tant pour cent que l'on
regle ſuivant le cours de la place.

Comme ces ſortes de négociations ſont fort
en uſage dans toutes les Villes de Commerce,
on a jugé à propos d'expliquer icy la maniere
dont elles doivent ſe faire, afin que les particuliers qui font valoir leur argent ſur la place ſça-
chent de quelle maniere ils doivent le donner &
le reprendre à l'échéance des Billets.

REMARQUE.

Les trois queſtions ſuivantes ſerviront de regles
aux Commençans pour voir de quelle maniere
ces ſortes de négociations ſe font.

QUAND ON PREND DE
l'argent fur fon Billet.

QUESTION.

Un Negociant de Roüen ayant befoin de 4800. livres pour 6. mois, va à la bourfe, & convient avec un particulier qui lui fournit ladite fomme de lui donner 5. pour cent d'intereft par an qui eft pour lors le cours du Change ; fçavoir de quelle fomme ce Negociant doit faire fon Billet en y comprenant le Change avec le principal ?

USAGE.

On fait d'abord fon calcul & l'on trouve qu'il vient pour le Change 120. livres lefquelles étant jointes avec le principal font 4920. livres dont le preneur doit faire fon Billet.

MODELLE DU BILLET

*A la fin de May je payerai à M...
ou à fon ordre la fomme de quatre mil neuf
cent vingt livres valeur reçuë comptant
dudit. A Roüen le 25. Feurier 1723.*

DU FOUR.

QUAND ON DONNE DE
l'argent fur des Billets.

QUESTION.

On fuppofeque A. prête à B. la fomme de 3000. mil livres fur fon Billet payable dans un an, moyennant quatre & deux tiers pour cent de Change qui eft le cours de la place; on demande combien A. doit compter à B. en déduifant le Change fur la fomme principale.

USAGE.

Somme prêtée   .   .   3000. livres.
Change à déduire.   .   .   140.

           refte .   .   2860. que
A. doit compter à B. pour avoir fon Billet de trois mil livres.

MODELLE DU BILLET.

Je payerai au porteur la fomme de trois mil livres, valeur reçuë comptant de Monfieur Bœuf. A· Marfeille le 24. Septembre 1723.

           BLONDEAU.

RENOUVELLEMENT DE
Billets.

Si à la fin du terme les particuliers qui ont pris de l'argent fur la place ne le trouvent pas en état d'acquitter leurs Billets & que ceux qui ont fait les avances veulent bien leur laiffer les fonds encore quelque temps, on renouvelle le Billet.

Voici de quelle maniere on fait.

Les parties conviennent d'abord du tems qu'on laiffera les fonds, enfuite le débiteur paye comptant le Change pour le tems convenu, ou bien il le comprend dans le nouveau Billet qu'il fait à fon Creancier à la place du premier qu'il retire.

Supofons icy que Monfieur Blondeau qui a fait le Billet de 3000. livres cy-devant demande à le renouveller pour fix mois fur le pied de fix pour cent par an de Change ; de quelle fomme doit-il remplir le nouveau Billet?

On fait fon calcul, & ayant trouvé que le Change du Billet pour fix mois monte à 90. livres on les joint avec le principal pour avoir en total 3090. l. dont on fait le nouveau Billet comme ci-après.

BILLET RENOUVELLE'.

Je promets payer dans fix mois à Monfieur Bœuf ou à fon ordre la fomme de trois mil quatre-vingt dix livres, valeur reçuë comptant dudit. A Marfeille le 1. Septembre 1723.

BLONDEAU.

CHAPITRE III.

DES CHANGES ET RECHANGES
des Lettres tirées de place en place.

SOMMAIRE.

1. *Discours sur les Changes & Rechanges de place en place.*

2. *Du Change & de son étimologie.*

3. *Droit de Change.*

4. *Sur quel pied doit être reglé le Change.*

5. *Du Rechange & de son établissement.*

6. *Par qui est dû le Rechange des Lettres.*

7. *Dans quel tems les interests du Change & Rechange commencent à courir.*

8. *Qu'il n'est dû aucun Change ni Rechange pour le retour des Lettres s'il n'est bien justifié.*

1. DISCOURS SUR LES CHANGES
& Rechanges de place en place.

LES personnes qui ne sont point versées dans la Banque, & qui n'ont aucune connoissance de ses regles ni de ses usages donnent à ces termes de *Change & Rechange* une interpretation fort differente à celle de leur signification ordinaire, & croyent d'abord en entendant prononcer ces mots que l'on parle *des Changes étrangers,* mais

N iiij

les Négocians qui font dans la pratique actuelle de la Banque penfent plus jufte, & appliquent ces mots à leur propre fignification.

Ils entendent par le mot de *Change & Rechange* un commerce d'argent qui fe fait de place en place par le moyen des Lettres de Change, ou les droits que les Banquiers prennent pour fournir ces Lettres de Change, comme il eft expliqué dans les articles fuivans.

2. DU CHANGE ET DE SON étimologie.

Le mot de Change pris dans fa propre fignification fe dit d'un commerce d'argent que les Banquiers pratiquent par le moyen des Lettres de Change qu'ils tirent ou remettent de place en place.

Le Change felon plufieurs anciens & modernes tire fon étimologie de fon changement même & de fon inegalité, changeant & variant de prix fuivant l'abondance ou la rareté de l'argent qui fe trouve dans les places où l'on négocie, tantôt il eft haut, tantôt bas, quelquefois il y a à gagner, quelquefois à perdre, & quelquefois il eft au pair, c'eft à-dire, qu'il n'y a rien à gagner ni à perdre entre les Cambiftes.

3. DROIT DE CHANGE.

Par le droit de Change on entend un benefice de tant pour cent que les Banquiers prennent lorsqu'ils fournissent des Lettres de Change de place en place, tant pour leurs peines que pour l'interêt de l'argent qu'ils font compter dans les places où l'on en a besoin.

4. SUR QUEL PIED DOIT être reglé le Change.

Le prix du Change n'est pas toûjours égal ; & afin que les Tireurs ne se prévalent point d'un Change trop fort lorsqu'ils fournissent leurs Lettres, l'Ordonnance de 1673. qui sert de reglement pour les Lettres de Change, veut que ce Change soit reglé suivant le cours de la place où les Lettres sont tirées, & de celles où elles sont remises.

PREUVE.

Le prix du Change sera reglé suivant le cours du lieu où la Lettre sera tirée, en égard à celuy où la remise sera faite. Ordonnance de 1673. tit. 6. art. 3.

5. DU RECHANGE ET DE SON
établiffement.

Par le mot de Rechange, on entend un fe-cond droit de Change qui a lieu lorfque le por-teur d'une Lettre de Change proteftée faute de payement, eft obligé de prendre une Lettre de pareille fomme fur les lieux où devoit être ac-quittée celle dont il eftoit porteur, ou d'emprun-ter de l'argent fur la place moyennant tant pour cent de Change pour le droit du Banquier qui fournit la Lettre ou qui fait l'avance des deniers.

C'eft ce fecond droit que le porteur paye pour la Lettre ou pour la fomme qu'il prend que l'on nomme Rechange lequel étant joint avec le Change payé en premier lieu au Tireur font deux Changes, c'eft ce qu'on appelle *Change & Rechange.*

ETABLISSEMENT DU RECHANGE.

Le Rechange a été inventé par les Gibelins lorfqu'ils furent chaffez d'Italie, & qu'ils fe re-tirerent à Amfterdam ; comme ils avoient laiffé leurs biens entre les mains de leurs amis, ils fe fervirent à l'exemple des Juifs du commerce des Lettres de Change pour retirer leurs effets ; en-fuite la pratique leur ayant donné des idées plus parfaites, ils encherirent fur l'invention des Juifs par l'établiffement du Rechange.

6. PAR QUI EST DEU LE
Rechange des Lettres de
place en place.

Le Rechange & les frais que l'on compte pour le retour des Lettres peut être dû par diverses personnes, suivant les cas & les differentes places où les Lettres auront été negociées.

PREMIER CAS.
Par le Tireur.

Si le Tireur n'a pas remis de provision à l'acquitteur dans le tems qu'il a tiré sur lui, que la Lettre revienne protestée, & que le porteur prenne des Lettres ou de l'argent à Change sur la place pour faire ses affaires, c'est au Tireur à tenir compte au porteur du Change & Rechange & autres frais pour le retour de la Lettre.

SECOND CAS.
Par l'Acquitteur.

Si celui qui doit acquitter la Lettre se trouve Debiteur du Tireur dans le tems qu'on tire sur luy, ou bien qu'il ait reçuë provision pour acquitter la Lettre à son échéance, & qu'il la laisse protester faute de payement, il doit tenir compte au porteur du Rechange & autres frais faits au sujet de la Lettre.

TROISIEME CAS.

Par les Endosseurs.

Si la Lettre avoit été negociée de place en place en conformité des ordres qui y auroient été mis par divers endosseurs, c'est au porteur à se pourvoir contre lesdits endosseurs pour le rechange des places où elle auroit passé par leur entremise, & le Tireur n'est tenu de payer le rechange que pour la place où la remise aura été faite, & non pour les autres places où la Lettre aura été negociée.

Preuve tirée de l'Ordonnance de 1673. titre 6. article 5.

La Lettre de Change payable à un particulier ou à ordre étant protestée, le rechange ne sera deu par celui qui l'aura tirée que pour le lieu où la remise aura esté faite & non pour les autres lieux où elle aura esté negociée, sauf à se pourvoir par le porteur contre les endosseurs pour le payement du rechange des lieux où elle aura esté negociée par leur ordre.

6. DANS QUEL TEMS LES
interests du Change & Rechange
commencent à courir.

Les intérêts du principal & du Change des Lettres protestées, commencent à courir du jour du protest sans que le porteur soit obligé de faire aucune sommation, commandement ni demande en justice, & au contraire celui du rechange frais de protests, de voyages & autres, ne sont dûs qu'après que la demande en aura été faite par le porteur, & qu'il aura obtenu une Sentence qui les luy adjugera.

Preuve tirée de l'Ordonnance de 1673.
titre 6. article 7.

L'interest du principal & du Change, sera dû du jour du protest, encore qu'il n'ait esté demandé en justice; celui du rechange, des frais de protest & de voyage ne sera dû que du jour de la demande.

8. QU'IL N'EST DEU AUCUN
Rechange pour le retour des Lettres
s'il n'est bien justifié.

Quand les porteurs des Lettres de Change demandent le remboursement du Change & Rechange & autres frais qu'ils prétendent avoir fait pour le retour des Lettres, il faut qu'ils justifient par des certificats autentiques & autres pieces valables que lesdits frais ont été veritablement faits, & qu'ils prouvent même l'obligation & la necessité dans laquelle ils ont été de les faire.

Preuve tirée de l'Ordonnance de 1673.
titre 6. article 4.

Ne sera dû aucun rechange pour le retour des Lettres s'il n'est justifié par pieces valables qu'il a esté pris de l'argent dans le lieu où la Lettre devoit être acquittée, sinon le rechange ne sera dû que pour la restitution du Change avec les interests, les frais du protest & du voyage s'il en a esté fait, après l'affirmation en justice.

CHAPITRE IV.

DES PROTESTS ET DES JOURS
de grace.

SOMMAIRE.

1. *Des Protests.*
2. *Par qui les Protests doivent être faits.*
3. *Comment les Protests doivent être construits.*
4. *Des differentes sortes de Protests.*
5. *Des jours de grace ou de faveur.*
6. *Regle pour les dix jours de grace.*
7. *Quand commencent les jours de grace.*

I. DES PROTESTS.

L'Acte de Protest est d'un usage universel dans toutes les places de l'Europe, il ne peut être supplée par aucun autre acte, & celui qui demanderoit le payement d'une Lettre de Change autrement, ne seroit point reçu en justice ; il faut necessairement pour avoir action contre l'acquitteur d'une Lettre, lui faire faire un Protest au refus d'accepter ou de payer.

Preuve tirée de l'Ordonnance de 1673.
titre 5. article 10.

Le Protest ne pourra être supplée par aucun autre Acte.

2. PAR QUI LES PROTESTS
doivent être faits.

Les Banquiers & les Négocians peuvent se servir de differentes personnes pour faire les Protests des Lettres de Change, suivant la coûtume, & l'usage des places où ils sont établis.

A Paris les Banquiers se servent ordinairement d'un Huissier ou Sergent de la justice Consulaire avec deux recors.

Dans les autres places de France, on prend quelquefois des Notaires, ou un Notaire avec deux témoins ou des Sergens avec des recors conformément à l'Arrest de la Cour de Parlement du 22. Aoust 1638. qui sert de Reglement pour les Protests, & notamment à l'Ordonnance de 1673. titre 5. article 8. dont je rapporte icy les termes pour servir d'autorité.

PREUVE.

Les Protests ne pourront être faits que par deux Notaires, ou un Notaire & deux témoins, ou par un Huissier ou Sergent même de la justice Consulaire avec deux Recors.

3. COMMENT

2. COMMENT LES PROTESTS
doivent être conftruits.

Les Protefts doivent contenir le nom & le domicile des témoins ou recors, & une fommation
aux Parties d'accepter ou de payer le montant des
Lettres qui y feront tranfcrites toutes au long ,
& les ordres, s'il y en a , avec proteftation en cas
de refus de tous dépens , dommages & interefts ,
& de prendre la fomme à Change & Rechangé
au cours de la place, & de s'en prévaloir contre
qui il appartiendra.

Preuve tirée de l'Ordonnance de 1673.
titre 5. article 9.

*Dans l'acte de Proteft , les Lettres de Change fe-
ront tranfcrites avec les ordres & les reponfes , s'il y en
a , & la copie du tout fignée fera laiffée à la Partie ,
à peine de faux & des dommages & interêts.*

REMARQUE.

L'Ordonnance veut que l'on obferve toutes
ces formalitez dans l'acte de proteft, afin que les
parties intereffées ayent connoiffance de tout ce
qui s'eft dit & paffé en proteftant les Lettres de
Change.

4. DES DIFFERENTES SORTES
de Protefts.

On diftingue dans la Banque de deux differentes fortes de Protefts.

Le Proteft faute d'acceptation.
Le Proteft faute de payement.

Le Proteft faute d'Acceptation fe fait dans le tems que l'on prefente la Lettre de Change à l'Accepteur, & qu'il refufe d'y mettre fon Acceptation.

Le Proteft faute de payement fe fait à l'échéance de la Lettre, lorfque l'Acquitteur ne veut point la payer.

REMARQUE.

Nous aurions donné icy des Modelles de Protefts pour faire connoître la difference qu'il y a de l'un à l'autre, mais comme cela regarde plûtôt le miniftere des Notaires & des Huiffiers que celuy d'un Banquier, nous finirons cet article pour paffer à quelque chofe de plus effentiel & de plus neceffaire à la pratique des Lettres de Change.

Voyez l'article fuivant.

§. DES JOURS DE GRACE.

Quoique les Porteurs des Lettres de Change soient obligez, pour conserver leurs droits, de recourir contre les Tireurs & les Endosseurs de les faire protester d'l'échéance, il s'est néanmoins introduit un usage parmy les Banquiers de donner encore après cette échéance quelques jours francs aux acquitteurs avant que de faire protester les Lettres.

Ces jours se nomment en terme de Banque *jours de grace ou de faveur*, c'est-à dire, un délay que le Porteur accorde à un Banquier pour le payement des Lettres qu'il doit acquitter.

Les jours de grace facilitent les affaires de Banque, & sont favorables *aux Tireurs, aux Porteurs, & aux Accepteurs.*

Aux Tireurs, parce qu'ils ont le tems de donner avis à leurs Correspondans, & de leur faire tenir provision.

Aux Accepteurs, parce que pendant ce tems la rentrée des fonds se fait, & se mettent en état de payer les Lettres à la fin des dix jours.

Aux Porteurs parce qu'ils peuvent attendre jusqu'au dernier jour de grace sans courir aucun risque, & évitent par ce delay les frais de protest qu'ils pourroient faire aux Acquiteurs qui ne seroient pas en état de payer le propre jour de l'échéance.

O ij

5. REGLE POUR LES JOURS
de grace.

Les jours de grace ne font pas égaux dans tous les pays, & fe reglent ordinairement fuivant l'ufage refpectif des places où les Lettres doivent être acquittées. Je donneray dans un autre ouvrage l'ufage qui s'obferve dans les places étrangeres ; en attendant je vais donner dans celuy-cy l'ufage de France.

Dans toutes les places de France, les jours de grace font reglez à 10. jours, & les porteurs des Lettres de Change font obligez de faire faire leurs protefts dans lefdits jours ; autrement & à faute de ce faire, lefdites Lettres demeureront à leurs perils & fortunes, fans qu'ils puiffent prétendre aucun recours contre les Tireurs & les Endoffeurs des Lettres.

Voyez le Reglement pour les Protefts du 7. Septembre 1630. cy après.

Autre preuve tirée de l'Ordonnance de 1673.
titre 5. article 4.

Les Porteurs des Lettres de Change qui auront été acceptées, & dont le payement échoit à jour certain feront tenus de les faire payer ou protefter 10. jours après celui de l'échéance.

Les 10 jours de grace none partieu
alyon

7. DANS QUEL TEMPS
commencent & finiſſent les 10.
jours de grace.

Les dix jours de grace ou de faveur ne commencent à courir que du lendemain de l'échéance
des Lettres qui eſt compté pour le premier.

Ainſi une Lettre qui échoiroit , ſuppoſons le
5. May, les *jours de faveur* ne commencent que
le lendemain qui eſt le 6. dudit mois & finiſſent
le 15. cela étant ſuppoſé , il faut abſolument que
la Lettre ſoit acquittée ledit jour quinziéme ; &
en cas de refus , le porteur la doit faire proteſter le même jour n'y étant pas à tems le lendemain.

OBSERVATION IMPORTANTE.

Le porteur d'une Lettre de Change doit obſerver que ſi le dernier jour de grace arrive un
Dimanche ou une Fête , il eſt obligé de faire proteſter ſes Lettres la veille , n'étant pas permis de
le faire les Fêtes.

AUTRE OBSERVATION.

S'il y a deux ou trois Fêtes de ſuite , & que
l'échéance de la Lettre tombe dans l'une des trois
Fêtes , il faut obſerver pareillement de faire proteſter les Lettres la veille des Fêtes.

*L'uſage de la place de Lyon est
de ne faire le protest que le
lendemain des fêtes, quand l'écheance
ſe trouve une fête*

O iij

CHAPITRE V.

DES DILIGENCES ET DES POURSUITES que les Porteurs sont obligez de faire à l'échéance des Lettres, & des Juges qui en doivent connoître.

SOMMAIRE.

1. *Première démarche des Porteurs.*

2. *Poursuite après le Protest.*

3. *De la poursuite en garantie.*

4. *Dans quel tems commencent les délais de quinzaine.*

5. *Si le Porteur est recevable dans son action en garantie.*

6. *Preuve des Tireurs & des Endosseurs en cas de poursuite en garantie.*

7. *Si le Porteur d'une Lettre de Change peut accorder du tems après l'échéance.*

8. *Si une Lettre qui n'a point été protestée dans le tems est au risque du Porteur.*

9. *Si le Porteur d'une Lettre de Change qui entre en payement perd à son droit de recours contre son remetteur.*

10. *Si le Porteur d'une Lettre de Change peut être contraint à en recevoir le payement avant l'échéance.*

11. *Droit du Porteur lorsque tous les obligez en une Lettre viennent à manquer.*

12. *Diligences pour Billets de Change.*

13. *Diligences pour Billets à ordre ou au Porteur, &c.*

14. *Des Juges qui connoissent du fait des Lettres de Change & Billets.*

1. PREMIERE DEMARCHE
du Porteur.

La premiere demarche que le Porteur d'une Lettre de Change doit faire pour s'en procurer le payement, c'est de la prefenter à celuy fur qui elle eft tirée pour en toucher la valeur, fi elle eft payable à vûë ; ou pour la faire accepter., fi elle eft payable à un autre terme.

Après cette acceptation, le Porteur eft obligé, pour la confervation de fes droits, à l'échéance de la Lettre, ou au plus tard dans les délais ordinaires d'en demander le payement, ou la faire protefter en cas de refus.

2. POURSUITE DU PORTEUR
après le Protest.

Après le Protest d'une Lettre de Change, le Porteur a action contre chacun de ceux qui font interessez dans la Lettre par leur signature, & peut pour son remboursement du principal, dommages & interests les poursuivre l'un aprés l'autre ou tous à la fois, y étant tous obligez solidairement.

Cette poursuite se peut faire de plusieurs manieres, & l'usage universel donne au porteur le choix de divers moyens pour avoir son remboursement.

1°. Le porteur peut faire assigner l'Accepteur en vertu de son acceptation qui est une stipulation formelle par laquelle il s'est obligé de payer la Lettre à son échéance.

2°. Il peut aussi poursuivre chaque Endosseur, parce qu'en passant les ordres en leurs noms, ils ont acquis la proprieté de la Lettre, & que ceux à qui ils la remettent ensuite n'en deviennent proprietaires que par leur moyen ; ainsi comme c'est par leur fait que la Lettre a passé de main en main jusqu'à celle du Porteur, ils ne peuvent être liberez que lorsque la Lettre de Change est acquitée.

3°. Le Porteur peut pareillement agir contre le Tireur qui est obligé solidairement avec l'Accepteur, même après l'acceptation, si cet Accepteur ne paye point & qu'il laisse protester la Lettre faute de payement.

4º. Si le Porteur veut pourſuivre tous les Obligez en une Lettre de Change à la fois, il les fera aſſigner tous enſemble par devant le même Juge, afin que la Sentence qui interviendra ſoit declarée commune entr'eux, & par conſequent qu'ils ſoient condamnez ſolidairement au payement & frais de la Lettre.

5º. Le Porteur peut auſſi avec la permiſſion du Juge faire ſaiſir les effets du Tireur, des Endoſſeurs, & des Accepteurs, parce qu'il y a autant de Débiteurs comme il y a de perſonnes engagées par leur ſignature.

Celuy qui a tiré la Lettre eſt le principal débiteur, ceux qui ont mis ſucceſſivement leurs ordres ſont auſſi obligez, celui qui l'a accepté eſt pareillement devenu débiteur, & ſujet comme les autres à la pourſuite du Porteur qui a le dernier ordre, conformément à l'Ordonnance de 1673. titre 5. article 12.

PREUVE.

Les Porteurs pourront auſſi par la permiſſion du Juge faire ſaiſir les effets de ceux qui ont tiré ou endoſ-ſé les Lettres, encore qu'elles ayent été acceptées même les effets de ceux ſur leſquels elles auront été tirées en cas qu'ils les ayent acceptées.

3. DE LA POURSUITE EN
garantie.

Ce n'eſt pas aſſez que les porteurs des Lettres de Change les faſſent proteſter dans le tems preſcrit par l'Ordonnance, ils ſont encore obligez, pour exercer leur action en garantie contre les Tireurs & les Endoſſeurs, de les pourſuivre, dans la quinzaine s'ils ſont domiciliez dans la diſtance de 10. lieuës.

Et ſi les Tireurs & les Endoſſeurs font leur reſidence au delà des 10. lieuës, le délay ſera augmenté ſuivant l'éloignement à raiſon de 5. lieuës par jour.

Preuve tirée de l'Ordonnance de 1673. titre 5. article 13. dont voici les termes.

Ceux qui auront tiré ou endoſſé des Lettres ſeront pourſuivis en garantie dans la quinzaine s'ils ſont domiciliez dans la diſtance de 10. lieuës, & au delà à raiſon d'un jour par 5. lieuës ſans diſtinction du reſſort des Parlemens; ſçavoir, pour les perſonnes domiciliées dans nôtre Royaume, & hors icelui les délais ſeront

De deux mois pour les perſonnes domiciliées en Angleterre, Flandres, ou Holande.

De trois mois pour l'Italie, l'Allemagne & les Cantons Suiſſes.

De quatre mois pour l'Eſpagne.

De ſix pour le Portugal, la Suede, & le Dannemark.

4. DANS QUEL TEMPS
commencent les délais de
quinzaine.

Le tems pour notifier le protest & faire les poursuites en garantie contre les Tireurs & les Endosseurs des Lettres, commencent à courir du lendemain que les Protests ont été faits aux Accepteurs : ainsi

Si le Porteur fait protester sa Lettre le premier du mois, on commencera à compter les délais de quinzaine du lendemain qui est le deux,
& finiront le seizieme jour que l'exploit de sommation ou de dénonciation du protest doit être fait
à la Partie.

Preuve tirée de l'Ordonnance de 1673.
titre 5. article 14.

*Les délais de quinzaine seront comptez du lende-
main des protests jusqu'au jour de l'action en garantie
inclusivement sans distinction des Dimanches & des
jours de Fêtes.*

5. SI LE PORTEUR D'UNE LETTRE
de Change est recevable dans son action en
garantie après les délais de quinzaine.

Le porteur d'une Lettre de Change acceptée qui néglige de faire protester sa Lettre dans les 10. jours de faveur peut avoir action contre son auteur, & le Tireur n'est pas dechargé de la garantie sous prétexte que le protest n'a pas été fait dans le tems de l'Ordonnance, à moins qu'il ne justifie que celui sur qui il a tiré étoit son débiteur ou avant la traite ou depuis, lui ayant remis provision pour acquitter la Lettre à son échéance.

En ce cas le porteur est non recevable dans son action en garantie & en toute autre demande envers le Tireur & les Endosseurs pour n'avoir pas fait ses diligences dans le tems prescrit par l'Ordonnance de 1673. titre 5. article 15.

PREUVE.

Après les délais de quinzaine, les porteurs des Lettres seront non recevables dans leur action en garantie & en toute autre demande envers le Tireur & les Endosseurs.

Voyez aussi l'Arrest de la Cour du Parlement du 28. Juillet 1711. rapporté cy-après. a

voye 320.

6. PREUVE DES TIREURS ET
des Endoſſeurs en cas de pourſuite en garantie.

Lorſque les Tireurs & les Endoſſeurs des Lettres de Change ſont pourſuivis en garantie, & qu'ils oppoſent la fin de non recevoir, ils ſont tenus de prouver que ceux ſur qui ils ont tiré leur étoient redevables ou qu'ils avoient proviſion en main dans le tems de l'échéance de la Lettre qu'ils ont payé ou fourni la valeur de la Lettre, ou qu'ils étoient créanciers de ceux qui la leur ont remiſe, faute dequoi ils ſont tenus de les garantir : c'eſt la diſpoſition préciſe de l'Ordonnance de 1673. titre 5. article 16.

PREUVE.

Les Tireurs & les Endoſſeurs des Lettres feront tenus de prouver, en cas de denégation, que ceux ſur qui les Lettres étoient tirées leurs étoient redevables ou avoient proviſion dans le tems qu'elles ont dû être proteſtées, ſinon ils feront tenus de les garantir.

7. SI LE PORTEUR D'UNE LETTRE de Change peut accorder du tems après l'échéance.

Il n'eſt point d'uſage d'accorder du tems pour le payement des Lettres de Change, comme on peut faire pour les Billets qui n'ont pas été ne-gociez.

Les Lettres de Change ont des privileges ſi heaux & ſi précis que ce ſeroit donner atteinte à leurs pre-rogatives que de changer la Loy qui les a établies.

L'Ordonnance de 1673. porte préciſement que les porteurs des Lettres de Change acceptées ſeront tenus de les faire payer poſitivement le dixiéme jour de grace au plus tard, faute de quoi ils ſont en droit de les faire proteſter.

REMARQUE.

Lorſque le porteur néglige de faire ſes diligences dans les dix jours ou qu'il accorde du tems à l'ac-quitteur, la Lettre demeure pour ſon compte, & par conſequent ſoumis à tous les évenemens qui peuvent arriver.

8. SI UNE LETTRE QUI N'A POINT
été protestée dans le tems est au
risque du Porteur.

Cette question contient deux considerations.

1°. Si celuy sur qui on tire une Lettre de Change avoit provision en main dans le tems que le protest a dû estre fait, il n'y a pas de difficulté que la Lettre ne soit au risque du porteur qui a negligé de la faire protester dans le tems.

2°. Mais si au contraire le porteur prouve que celui sur qui la Lettre étoit tirée n'avoit pas de provision dans le tems la Lettre n'est point à ses risques, & il a son recours contre le Tireur.

9. SI LE PORTEUR D'UNE LETTRE
de Change qui entre en payement perd son
droit de recours contre son Remetteur.

Le porteur d'une Lettre ou d'un Billet qui se présente pour en recevoir la valeur doit toucher la somme en entier, & ne jamais entrer en payement pour partie de la somme contenuë dans la Lettre ou dans le Billet, à moins qu'il n'eût un ordre positif de celui à qui appartient la Lettre, autrement il perd son droit de recours contre son remetteur, & ce qui est en reste du montant de la Lettre demeure à ses risques, perils & fortune.

10. SI LE PORTEUR D'UNE LETTRE de Change peut être contraint à en recevoir le payement avant l'échéance.

Les frequentes diminutions arrivées fur les efpeces ont fouvent donné lieu à cette queftion.

Dans le tems des diminutions, les porteurs des Lettres de Change & Billets négligeoient de faire la demande à l'échéance pour ne pas perdre fur la diminution des efpeces.

D'un autre côté les débiteurs qui avoient par devers eux les mêmes raifons d'interefts offroient aux porteurs d'en faire le payement avant l'é-chéance.

Comme ces raifons étoient fort oppofées entre elles & qu'on avoit de la peine à concilier les in-terefts des uns & des autres, on eût recours à la Loi du Prince pour faire ceffer ces contefta-tions, & regler la maniere dont on feroit le paye-ment des Lettres de Change dans le tems des diminutions d'efpeces.

Cette Loy eft la Declaration du Roy qui fut don-née le 28. Novembre 1713. elle établit une égalité réciproque entre le porteur d'une Lettre de Change & celui qui la doit payer. En voici la difpofition.

Tous porteurs de Lettres de Change & Billets à ordre feront tenus d'en faire la demande aux débiteurs le 10. jour préfix après l'échéance, & reciproquement les dé-biteurs defdites Lettres & Billets ne pourront obliger les porteurs d'en recevoir le payement avant ces mêmes dix jours.

Voyez la Declaration du Roi raportée ci-après.

323.

11. DROIT

11. DROIT DU PORTEUR
lorfque tous les obligez en une Lettre viennent à manquer.

L'action folidaire qu'a le porteur d'une Lettre de Change acceptée & proteftée faute de paye-ment contre l'Accepteur, le Tireur & les Endof-feurs eft univerfellement reçuë & pratiquée dans toutes les places, mais on demande quel feroit le droit du porteur fi tous les obligez en la Lettre venoient à manquer?

USAGE.

Si tous les obligez en une Lettre de Change proteftée faute de payement viennent à manquer, le porteur qui a tous les débiteurs pour obligez folidaires a droit d'entrer dans chaque direction de créanciers; mais s'il figne fans réferve le con-trat d'un des obligez, il perd fon recours contre tous les autres.

Preuve tirée d'un Arreft de la Cour du Parlement du 18. May 1706.

Le Porteur d'un Billet ou Lettre de Change qui a pour obligez le Tireur, l'Accepteur & les En-doffeurs, n'eft pas obligé en cas de faillite de tous les cooblligez d'en opter un, & il peut exercer fes droits contre tous.

12. DILIGENCES POUR BILLETS
de Change.

Quoique les Billets de Change foient fondez fur les mêmes Loix & fur les mêmes regles que les Lettres de Change , il n'eſt pas d'uſage de les faire proteſter comme on fait les Lettres de Change.

Lorſqu'un Billet de Change eſt échû , & que l'on en refuſe le payement , le porteur fait faire dans les 10. jours une ſommation ou commande-ment à celui qui a fait le Billet pour obtenir une condamnation. Ces diligences étant faites , il les fera ſignifier à ceux au profit de qui les ordres auront été paſſez , & les pourſuivra en garantie comme pour Lettres de Change.

Preuve tirée de l'Ordonnance de 1673.
titre 5. article 32.

A faute de payement du contenu en un Billet de Change le porteur fera ſignifier ſes diligences à celui qui aura ſigné le Billet ou paſſé l'ordre, & l'aſſigna-tion en garantie fera donnée dans les mêmes délais preſ-crits pour Lettres de Change.

13. DILIGENCES POUR BILLETS
à ordre & autres fortes de Billets pour valeur reçuë comptant, ou valeur en marchandiſes.

· Lorſqu'un Billet n'a point été negocié, celuy au nom duquel il eſt fait ne perd point ſon droit contre le débiteur quand il laiſſeroit paſſer le tems de l'échéance ſans en demander le payement.

Mais lorſqu'il a été negocié, le porteur eſt obligé, pour la conſervation de ſes droits, de faire ſes diligences dans les dix jours après l'échéance s'il eſt pour valeur reçuë comptant.

Si le Billet portoit valeur en marchand.ſes, le porteur auroit trois mois pour faire cette ſommation.

Preuve tirée de l'Ordonnance de 1673. titre 5. article 31.

Le porteur d'un Billet negocié, ſera tenu de faire ſes diligences contre le débiteur dans dix jours s'il eſt pour valeur reçuë en deniers ou en Lettres de Change qui auront été fournies, ou qui le devront être, & dans trois mois s'il eſt pour valeur reçuë en marchandiſes ou autres effets, & les delais comptez du lendemain de l'écheance icelui compris.

P ij

14. DES JUGES QUI CONNOISSENT
des Lettres de Change.

La connoiſſance du fait des Lettres de Change entre toutes ſortes de perſonnes appartient à Meſſieurs les Juge & Conſuls établis à Paris & dans les principales Villes de Commerce du Royaume.

Dans les Juſtices reglées, on employe le miniſtere des Avocats & des Procureurs pour ſe faire entendre, à cauſe qu'il faut avoir fait un étude particuliere du Droit & de la Pratique pour ſoûtenir une cauſe & la mettre en état d'être jugée ; mais dans les Juriſdictions Conſulaires on comparoiſt en perſonne, & les parties ont la liberté de ſe faire entendre par leur bouche, & de plaider elles-mêmes leurs cauſes, parce qu'on ne cherche alors dans les affaires que les regles de l'équité, de la droiture, & de la bonne foy.

Il n'eſt point de Juriſdiction où les affaires ſe terminent ſi ſommairement qu'à celle des Juges-Conſuls ; ils rendent la juſtice gratuitement, & ne reçoivent aucun ſalaire, ni droits pour quelque cauſe que ce ſoit.

Le titre 12. de l'Ordonnance de 1673. qui ſert de Reglement pour les Lettres de Change & Billets contient dans dix huit articles les regles que leſdits Juges doivent obſerver pour rendre la juſtice aux Parties qui ont des cauſes devant eux.

La juriſdiction des Juges-Conſuls de Paris fut établie ſous le Regne du Roi Charles IX. par ſon Edit du mois de Novembre 1563.

Voyez cy-après. *a juge* 357.

CHAPITRE VI.

DES CAUTIONS QUE L'ON DONNE
*pour l'évenement des Lettres de Change
& Billets.*

SOMMAIRE.

1. Dans quel cas on donne caution pour les Lettres
   de Change.
2. Ce qu'il faut observer lorsqu'on a perdu une Lettre
   payable à un particulier sans ordre.
3. En quel temps les cautions que l'on donne pour les
   Lettres de Change sont déchargées.

I. DANS QUEL CAS ON DONNE
caution pour les Lettres de Change
& Billets.

LES cautions que l'on donne pour l'évenement des Lettres de Change & Billets se
peuvent demander dans deux cas différens.

Le premier pour Lettres & Billets fournis ou
negociez.

Le second pour Lettres & Billets adhirez ou
perdus.

PREMIER CAS.

Quand on prend ou qu'on négocie une Lettre ou un Billet fur la place, & que le porteur doute de la folvabilité de l'Acquitteur ou des Endoffeurs ; il demande ordinairement une caution.

Il en eft de même lorfqu'un particulier emprunte de l'argent fur fon Billet, & qu'il n'eft pas connu du preteur, on lui demande pareillement une caution qui fert d'affurance pour valeur de la fomme qu'il emprunte.

SECOND CAS.

L'Ordonnance de 1673. titre 5. article 19. porte, que celui qui aura perdu une Lettre de Change payable à ordre fera obligé d'en pourfuivre le payement en juftice lequel fera ordonné par Ordonnance du Juge, à la charge par le pourfuivant de donner caution pour l'affurance de la fomme.

PREUVE.

Au cas que la Lettre adhirée foit payable à ordre, le payement n'en fera fait que par Ordonnance du Juge & en baillant caution de garantir le payement qui en fera fait.

2. CE QU'IL FAUT OBSERVER
lorfqu'on a perdu une Lettre payable à un particulier fans ordre.

Lorfqu'on a perdu une Lettre de Change payable à un particulier y dénommé fans ordre, le porteur en doit demander une feconde au Tireur qui annule la premiere fans être obligé de donner caution, parce qu'une Lettre de cette nature n'a point de fuite, & que le particulier qui a feul le droit d'en exiger le payement ne peut plus fe fervir de la premiere en cas qu'il la retrouve, ayant touché la valeur fur la feconde.

Preuve tirée de l'Ordonnance de 1673. titre 5. article 18.

La Lettre payable à un particulier & non à ordre étant adhirée ou perduë, le payement n'en pourra être fait qu'en vertu d'une feconde Lettre fans donner caution, & faifant mention que c'eft une feconde Lettre & que la premiere ou autre précedente demeurera nulle.

3. DANS QUEL TEMPS LES
cautions que l'on donne pour les Lettres
de Change font dechargées.

Les cautions que l'on donnoit autrefois pour
l'évenement des Lettres de Change & Billets
duroient trente ans, mais comme ce terme étoit
extrêmement long, & qu'il arrivoit pendant ce
tems-là beaucoup de changement dans les affaires,
on avoit de la peine à trouver des particuliers qui vouluffent cautionner pour un tems où
ils n'étoient pas affurez d'être eux-mêmes.

Les Ordonnances de 1664. & de 1673. qu
fervent de reglement pour les Lettres de
Change, ont changé l'ordre de ces cautionnemens, & en ont fixé le terme à trois années,
après lefquelles toutes cautions données pour
Lettres de Change, feront & demeureront dechargées de plein droit fans qu'ils puiffent être
recherchez ni inquietez pour raifon defdits cautionnemens.

Preuve tirée de l'Ordonnance de 1664.

Qu'à l'avenir toutes cautions qui seront données pour l'evenement des Lettres de Change ou Billets payables au porteur ou à ordre qui se trouveront perdus ne demeureront responsables & obligez que pendant trois ans, passé lesquels l'Accepteur qui auroit payé, le Tireur; & ceux qui auroient passé les ordres en seront & demeureront dechargez sans qu'après les trois ans accomplis ils puissent être recherchez ni inquietez pour raison desdits cautionnemens.

Autre preuve tirée de l'Ordonnance de 1673.
titre 5. article 20.

Les cautions baillées pour l'évenement des Lettres de Change seront dechargées de plein droit sans qu'il soit besoin d'aucun jugement, procedure ou sommation s'il n'en est fait aucune demande pendant trois ans à compter du jour des dernieres poursuites.

CHAPITRE VII.

DE LA PRESCRIPTION DES LETTRES
de Change & Billets.

SOMMAIRE.

1. *Preſcription des Lettres & Billets de Change.*
2. *Preſcription des Billets à ordre.*
3. *Preſcription des Lettres tirées en payement de Lyon.*

1. PRESCRIPTION DES LETTRES
& Billets de Change.

LA preſcription des Lettres & Billets de Change eſt fixée à cinq ans, à compter du lendemain de l'échéance, ou du proteſt, ou de la derniere pourſuitte.

Preuve tirée de l'Ordonnance de 1673.
titre 5. article 21.

Les Lettres & Billets de Change ſeront reputez acquittez après cinq ans de ceſſation de demande & pourſuites à compter du lendemain de l'échéance ou du proteſt, ou de la derniere pourſuite ; néanmoins les pretendus debiteurs ſeront tenus d'affirmer s'ils en ſont requis qu'ils ne ſont plus redevables, & leurs veuves, heritiers ou ayans cauſe qui eſtiment de bonne foi qu'il n'eſt plus rien dû.

2. PRESCRIPTION DES BILLETS
à ordre & au porteur.

La préscription des Billets à ordre & au porteur est plus étenduë que celle des Lettres & Billets de Change, elle est fixée à 30. années accomplies.

Voyez le traité du Commerce de terre & de mer.

3. PRESCRIPTION DES LETTRES
tirées en payement de Lyon.

L'Ordonnance de 1673. ne parle point de la préscription des Lettres de Change tirées en payement sur Lyon, mais le reglement de la place du Change l'a fixé à un an pour les domiciliez & porteurs de bilan sur la place.

Et pour les autres particuliers des diverses places du Royaumes à trois ans après l'échéance.

Voyez le Reglement de la place du Change cy-après article 10.

CHAPITRE VIII.

DES CONTRAINTES PAR CORPS
pour Lettres de Change & Billets.

SOMMAIRE.

1. *De la contrainte pour Lettres & Billets de Change.*

2. *De la contrainte pour Billets à ordre & au porteur.*

3. *De la contrainte pour Billets faits par les gens d'affaires.*

4. *Diverses remarques sur les Billets.*

5. *Si la contrainte a lieu pour les personnes septuagenaires.*

1. DE LA CONTRAINTE POUR
Lettres & Billets de Change.

LES Lettres & Billets de Change ont un privilege particulier, & l'Ordonnance de 1673. leur accorde la contrainte par corps & étend ce privilege indistinctement sur toutes sortes de personnes qui signent des Lettres & Billets de Change ou qui promettent d'en fournir de place en place.

2. BILLETS A ORDRE ET AU
porteur.

Les Billets à ordre & au porteur faits par des Banquiers ou des Marchands ont pareillement la contrainte par corps comme les Lettres & Billets de Change, & ce privilege s'étend generalement sur tous les particuliers qui se mêlent de quelque commerce.

Preuve tirée de l'Ordonnance de 1673. titre 7. article 1.

Ceux qui auront signé des Lettres & Billets de Change pourront être contraints par corps, ensemble ceux qui y auront mis leur aval, qui auront promis d'en fournir, avec remise de place en place, qui auront fait des promesses pour Lettres de Change à eux fournies, ou qui le devront être, entre tous Négocians ou Marchands qui auront signé des Billets pour valeur reçuë comptant ou en marchandises soit qu'ils doivent être acquittez à un particulier y nommé, ou à son ordre, ou au porteur.

3. DE LA CONTRAINTE POUR
Billets faits par les Gens d'affaires.

Les Billets faits par les gens d'affaires pour valeur reçuë comptant ont la contrainte par corps comme ceux qui font faits par les Banquiers & Marchands.

La Déclaration du Roi du 26. Fevrier 1692. porte expressément.

Que *tous Receveurs, Treforiers, Fermiers, Sous-Fermiers des droits de Sa Majesté, Traitans Generaux & particuliers, & autres gens chargez du recouvrement des deniers Royaux, & tous autres comp-tables envers le Roy, pourront être contraints par corps de même que les Négocians au payement des Billets qu'ils feront pour valeur reçuë comptant pendant le tems qu'ils feront pourvûs de leurs charges, ou qu'ils feront chargez du recouvrement des deniers du Roi.*

Voyez la Déclaration toute au long cy-aprés.

4. REMARQUE SUR LES Billets.

Les Billets faits par des particuliers qui ne font point dans le négoce ni dans les affaires n'ont point la contrainte par corps, & le porteur n'a que la voye de la pourfuite & de la faifie en vertu des Sentences & des condamnations qu'il obtient contre fon débiteur.

AUTRE REMARQUE.

Si les Billets font faits par des mineurs, la pourfuite eft inutile & ne peut avoir lieu qu'après la minorité, à moins que les mineurs ne foient dans le commerce ou dans les affaires parce qu'alors ils font regardez comme majeurs.

AUTRE REMARQUE.

Il faut encore remarquer que la contrainte par corps n'a lieu que pour les Billets au deffus de cent livres, & l'on n'accorde point de Sentence pour ceux qui font d'une fomme au deffous.

5. SI LA CONTRAINTE A LIEU
pour les perfonnes feptuagenaires.

On demande fi une perfonne à qui il eft dû une fomme pour raifon de Lettres de Change ou Billets peut avoir action contre fon débiteur lorfqu'il eft feptuagenaire, & obtenir la contrainte par corps contre lui?

Cette queftion n'eft pas difficile à réfoudre, il n'y a qu'à lire les Ordonnances renduës fur ce fujet. Celle de 1667. titre 34. article 9. porte expreffément, que les perfonnes âgées de foixante & dix ans ne pourront être emprifonnez pour Lettres & Billets de Change, de forte que lorfqu'un débiteur eft devenu feptuagenaire, il eft exempt de la contrainte par corps.

Si avant d'avoir atteint l'âge de foixante & dix ans il y avoit eû des Sentences contre luy & des condamnations par corps, & qu'il fût détenu prifonnier il eft en droit auffi-tôt qu'il a atteint la foixante & dixiéme année de fon âge de le faire fignifier à fa partie, & de demander fon élargiffement.

LE

LE BANQUIER FRANÇOIS.

QUATRIEME PARTIE.

CHAPITRE PREMIER.

SOMMAIRE.

1. De la Banque.

2. Des Banquiers.

3. Des Commissionnaires.

4. De la Provision.

5. Des précautions que les Banquiers doivent prendre pour payer valablement une Lettre de Change.

1. DE LA BANQUE.

SI de tous les biens celuy qui apporte de plus grands avantages à l'état & aux particuliers doit être estimé le plus utile, il est aisé de montrer qu'il n'y en a point qui puisse être mis en paralelle avec la Banque. Elle est utile aux Négocians, aux gens d'affaires, & generalement à tous ceux qui donnent ou qui prennent des Lettres de Change.

Q

Un Négociant qui a des fonds à remettre dans les pays étrangers, prend des Lettres de Change d'un Banquier & les envoye à fon Correfpondant.

Un Financier qui eft chargé d'un recouvrement & qui a des recettes & des payemens à faire dans une Province, employe fouvent l'art de la Banque & le miniftere des Banquiers pour faire venir des fonds ou pour en remettre.

Un voyageur avec une Lettre de Change dans fa poche, marche plus leftement & avec moins de crainte, que lorfqu'il eft chargé d'une quantité d'or ou d'argent qui le rend la proye de tous ceux qui en cherchent dans la bourfe d'autruy.

Et pour parler de quelque chofe de plus effentiel & de plus univerfel, n'eft-ce pas par le moyen de la Banque que fe fait & facilite la circulation des efpeces de place en place; circulation autant neceffaire dans un Etat que celle du fang dans le corps humain. C'eft elle qui donne les mouvemens à tous les membres de la République qui entretient le commerce des biens & la focieté des interefts, &c. qui faifant paffer fucceffivement la monnoye de main en main, de celle de fes Sujets dans celle du Prince, & réciproquement de celle du Prince dans celle de fes Sujets, fait la felicité de ceux-cy & la puiffance de celui-là.

2. DES BANQUIERS.

Les avantages confiderables que la Banque pro-
cure dans le Royaume, & la facilité qu'elle donne
pour faire tenir de l'argent d'une ville à l'autre
ont donné lieu à l'établiffement de plufieurs perfonnes d'efprit & de merite par le miniftere defquelles on peut tirer & remettre des fonds dans
toutes les places de l'Europe & même dans toutes
les parties du monde.

Tels font Meffieurs les Banquiers que nous
voyons aujourd'huy briller dans nos grandes Villes
avec tant de diftinction, & que Louis XIV. le
plus grand & le plus éclairé des Monarques a bien
voulu diftinguer par des marques d'honneur, & il-
luftrer par la nobleffe plufieurs de ceux qui ont
fervi l'Etat par la Banque.

C'eft dans cette fituation qu'en foûtenant avec
éclat le crédit qu'ils fe font acquis par leur prudence & par leur fage conduite, font rouler journellement de main en main & paffer de place en
place des fommes très-confiderables par le moyen
des Lettres de Change qu'ils fourniffent ou qu'ils
remettent tant en dedans qu'en dehors du
Royaume.

3. DES COMMISSIONNAIRES.
De leurs fonctions & de leurs obligations.

De leurs fonctions.

Les Commiſſionnaires ſont des Commis qui font des affaires pour le compte des Banquiers.

Qui ſont en correſpondance avec des Banquiers d'une autre Ville, qui font leurs commiſſions, & qui ſollicitent le payement des Lettres de Change qu'on leur envoye.

Qui tirent des Lettres de Change, & qui font des remiſes de place en place ſuivant les ordres qui leur ſont donnez par leurs Commettans.

De leurs obligations.

1. La premiere démarche qu'un Commiſſionnaire eſt obligé de faire en recevant les remiſes de ſes Commettans, c'eſt de les faire accepter, & enſuite d'en ſolliciter le payement à l'échéance.

2. Un Commiſſionnaire ne doit jamais exceder les ordres qu'il reçoit de ſon Commettant, parce que la perte qui pourroit ſe trouver en excedant ſon pouvoir ſeroit pour ſon compte ; il eſt ſeulement obligé d'executer de point en point ſes commiſſions ; & de ſuivre exactement les ordres que ſes Commettans luy envoyent.

3. Un Commiſſionnaire qui veut bien remplir ſon devoir, doit toûjours chercher l'avantage

& le profit de ſes Commettans , & pour cet effet il doit les informer ſoigneuſement de tout ce qui ſe paſſe de nouveau ſur la place au ſujet de la Banque.

S'il y a abondance d'argent ou non.

A quel prix il ſe diſpoſe pour les Villes où ſes Commettans ont coûtume de tirer ou de re-mettre.

Si les Lettres ſont demandées ou offertes, & ſi elles gagnent ou perdent.

S'il y a des Banqueroutes conſiderables , ou des pertes de Vaiſſeaux ſur mer appartenant à des Négocians de ſa Ville.

C'eſt en conſequence de tous ces differens avis que les Commettans reçoivent de leurs Commiſ-ſionnaires qu'ils prennent leurs meſures , & qu'ils ſe reglent pour les traites qu'ils ont à faire dans les differentes places où ils négocient.

REMARQUE.

Lorſqu'un Commiſſionnaire a proviſion en main & qu'il laiſſe proteſter les Lettres de Change ti-rées ſur lui par ſes Commettans , il eſt tenu de payer les frais du proteſt & autres que l'on peut faire à ce ſujet.

AUTRE REMARQUE.

Si le Commiſſionnaire n'a pas de proviſion en main , & que ſon Commettant tire ſur luy , il n'eſt pas tenu d'acquitter les Lettres , & les frais retombent ſur ſon Commettant.

AUTRE REMARQUE.

Les Commissionnaires qui font des avances pour acquitter les Lettres de leurs Commetans, en doivent retirer un interest qui leur est dû indépendamment de leur provision.

OBSERVATION TRES-IMPORTANTE
pour les Commissionnaires.

Lorsqu'un Commissionnaire remet des fonds à ses Commettans en Lettres de Change, il doit observer pour ne point courir aucun risque de faire faire les Lettres payables à l'ordre de ses Commettans, & lorsqu'il en prend de toutes faites sur la place, il doit pareillement observer de les faire endosser au nom du Commetant auquel il doit les envoyer & non au sien, parce que n'ayant point fait passer d'ordre en son nom, il n'est pas garant des Lettres de Change en cas de faillite.

DE LA PROVISION.

Ayant donné cy-devant la définition du mot de Provision, on va expliquer feulement dans cet article de quelle maniere elle fe tire.

Les Commiffionnaires qui acquitent des Lettres e Change pour le compte de leurs Correfpondans paffent ordinairement leur provifion fur le pied d'un demy pour cent.

APPLICATION.

Meffieurs Caftelanne de Marfeille reçoivent avis de leur Commiffionnaire de Rouen qu'il a acquitté pour 25650. livres de Lettres pour leur compte. A combien fe montera la provifion de ladite fomme à un demy pour cent.

PRATIQUE.

Lettres acquittées.   .   .   25650. liv.

Provifion à ½ pour cent.   .   .   128 | 25.
                                            5.

Pour la provifion des 25650. liv. à ½ pour cent. Il vient . . 128. liv. 5.

Q iiij

AUTRE USAGE.

Les Banquiers qui se tirent & remettent réciproquement des Lettres de Change, comptent ordinairement leur provision à un tiers pour cent.

PRATIQUE.

Quelle est la provision de . . . 22500. liv.

A $\frac{1}{3}$ pour cent. . . . . 75 | 00.

Il vient pour la provision des 22500. livres à $\frac{1}{3}$ pour cent 75. livres.

AUTRE USAGE.

Quand les Commissionnaires se rendent garands des traites & des remises qu'ils font pour le compte de leurs Commettans, on leur accorde ordinairement double provision, c'est-à-dire, un salaire plus fort qu'à l'ordinaire à cause qu'ils demeurent du croire.

PRATIQUE.

On veut tirer la provision de 60000. livres de Lettres sur le pied de . . $\frac{1}{4}$ pour cent.

Pour un demy . . . . 30000.
Pour un quart . . . . 15000.

450 | 00.

La provision desdits 60000. livres à raison de $\frac{1}{4}$ pour cent monte à 450. livres.

5. DES PRECAUTIONS QUE
les Banquiers doivent prendre pour payer
valablement les Lettres de Change

Avant que de payer une Lettre de Change ,
les Banquiers doivent foigneufement examiner
fi elle n'eft point fauffe , & fi les ordres font bien
paffez des uns aux autres & dans les regles pref-
crites par l'Ordonnance.

Ces précautions font fort effentielles dans les
payemens , parce que fi on payoit fur une fauffe
Lettre ou fur un faux Billet on feroit refponfable
de la fomme , & l'on pourroit être obligé à payer
une feconde fois.

Lorfque les Lettres de Change font préfentées
par une perfonne inconnuë, on peut l'obliger à fe
faire connoître ou à donner caution , car il ne
fuffit pas pour exiger le payement d'une Lettre
de l'avoir en main , il faut avoir encore un titre
valable par lequel il paroiffe qu'elle nous appartient , foit par le texte de la Lettre ou par les
endoffemens , ou que nous ayons un tranfport ou
un pouvoir de celuy à qui elle eft.

Cette queftion eft fouvent agitée, il y a des
particuliers qui foûtiennent qu'on peut payer une
Lettre fans connoître la perfonne à qui l'on paye.
Il eft vray qu'il y a des Banquiers qui payent
tous les jours des Lettres fans connoître les porteurs, mais ils n'en font pas mieux , & ces payemens ne font valables qu'autant qu'il ne fe ren-
contre point de difficulté , car s'il arrivoit la moindre conteftation ils feroient obligez de payer une
feconde fois.

CHAPITRE II.

DES AGENS DE CHANGE, BANQUE, Commerce, & Finance.

SOMMAIRE.

1. Des Agens de Change, & de leurs fonctions.
2. Des qualitez nécessaires aux Agens de Change.
3. Des Livres que les Agens de Change doivent tenir.
4. Des droits des Agens de Change.
5. Défenses aux Agens de Change de travailler pour leur compte particulier.
6. Divers établissemens des Agens de Change.
7. Edit du Roy Charles IX. du mois de Juin 1572. pour la premiere création des Agens de Change.
8. Arrest du Conseil d'Etat du Roy Henri IV. du 15. Avril 1595. qui fixe le nombre des Agens de Change.
9. Arrest du Conseil d'Etat du Roy Louis XIII. du 2. Avril 1639. en faveur des Agens de Change.
10. Edit du Roy Louis XIV. portant suppression des anciens Offices d'Agens de Change du mois de Décembre 1705.
11. Edit du Roy portant suppression des 20. Offices d'Agens de Change à Paris créez par Edit du mois de Decembre 1705. & création de 40. autres pareils Offices pour ladite Ville du mois d'Aoust 1708.
12. Edit du Roy Louis XIV. qui defend à toutes personnes de faire les fonctions attribuées aux Agens de Change du 3. Septembre 1709.
13. Edit du Roy Louis XIV. portant creation de 20. nouvelles charges d'Agent de Change pour Paris seulement du mois de Novembre 1714.

14. *Arreſt du Conſeil d'Etat du Roi du 30. Aouſt 1710. portant ſuppreſſion des 60. charges d'Agens de Change de Paris, & qui ordonne qu'il ſera établi 60. Agens de Change par commiſſion.*

15. *Arreſt du Conſeil pour le retabliſſement des charges d'Agens de Change du 17. May 1721.*

16. *Edit du Roi portant ſuppreſſion & nouvelle creation des Agens de Change de la Ville de Paris du mois de Janvier 1723.*

17. *Statuts & Reglemens pour les Conſeillers Agens de Change.*

18. *Lettres Patentes pour la confirmation deſdits Statuts.*

1. DES AGENS DE CHANGE,
& de leurs fonctions.

Les Agens de Change , Banque , Commerce, & Finance ſont des Officiers en titre d'Office formé, établis dans les principales Villes du Royaume par Lettres Patentes de Sa Majeſté. Leur principale fonction eſt de s'entremettre pour la négociation des Lettres de Change , Billets , & autres papiers qui ſe négocient ſur la place.

Ils ſont utiles aux Banquiers, aux Negocians , aux gens d'affaires & autres particuliers qui font valoir leur fonds ſur la place.

Comme ces Officiers ſont des perſonnes de confiance, & que c'eſt par leur moyen que l'on ſçait tout l'argent comptant & les Lettres qu'il y a à diſpoſer dans une Ville , on s'adreſſe ordinairement à eux lorſque l'on en a beſoin , ou bien qu'on en veut faire l'employ.

REMARQUE.

Lorfqu'un Agent de Change a porté fa parole pour un Banquier, & qu'il a propofé, traité, conclu & arrêté une négociation avec un autre Banquier ou particulier, il faut que la négociation s'execute de point en point, tant par celuy qui prend les effets que par celui qui les fournit.

2. DES QUALITEZ REQUISES & néceffaires aux Agens de Change.

Les charges d'Agent de Change étant d'une nature à ne pouvoir être remplies que par des perfonnes bien caracterifées, il eft important pour la fûreté des affaires, & pour la confiance publique que celuy qui defire fe faire pouvoir d'une de de ces charges foit entr'autres chofes d'une probité & d'une capacité connuë.

La premiere de ces qualitez renferme tout ce qui regarde la conduite des mœurs, l'équité, la droiture & l'honneur.

La feconde de ces qualitez qui regarde la capacité qu'un Agent de Change doit avoir, confifte dans une parfaite connoiffance des fonctions & des obligations de fa charge.

Outre cette connoiffance, il faut encore qu'un Agent de Change aye *de l'exactitude, de la bonne foy, de la prudence, & du fecret* dans les négociations qui fe font par fon entremife.

De l'exactitude, parce que le commerce de Banque varie d'un moment à l'autre, & qu'en négligeant une négociation, le prix du Change peut augmenter ou diminuer.

Lorfqu'un Banquier luy donne des commiffions il doit s'y appliquer avec foin, & pour faire utilement les affaires de ceux qui l'employent, il doit aller tous les jours fur la place pour voir ce qu'on y fait ce qu'on y dit, & ce qui s'y paffe de nouveau pour leur en rendre compte.

Il doit auffi tous les matins rendre exactement fes vifites aux Banquiers qui ont coûtume de les faire travailler, foit pour recevoir leurs ordres, ou pour leur propofer quelque nouvelle affaire.

De la bonne foy, parce qu'un Agent de Change doit travailler avec beaucoup de droiture & de fincerité dans toutes les négociations qu'il entreprend.

Lorfqu'il propofe une affaire à un Banquier, il ne doit point fe fervir d'aucune diffimulation ny artifice pour parvenir à fes fins, il doit être vrai dans fes paroles, propofer en homme d'honneur les effets qu'il a ordre de négocier, & menager les interefts de ceux qui leur confient leurs Lettres ou leur argent.

De la prudence, parce qu'un Agent de Change qui va chez un Banquier pour luy propofer une affaire, doit avoir beaucoup de circonfpection & de retenuë dans fes paroles, & ne rien dire que de fort à propos.

Il eft auffi du devoir d'un Agent prudent & fage qui entend dire des paroles ou des raifons contre les uns ou contre les autres de ne point les rapporter pour éviter toutes conteftations.

Du fecret, parce que les Banquiers font obligez quelquefois de leur confier les affaires les plus fecretes; c'eft pourquoi il eft abfolument néceffaire que ces Officiers ayent le fecret en partage.

Ils doivent tout voir, tout écouter, & ne rien dire du secret qui regarde les négociations qu'ils auront faites.

Il arrive quelquefois qu'un Banquier qui fournit des Lettres prend un Change au dessus du cours de la place, ou bien un interêt trop fort de l'argent qu'il fait valoir ; ces sortes d'affaires & autres de pareille nature qui peuvent blesser la réputation d'autruy doivent toûjours être secrettes, parce qu'une parole dite mal à propos en ces occasions feroit également du tort à celui qui donne les effets & à celui qui les prend, faisant passer le premier pour un usurier, & le second pour un homme qui ne seroit pas bien dans ses affaires.

Ainsi puisque l'indiscretion est une chose si préjudiciable dans les affaires de Banque, un Agent ne sçauroit avoir trop de circonspection sur ce point qui est le plus délicat de son ministere.

3. DES LIVRES QUE LES AGENS
de Change sont obligez de tenir.

Les Agens de Change sont dans l'obligation de tenir des Livres journaux sur lesquels ils enregistreront toutes les parties qu'ils auront negociées pour les Banquiers & gens d'affaires qui les employeront.

Cette obligation leur est prescrite par l'Ordonnance de 1673. afin que si dans la suite il survient quelque difficulté sur les négociations qu'ils auront

aites, on puisse avoir recours à leurs Livres pour·
prouver la verité de ce qui a été fait.

Preuve tirée de l'Ordonnance de 1673.
titre 3. article 2.

Que les Agens de Change & de Banque tiendront un Livre journal dans lequel seront inserées toutes les parties par eux commises pour y avoir recours en cas de contestation.

4. DES DROITS DUS AUX
Agens de Change sur les négociations.

Les droits qui sont dûs aux Agens de Change sur les négociations qu'ils font sont reglez par l'E-dit de création de 1705. qui les fixe à 50. s. par mil livres, ce qui revient à 5. sols pour cent qu'on nomme en terme de Banque un quart pour cent qui leur est payé : sçavoir,

Un huitiéme par celuy qui donne sont argent ou ses Lettres. Et

Un huitiéme par celui qui les prend.

Voyez l'Edit du Roy du mois de Decembre 1705. article 6. cy-après.

MANIERE DE TIRER LES
droits.

Prenez toujours le quart de la somme negociée & du produit, tranchez les deux dernieres figures à droite ce qui se trouve à gauche est le droit de l'Agent.

APPLICATION.

On demande quels sont les droits d'un Agent de Change sur une négociation de 20000. livres.

Somme négociée . . 20000. livres.

Droits à $\frac{1}{4}$ . . . 50. qui luy sont dües.

Sçavoir 25. livres par le preneur & 25. livres par le donneur.

5. DEFFENSES AUX AGENS DE Change de travailler pour leur compte particulier.

Il est défendu aux Agens de Change de tenir Banque ou de faire le Change pour leur compte particulier soit directement ou indirectement, sur peine de perdre leur charge & d'estre condamnez à une amende.

Preuve tirée de l'Ordonnance de 1673.
titre 2. article 1.

Deffendons aux Agens de Banque & de Change de faire le Change ou tenir Banque pour leur compte particulier sous leurs noms ou sous des noms interposez directement ou indirectement, à peine de privation de leurs charges & de quinze cent livres d'amende.

6. DIVERS

§. DES DIVERS ETABLISSEMENS
des Agens de Change.

PREMIERE CRÉATION.

La premiere création des Agens de Change est un établissement fait sous le regne de Charles IX. en l'année 1572.

Avant ce tems ces Officiers n'étoient point en charge & il étoit permis à toutes personnes d'exercer leur ministere sans avoir aucun titre. C'étoit alors la condition commune de tous les Officiers tant de Judicature que de Police & de Finance , & les Agens de Change dont les fonctions sont aujourd'hui si importantes ne commencerent qu'alors à être érigez en charge.

On les nommoit dans ces premiers tems Courtiers de Change & de marchandises , parce qu'ils s'entremettoient alors , non seulement de faire les négociations de Banque , mais encore de toutes sortes de marchandises.

Sous le regne de Louis XIII. ils furent nommez Agens de Banque , & Change , par Edit du 2. Avril 1639.

Le feu Roi Louis XIV. de glorieuse mémoire , connoissant l'importance & l'utilité de ces charges & voulant engager des personnes de distinction par leur état & par leur probité d'en acquerir , il ajoûta ausdites charges de nouvelles prérogatives d'honneur , & leur accorda le titre & la qualité de Conseiller du Roy , Agens de Change , Banque Commerce , & finance , par Edit du mois de Décembre 1705.

R

Pour ajoûter à ce qui vient d'être dit une idée plus précise & plus étenduë de ce qui regarde les charges d'Agent de Change, on a jugé à propos de rapporter ici tous les Edits qui les concernent depuis leur premier établissement jusqu'en l'année 1723.

7. EDIT DU ROY

CHARLES IX.

Du mois de Juin 1572.

Portant création des Courtiers, tant de Change & de deniers, que de drap, laine, toille, & autres sortes de marchandises.

CHARLES, par la grace de Dieu, Roy de France, à tous présens & à venir. Comme en plusieurs bonnes villes de nôtre Royaume, & autres lieux d'icelui, l'état des Courtiers auquel la legalité & prud'hommie sont principalement requises soit exercé par toutes personnes indifferemment qui s'en entremettent sans prêter aucun ferment pardevant nos Juges, & par ce moyen ont été & sont encore commis infinis abus & malversations, à quoi nous désirons & voulons pourvoir pour le bien de nos Sujets & de la marchandises ; Sçavoir faisons, que pour ces considerations & autres à ce nous mouvans, avons agrée, créé

& établi, créons & établissons en titres d'office, tous Courtiers qui exercent à présent fait de courtage, tant de Change & de deniers, que de drap de soye, laines, toiles, & autres sortes de marchandises, à la charge que chacun d'eux sera tenu de prendre de nous dans deux mois Lettres de provision desdits Etats, pour après être reçuës par nos Baillifs & Senéchaux ou leurs Lieutenans & autres nos Juges des lieux, & en jouir & user comme les autres pourvûs de pareils offices & jusqu'à ce qu'ils ayent été pourvûs d'iceux, leur en avons après lesdits deux mois interdit & défendu tout exercice & entremise à peine de punition corporelle, & d'amande arbitraire. SI DONNONS EN MANDEMENT à nos amez & feaux les gens tenans nôtre Cour de Parlement à Paris, Prevost de Paris, Baillifs, Senechaux du ressort dudit Parlement, que ces présentes Lettres de création & établissement desdits Offices, ils fassent lire, publier & enregistrer, & du contenu en jouir & user pleinement & paisiblement tous ceux qui seront pourvûs desdits Offices, nonobstant opposition ou appellation, Edits, Ordonnances, & Lettres à ce contraire : Car tel est nôtre plaisir. Donné au Château de Boulogne, au mois de Juin, l'an de grace mil cinq cent soixante & douze, & de nôtre regne le douziéme.

R ij

8. ARREST DU CONSEIL D'ETAT DU ROY

HENRY IV.

Du 15. Avril 1595.

Qui fixe le nombre des Courtiers de Change & de Banque.

LE Roy en son Conseil, sur ce qu'il luy a été representé que par Edit de Juin 1578. fait par le feu Roy Charles, que Dieu absolve, il auroit été creé en titre d'office formé les Courtiers de Change & Banque avec défenses à toutes personnes de ne s'entremettre en exercice de ladite charge si auparavant ils n'étoient pourvus desdits Offices, & prins Lettres de provision d'icelle sur peine de prison & d'amande arbitraire, pour obvier aux fautes & malversations qui se commettent audit état qui s'exerçoit indifferemment par toutes sortes de personnes, tant regnicoles qu'étrangeres, sans aucun serment en justice, au grand préjudice du public; lequel Edit seroit demeuré sans effet, & lesdites malversations continuées jusqu'à présent, à ce que les désirant, Sa Majesté a fait deffenses à toutes personnes de quelque qualité & condition qu'elles soient, de ne faire ni exercer ledit état de Courtier de Change & Banque, & vente en gros de marchandites étrangeres à peine de punition corporelle & de 500. écus d'amande, dont la moitié sera appliquée à Sa Majesté & l'autre moitié au

dénonciateur defdites contraventions qui fe verifieront fommairement fans forme ni figure de
procès par la certification de témoins non fuf-
pects fans premier avoir prins Lettres de provifion de Sa Majefté pour ledit Office & à ce
que les Marchands fçachent dorénavant à qui s'a-
dreffer pour avoir faire lefdites charges & vente
en gros defdites marchandifes étrangeres.

Sa Majefté veut & ordonne qu'en fa bonne
ville de Paris il y aura le nombre de huit Courtiers defdites charges de Banque, & vente en
gros defdites marchandifes étrangeres, en la ville
de Lyon, douze; en celle de Roüen, quatre;
en celles d'Amiens, Dieppe & Calais, chacune
un; à Tours, & à la Rochelle, deux; à Bordeaux, deux; à Touloufe, trois; à Marfeille,
quatre; & ainfi par toutes les autres Villes du
Royaume que befoin fera pour la commodité &
confervation du Commerce de fes Sujets.

Veut en outre Sadite Majefté pour accroître
davantage la fûreté que les Lettres de chaque receveur & vendeur en gros defdites marchandifes
étrangeres qui feront contrefignées defdits Courtiers portent hipotheque du jour qu'aura échu le
terme du payement defdites Lettres après les fommations dûement faites, comme en tel cas eft
requis, & que pour le bien & utilité dudit négoce
les Marchands trafiquans defdits Change, Banque
& vente en gros defdites marchandifes puiffent
par l'entremife defdits Courtiers ou autrement
prendre & bailler argent en dépoft pour tel tems
qu'ils aviferont & que leurs affaires le requereront, fuivant l'ordre & coûtume qui s'exerce à
Lyon, Venife, Anvers, & autres bonnes Villes
où les Changes ont cours, à la charge que l'interêt ou profit dudit dépôt ne pourra exceder le

R iij

prix permis par nos Ordonnances, sur peine d'être punis de la rigueur d'icelles, & si aucunes op-positions ou appellations intervenoient pour l'établissement desdites charges de Courtiers & ce qui en dépend. Sa Majesté en a retenu & reservé la connoissance à son Conseil, & icelle interdite & défenduë à tous autres Juges quelconques ; n'entendons néanmoins qu'aucun soit contraint de se servir desdits Courtiers ès négociations si bon leur semble. Fait au Conseil d'Etat de Sa Majesté, le 16. Avril 1595. *Signé* DE BEAULIEU.

---

9. ARREST DU CONSEIL D'ETAT
DU ROY
LOUIS XIII.

Donné en faveur des trente Offices hereditaires d'Agens de Banque & Change, tant anciens que nouveaux de la Ville de Paris, suivant l'Edit du mois de Decembre 1638.

Extrait des Registres du Conseil d'Etat.
Du 2. Avril 1639.

SUR ce qui a été representé au Roy en son Conseil par les vingt Courtiers de Banque & Change, de deniers, de draps de soye, laines, Toiles, & autres marchandises en cette Ville, Prevôté & Vicomté de Paris : Qu'encore que par l'Edit de leur création du Roy Charles IX. d'heureuse mémoire de l'an 1572. & Arrest du Conseil de 1595. donné en consequence, le nombre

eût été réglé à huit feulement ; & que depuis Sa
Majefté par fes Edits & Déclarations de Fevrier
& Avril 1620. Arreft de fon Confeil d'Avril &
Aouft audit an , Fevrier 1629. & du Rolle arrêté audit Confeil le 12. Fevrier 1633. ledit nombre
ait été plufieurs fois augmenté , & particulierement par celuy donné audit Confeil d'Etat le 23.
Octobre 1634. jufqu'au nombre de 20. fans que
par cy-après (ainfi qu'il eft particulierement déclaré par ledit Arreft) icelui nombre puiffe être
augmenté pour quelque caufe, occafion ou prétexte que ce fût , déclarant nulles , & de nul effet
& valeur toutes Lettres de provifions & Contrats
de vente , fi aucuns étoient faits & expediez de
femblables Offices outre & pardeffus le nombre
de vingt & que pour y maintenir les pourvûs
& acquereurs defdits Offices , tous Arrefts &
Lettres néceffaires leur en feroient delivrez &
expediez ; & bien que ledit nombre de vingt fût
une fois plus grand que les affaires ne le per-
mettoient, néanmoins Sa Majefté n'a laiffé d'augmenter ledit nombre par fon Edit du mois de Décembre dernier , & creé de nouveau par icelui dix
autres Offices de Courtiers de Banque & Change,
& ordonné que tous lefdits Courtiers feroient
bourfe commune du quart de leur gain & profit , conformément au reglement porté par ledit
Edit , & que le benefice qu'ils recevroient d'icelle
ils payeroient aux Parties cafuelles les fommes
auxquelles ils feroient moderement taxez au Confeil , bien que les Supplians euffent encore été
taxez pour la confirmation de l'heredité de leurs
Offices par autre Déclaration dudit mois de Décembre dernier , & font encore avertis que l'on
veut comprendre en un Rôle des taxes & diftribu-
tions de fix cent mille livres de rentes ; & d'au-

R iiij

tant qu'ils n'ont autres gages, honneurs & profits que ceux qu'ils s'acquierent par leur industrie, l'égalité & confiance que les Marchands, Traitans, Financiers & autres ont en eux, ce qu'ils ne peuvent acquerir qu'aprés un grand tems pendant laquelle la plus grande partie ont assez de peine à gagner de quoi faire subsister leurs familles, ayant employé en l'achat de leurs Offices la meilleure & la plus grande partie de leurs biens, que cette augmentation leur tournoit à perte de plus de la moitié de la valeur desdits Offices, & que si la susdite bourse commune avoit lieu en cette ville de Paris, ce feroit fermer toute les bourses & ruiner entierement le crédit de toutes sortes de personnes à cause que ceux qui ont des deniers à négocier ne veulent être connus non plus que ceux qui empruntent, ensorte que tous les Financiers, hommes d'affaires, Négocians, le public & les affaires du Roy en souffriroient trésgrand préjudice, outre quoi plusieurs personnes non pourvûes n'aïant serment à justice sans considerer la rigueur portée par les susdits Edits & Arrests ne laissent pas de s'entremettre au fait & exercice de leurdit Office, requeroient iceux Supplians qu'il plût à Sa Majesté revoquer la création desdits dix nouveaux offices & bourse commune mentionnée par lesdits Edits du mois de Décembre dernier sans qu'à l'avenir leur nombre de vingt puisse être augmenté pour quelque cause & occasion que ce soit. Veu le susdit Edit de 1572. l'Arrest du Conseil donné en consequence en 1595. autre Arrest du Conseil de May 1598. Edit & Déclaration de 1620. Arrest donné en consequence du mois d'Avril & Aoust audit an 1620. & Février 1629. l'Extrait du Rôle arresté au Conseil le 12. Février 1633. autre Arrest du Conseil du

17. Octobre 1634. enfemble les fufdits Edits du mois de Décembre dernier enregiftré à la grande Chancellerie le 14. defdits mois & an. LE ROY EN SON CONSEIL, ayant égard à ladite remontrance a revoqué & revoque ladite bourfe commune portée par ledit Edit du mois de Décembre dernier, a dechargé & decharge les Supliants de ladite taxe qui devoit être faite fur eux à caufe de ladite bourfe commune. Enfemble de celles fur eux faite & qui pourroit être faite tant pour la confirmation de l'heredité de leurfdits Offices que pour ladite taxe & diftribution de fix cent mil l. de rente. Ordonne néanmoins Sadite Majefté fans tirer à confequence pour l'avenir qu'il fera pourvû aufdits Offices créez par fon Edit de gens de l'égalité & probité requife, & pour aucunement dédommager lefdits anciens Courtiers du préjudice qu'ils pourroient recevoir à caufe de ladite augmentation, Veut Sadite Majefté que le titre defdits Offices tant des vingt anciens que des dix nouveaux foit changé en autre, & au lieu de celui de Courtier qu'ils foient dits & dorénavant nommez, *Agens de Banque & Change*, fans qu'à l'avenir ils puiffent être autrement qualifiez. Ordonne en outre Sadite Majefté que le nombre d'iceux Agens de Banque demeurera reglé à trente qui fera dit *le corps des trente Agens hereditaires de Banque & Change de la ville de Paris*, fuivant ledit Edit de Décembre dernier, fans qu'à l'avenir ledit nombre puiffe être augmenté pour quelque caufe, occafion, ou prétexte que ce foit, & en cas que par furprife il en fût cy-aprés autrement ordonné, Sadite Majefté déclare dès-à-préfent nul & de nul effet tous Edits, Déclarations & Arrefts qui pourroient pour raifon de ce être faits & donnez, voulant Sadite Majefté qu'iceux Agens de Banque & Change jouiffent des

droits qui leur ont été payez de tout tems par
les Financiers, Traitans, Marchands, & autres
pour toutes les sommes qu'ils negocieront, ainsi
qu'ils ont bien & dûëment fait par le passé ausquels droits en tèms que besoin est ou seroit, Sa
Majesté les a confirmez, a fait & fait défenses à
tous Facteurs, Commis, Commissionnaires ou autres
de quelque qualité & condition qu'ils soient, s'ils
ne sont du nombre desdits trente Agens de Change
& Banque de traiter ou de conclure aucuns Changes, prêts ou autres parties remises tant par les foires de Lyon qu'autres places pour autres que pour
eux, mais par l'entremise de l'un desdits Agens
de Banque & Change ausquels Sa Majesté défend
de favoriser ni préter leurs noms sur peine contre les contrevenans de punition corporelle & de
1500. livres d'amende, dont un tiers sera appliqué à Sa Majesté, un tiers aux pauvres du grand
bureau de Paris, & l'autre tiers aux dénoncia-
teurs dès contraventions qui se verifieront som-
mairement par la certification des témoins, & à
tous Marchands, Banquiers, Traitans, Financiers & autres de les entendre en leurs propo-
sitions, de les charger d'en faire sous les mêmes peines : permettant Sa Majesté ausdits 30.
Agens de Change d'élire un Sindic de deux ans en
deux ans pour representer & soûtenir les interêts de leur corps, lequel Sindic sera appellé à
toutes receptions de nouveaux pourvûs, pour voir
s'ils sont de la qualité & probité requise, en la mai-
son duquel Syndic tous les Agens de Change pourront s'assembler toutes les fois & quantes que les
affaires de leur Communauté le requereront. Et
sera le présent Arrest executé nonobstant oppo-
sitions ou appellations quelconques, dont si aucuns interviennent Sa Majesté s'en est reservé la

connoiſſance à elle & à ſon Conſeil, & icelle interdite à toutes ſes autres Cours & Juges: & à
ce que du contenu en iceluy nul ne puiſſe prétendre cauſe d'ignorance, il ſera lû, publié & affiché par les carrefours & lieux publics de ladite
Ville de Paris ; & pour aucunement déſintereſſer
celui qui a traité de ladite bourſe commune, ordonne Sa Majeſté qu'il luy ſera deduit la ſomme
de 4000. livres ſur le dernier payement de ſon
traité. Fait au Conſeil d'Etat du Roy, tenu à Paris le 2. jour d'Avril 1639. *Signé* DE BORDEAUX,

---

10. EDIT DU ROY
LOUIS XIV.

Portant ſuppreſſion des anciens Offices de
Courtiers de Change, Agens de Change,
de Banque & Marchandiſes, à la re-
ſerve de ceux établis dans les Villes
de Marſeille & de Bordeaux: Et création d'autres Offices de Conſeillers de Sa
Majeſté, Agens de Change, Banque,
Commerce & Finances dans les principales Villes de Commerce du Royaume.

Donné à Verſailles au mois de Décembre 1705.

Regiſtré en Parlement.

LOUIS par la grace de Dieu, Roy de France
& de Navarre: A tous preſens & à venir,
SALUT. Les ſecours que les Agens de Change,
de Banque & Marchandiſes ont procuré pendant

le cours des dernieres Guerres & de la prefente,
aux Treforiers, aux Entrepreneurs des Vivres,
des Etapes & autres, & aux particuliers chargez du recouvrement de nos deniers, & intereffez dans nos affaires, en leur faifant prêter
les fommes dont ils ont eû befoin pour fatif-
faire à leurs engagemens envers nous & le Public, & les facilitez que lefdits Agens de Change
ont fait trouver dans le Commerce entre les Banquiers, les Marchands & Negocians, leur ont attiré une confiance fi entiere, que les négociations
les plus importantes paffent préfentement par
leurs mains. Et comme les Offices d'Agens de
Change préfentement établis font d'un prix très-
modique, que plufieurs particuliers fans bien &
fans crédit s'efforcent tous les jours d'y entrer,
ce qui pourroit par la fuite diminuer la confiance du public, & faire un tort préjudiciable
aux affaires de Finances & du Commerce; Nous
avons refolu de fupprimer tous lefdits Offices dans
l'étenduë de nôtre Royaume, & d'en créer &
établir d'autres plus confiderables dans les principales Villes de Commerce, foit qu'il y en ait
eû de créez ou non, leur attribuer des gages pro-
portionnez à la finance, les confirmer dans les
droits dont ils jouiffent préfentement, & y ajoûter des honneurs & prérogatives qui engagent
des perfonnes diftinguées par leur état & leur probité d'en acquerir. A CES CAUSES & autres à ce
Nous mouvans, de notre certaine fcience, pleine
puiffance & autorité Royale, avons ordonné ce
qui fuit.

ARTICLE I.

Suppreſſion des anciens Offices de Courtiers &
Agens de Change.

Nous avons par le préſent Edit perpetuel & ir-
revocable, éteint & ſupprimé, éteignons & ſuppri-
mons tous les Offices de Courtiers de Change,
Agens de Change, de Banque & Marchandiſes,
créez dans l'étenduë de nôtre Royaume, ſous
quelque titre que ce ſoit, ſoit qu'ils ayent eſté
levez par des particuliers ou qu'ils ayent eſté
réunis à des Corps de Villes ou Communautez,
à la réferve de ceux établis dans les villes de Marſeille & de Bordeaux; auxquels Courtiers &
Agens de Change ſupprimez, Nous defendons très-
expreſſément d'en faire à l'avenir aucune fonction,
à commencer du jour de l'enregiſtrement qui ſera fait du préſent Edit à peine de trois mil livres
d'amende pour la premiere fois, & de plus grande
peine en cas de recidive.

II.

Liquidation des Offices ſupprimez.

Voulons que les Pourvûs ou Proprietaires
deſdits Offices remettent inceſſamment entre les
mains du ſieur Chamillart, Conſeiller en nôtre
Conſeil Royal, Controlleur General de nos Finances, leurs Quittances de Finance, Lettres de
proviſions, Contrats d'acquiſition, & autres Titres de proprieté, pour être inceſſamment procedé à la liquidation & rembourſement deſdits
Offices.

III.

Création de cent seize Agens de Banque, Change, Commerce & Finance.

Et de la même autorité que dessus, nous avons créé & établi, créons & établissons en titre d'Office formé cent seize nos Conseillers Agens de Banque, Change, Commerce & Finances ; Sçavoir, vingt en nôtre bonne ville de Paris, vingt en la ville de Lyon, six à la Rochelle, six à Montpellier, cinq à Aix, cinq à Strasbourg, cinq à Mets, dix à Rouen, huit à Nantes, quatre à Tours, quatre à Saint-Malo, quatre à Dijon, quatre à Bayonne, deux à Toulouse, deux à Dieppe, un au Havre-de-Grace, un à Calais, deux à Dunkerqué, deux à Rochefort, deux à Rennes, deux à Brest, & un au Port-Louis.

IV.

Reception desdits Officiers.

Voulons que lesdits Officiers soient reçûs pardevant les Prevosts, Lieutenants, Baillifs, Sénechaux ou leurs Lieutenans en la maniere accoutumée, à la réserve de ceux de Lyon, qui seront reçûs pardevant les Prevôts des Marchands & Eschevins de ladite ville de Lyon, conformément à l'Edit du mois d'Aoust 1692.

V.

Attribution de gages au denier vingt de leur finance.

Ausquels Offices créez par le present Edit, Nous avons attribué & attribuons des gages effectifs au denier vingt, sur le pied de la finance

qui fera reglée par les Rolles que nous ferons arrêter en nôtre Conseil, defquels gages le fonds
fera fait annuellement dans les Etats de nos Finances, pour en jouir par lefdits acquereurs fans
qu'ils puiffent être retranchez ou diminuez pour
quelque caufe & occafion que ce foit.

V I.

Attribution de cinquante fols par mil livres pour leur
droit de negociation en argent ou Billets, Lettres de
Change ; comme auffi de ce qu'ils devront avoir pour
négociations de marchandifes.

JO U I R O N T lefdits Officiers pour les négociations qu'ils feront en deniers comptans, Billets
& Lettres de Change, de cinquante fols par mil
livres, payables ; fçavoir vingt-cinq fols par le
Préteur, & vingt-cinq fols par l'Emprunteur. Et
à l'égard des négociations pour fait de Marchandifes, ils feront payez, fçavoir dans nôtre bonne ville de Paris fur le pied de demy pour cent de
la valeur des Marchandifes ; & dans les autres Villes de Commeece où ils feront établis, des mêmes droits dont jouiffent prefentement les Courtiers & Agens de Change, de Banque & marchandifes, fupprimez par le prefent Edit.

V I I.

Permiffion de tenir un Bureau ouvert & une Caiffe
chez eux pour la facilité des négociations.

PE R M E T T O N S aufdits Agens de Banque, de
Change, Commerce & Finances pour la commodité de ceux qui auront des négociations à faire
de leur fait, de tenir un Bureau ouvert & une
Caiffe chez eux, nonobftant ce qui eft porté dans

les Art. I. & II. du Tit. I I. de nôtre Edit du
mois de Mars 1673. fervant de Reglement pour
le Commerce des Negocians & Marchands ; aufquels nous avons derogé & dérogeons à cet égard.

VIII.

*Cotteront les Billets & Lettres de Change en certifiant
les fignatures veritables.*

Voulons que toutes les Lettres de Change
& Billets qu'ils negocieront foient cottez d'eux ,
& qu'ils en certifieront les fignatures veritables.

Nous défendons à toutes fortes de perfonnes
de s'immifcer dans les fonctions des Agens de
Change , foit pour les négociations d'argent ou de
marchandifes , à peine de quatre mil livres d'a-
mende applicable à l'Hôpital General , & de plus
grande peine en cas de recidive. Et comme nous
avons efté informez que plufieurs de nos Fermiers,
Traitans, Gens d'affaires, leurs Caiffiers & autres
fous prétexte qu'ils ont intereft ou fe mêlent defdites affaires, fe chargent de faire lefdites négociations des Billets , des fommes que lefdites Compagnies déliberent d'emprunter , & qu'ils le font
indépendammet defdits Agens de Change , en vûë
de profiter du droit qui n'eft dû qu'à eux : que même il s'eft gliffé fouvent dans le Commerce des Billets fignez de gens inconnus ou fuppofez pour augmenter le nombre des fignatures, au grand préjudice de ceux qui ont eu la facilité d'en donner la
valeur, & qu'on ne peut remedier à un abus fi
contraire à l'interêt public, qu'en faifant affu-
rer que toutes lefdites fignatures defdits Billets
font veritables & de gens intereffez dans les affaires.

IX.

I X.

Quels Billets seront sujets à la cotte ou certification des Agens de Change.

Nous voulons que tous Billets d'emprunts faits en commun par lesdites Compagnies soient négociez par l'entremise desdits Agens de Change, & cottez de la main d'un d'iceux qui certifie les signatures veritables, faute dequoi Nous défendons à tous Juges de donner des condamnations par défaut de payement à l'échéance desdits Billets contre ceux qui les auront signez. N'entendons néanmoins assujettir aucuns de nos Tresoriers chargez de quelques maniemens que ce soit dans nôtre Royaume, de se servir de l'entremise desdits Agens de Change pour les emprunts qu'ils sont obligez de faire pour soûtenir leurs payemens, ni les Receveurs Generaux de nos Finances, Tresoriers de nos Pays d'Etats & autres Tresoriers ou Receveurs chargez de recettes, pour lesquelles ils sont obligez de nous faire des prests & avances, quand bien même pour aider à leur crédit ils se serviroient de quelques autres personnes pour signer ou endosser leurs Billets d'emprunts ; sans que pour raison desdits emprunts, lesdits Tresoriers, Receveurs & autres qui pourroient signer avec eux, payent aucuns droits à ceux qui leur prêteront, ni que les prêteurs en puissent exiger sous quelque prétexte que ce puisse être ; lesquels droits ne pourront estre reçûs que par les Agens de Change dans les negociations où leur ministere sera nécessaire.

S

X.

Défenses à autres qu'aux Agens de Change , de se faire payer leur droit.

VOULONS que ceux qui sans être Agens de Change exigeront lesdits droits soient condamnez en six mil livres d'amende , dont le tiers sera appliqué à l'Hôpital General , & le surplus à la Communauté desdits Agens de Change , sauf à eux d'en faire part au dénonciateur.

X I.

Ne derogeront point à Noblesse , & pourront posseder des charges de Secretaires du Roy sans incompatibilité.

ET pour marquer l'estime que Nous faisons du titre des Charges & fonctions desdits Agens de Banque , de Change , de Commerce & Finances , qui doivent contribuer à soutenir nos Finances & faire fleurir le Commerce , Nous avons déclaré & déclarons qu'ils ne dérogent point à Noblesse , & en consequence avons permis & permettons à ceux qui seront pourvûs de ces Offices de posseder conjointement des Charges de nos Conseillers-Secretaires , sçavoir ceux dont la finance des Offices sera de trente mil livres & au dessus , dans nôtre grande Chancellerie ; & ceux dont la finance sera au dessous de trente mil liv. dans les Chancelleries établies près nos Cours Superieures & autres , & d'en faire les fonctions sans avoir besoin d'Arrest ni de Lettres de compatibilité.

XII.

Il sera choisi un d'entre eux dans les Villes où ils feront établis pour avoir entrée aux Chambres du Commerce.

ET afin de leur donner encore des marques de distinction & de confiance particuliere, Nous voulons qu'il soit choisi par le Controlleur General de nos Finances un d'entr'eux qui aura entrée & voix consultative dans les Chambres du Commerce des villes où il y en a d'établis, & jouïra des mêmes honneurs & privileges dont jouissent les autres Particuliers qui composent lesdites Chambres du Commerce.

XIII.

Attribution de francsalé.

AVONS accordé & accordons deux minots de francsalé ausdits Officiers nouvellement créez pour nostre bonne ville de Paris, & chacun un minot pour ceux des autres villes, à prendre chacun dans les Greniers à Sel des villes où ils feront établis, dont il sera tenu compte à l'Adjudicataire de nos Gabelles.

XIV.

Exemptions des charges publiques.

NOUS voulons que lesdits Agens de Change, Banque & Marchandises soient exempts de Taille, Ustencile & autres Charges de Tutelle, Curatelle, de nomination de Charges publiques, & de logement de Gens de Guerres, & jouïssent de tous les autres droits & privileges qui ont esté accordez cy-devant aux anciens Offices d'Agens de Change, Banque, Finance & marchandiſes, auſquels n'eſt point derogé par le préſent Edit.

X V.

Ne ſeront ſujets à aucunes taxes pour raiſon deſdits Offices, & jouiront de la faculté d'en diſpoſer en payant le droit annuel.

VOULONS que ceux qui acquerront leſdits Offices d'Agens de Banque, Change & Marchandiſes, ne ſoient ſujets à aucunes taxes de quelque maniere que ce puiſſe eſtre pour raiſon deſdits Offices, pas même à acquerir des augmentations de gages dont nous les avons diſpenſez & diſpenſons, & qu'ils jouiſſent de la faculté de diſpoſer deſdits Offices en ſurvivant quarante jours après leurs réſignations admiſes, enſemble de la diſpenſe de quarante jours pendant neuf années qui commenceront au premier de Janvier prochain, en payant ſeulement le droit annuel ſur le pied des évaluations qui en ſeront arrêtées & fixées en noſtre Conſeil, ſans qu'ils ſoient tenus de payer aucuns prêt pendant leſdites neuf années, ni l'annuel pendant celle dans laquelle ils ſeront pourvûs, dont Nous les avons déchargez & déchargeons par nôtre preſent Edit, ſans que leur decès arrivant pendant ledit temps, les Offices puiſſent être reputez vacans.

X V I.

Privilege des Prêteurs pour l'acquiſition deſdits Offices.

VOULONS que ceux qui prêteront leurs deniers pour l'acquiſition deſdits Offices, ayent privilege & hypotheque ſpeciale ſur iceux, par preference à tous autres Creanciers; & qu'à cet effet les déclarations de ceux qui auront preſté leurs deniers, ſoient inſerées dans les Quittances de Finance qui feront expediées par le Treſorier de nos revenus Caſuels.

X V I I.

Moderation des droits de Marc d'or & du Sceau des Proviſions.

LES droits du Sceau des Proviſions & marc d'or feront reglez fur le pied des modérations portées par les Tarifs des mois d'Avril & Octobre 1704. & voulons qu'il ne ſoit pris pour les droits du Garde des Rolles & receptions que le tiers des droits ordinaires & ce pour les premiers pourvûs ſeulement.

SI DONNONS EN MANDEMENT à nos amez & feaux Conſeillers les Gens tenans nôtre Cour de Parlement & Cour des Aydes à Paris, que nôtre preſent Edit ils ayent à faire lire, publier & regiſtrer, & le contenu en icelui faire exeçuter de point en point ſelon ſa forme & teneur, ſans permettre qu'il y ſoit contrevenu en quelque ſorte & maniere que ce ſoit, nonobſtant tous Edits, Declarations, Reglemens & autres choſes à ce contraire, auſquels nous avons derogé & dérogeons par le préſent Edit : CAR TEL EST NOSTRE PLAISIR. Et afin que ce ſoit choſe ferme & ſtable à toûjours, Nous y avons fait mettre nôtre Scel. Donné à Verſailles au mois de Décembre l'an de grace mil ſept cent cinq, & de nôtre Regne le ſoixante-troiſiéme. Signé, LOUIS. Viſa, PHELYPEAUX. Et plus bas : Par le Roy, CHAMILLART. Vû au Conſeil

CHAMILLART. Et ſcellé du grand Sceau de cire verte.

Regiſtrées, ouy, & ce requerant le Procureur Ge-neral du Roy, pour être executées ſelon leur forme & teneur, & copies collationnées envoyées dans les Sie-ges, Baillages & Sénéchauſſées du Reſſort, pour y eſtre pareillement lûës, publiées & regiſtrées: En-joint aux Subſtituts du Procureur General du Roy d'y tenir la main, & d'en certifier la Cour dans un mois, ſuivant l'Arreſt de ce jour. A Paris en Par-lement le 30. Decembre 1705. Signé, DONGOIS.

II. EDIT DU ROY,

LOUIS XIV,

Portant ſuppreſſion des vingt Offices d'A-gens de Change à Paris, créez par Edit du mois de Decembre 1705.

Et création de quarante autres pareils Offices pour ladite Ville.

Donné à Fontainebleau au mois d'Aouſt 1708.

LOUIS par la grace de Dieu Roi de France & de Navarre : A tous preſens & à venir, Salut. Par noſtre Edit du mois de Decembre 1705. Nous avons créé en titre d'Offices vingt nos Con-ſeillers Agens de Banque, Change, Commerce & Finances, pour eſtre établis en noſtre bonne ville de Paris; mais nous ayant eſté repreſenté qu'il

eft difficile que ces vingt Agens de Change faffent toutes les négociations qui fe prefentent
dans la Banque, le Commerce & les Finances,
& que d'ailleurs le prix en eft fixé fur un pied
fi confiderable, que ceux qui font les plus ça-
pables de les remplir, ne font pas en état de
les acquerir ; & comme nous ne defirons rien
tant que de contribuer de nôtre part à rendre le
commerce, d'argent libre, & à l'augmenter s'il eft
poffible, Nous avons réfolu de fupprimer lefdits
vingt Agens de Change, Banque, Commerce &
Finances, & d'en établir jufqu'au nombre de quarante, afin que ceux qui font élevez dans ces
fonctions, & qui par leur exactitude ont merité
& meriteront la confiance publique, puiffent
parvenir à fe faire pourvoir defdits Offices. A
CES CAUSES & autres à ce Nous mouvans,
de l'avis de nôtre Confeil, de nôtre certaine
fcience, pleine puiffance & autorité Royale,
Nous avons éteint & fupprimé, éteignons & fup-
primons les vingt Offices de nos Confeillers
Agens de Change, Commerce & Finances, créez
dans nôtre bonne ville de Paris par nôtre Edit du
mois de Decembre 1705. enfemble les gages &
droits qui leur eftoient attribuez, aufquels A-
gens de Change fuprimez Nous défendons expreffément d'en faire aucunes fonctions à l'avenir, à commencer du jour de l'enregiftrement qui
fera fait du préfent Edit, à peine de trois mil
livres d'amende pour la premiere fois, & de
plus grande peine en cas de récidive. Voulons
que les proprietaires defdits Offices remettent inceffamment entre les mains du Sieur Defmaretz
Confeiller en nôtre Confeil Royal, Contrôleur
General de nos Finances, leurs Quittances de finance, Lettres de provifions, Contrats d'acqui-

tion & autres titres de proprieté, pour eſtre procedé à la liquidation deſdits Offices ; & de la même autorité que deſſus, Nous avons créé, érigé,
& établi, créons, érigeons & établiſſons en titre
d'Office formé & hereditaire quarante nos Conſeillers Agens de Change, Banque, Commerce
& Finances en noſtre bonne Ville & Fauxbourgs
de Paris, auſquels Nous avons attribué & attri-
bons quarante mil livres de gages effectifs à répartir entr'eux, dont le fonds ſera fait annuellement dans les eſtats de nos Finances, ſans qu'ils
puiſſent à l'avenir eſtre diminuez ny retranchez
pour quelque cauſe & occaſion que ce ſoit. Joüiront leſdits Officiers pour les négociations qu'ils
feront en deniers comptants, billets & Lettres
de Change de cinquante ſols par mil livres,
payables ; ſçavoir, vingt-cinq ſols par le prêteur
& vingt-cinq ſols par l'emprunteur ainſi qu'il eſt
d'uſage ; & à l'égard des négociations pour fait
de marchandiſes, ils ſeront payez ſur le pied
de demi pour cent de la valeur des marchandiſes. Permettons auſdits Agens de Banque,
Change, Commerce & Finances de tenir un
Bureau ouvert & une Caiſſe chez eux pour
la commodité & facilité de ceux qui auront des
négociations à faire de leur fait, nonobſtant ce
qui eſt porté par les articles I. & II. du Titre II.
de nôtre Edit du mois de Mars mil ſix cent ſoi-
xante-treize, ſervant de Reglement pour le commerce des Négocians & Marchands, auſquels
Nous avons dérogé & dérogeons pour ce regard
ſeulement. Défendons à toutes perſonnes de s'immiſcer dans les fonctions d'Agens de Change,
prendre ny percevoir les droits qui leur ſont
attribuez par nôtre préſent Edit, s'ils ne ſont
pourvûs d'un des Offices créez par iceluy, à pei-

ne de trois mil livres d'amende. N'entendons
néanmoins affujettir aucuns de nos Treforiers
chargez de quelque maniement que ce foit dans
nôtre Royaume, des Receveurs Generaux de nos
Finances & autres Receveurs chargez de recettes
pour lefquelles ils font obligez de Nous faire des
prêts & avances, de nos Fermiers, Traitans &
Gens d'affaire, à fe fervir de l'entremife defdits
Agens de Change pour les emprunts qu'ils font
obligez de faire pour foûtenir leurs Offices, Fermes & Traitez qu'autant qu'ils le jugeront à propos, quand bien même pour aider à leur credit,
ils fe ferviroient de leurs Commis, Caiffiers ou
autres perfonnes pour figner, endoffer ou negocier leurs billets d'emprunts, à la charge néanmoins qu'ils ne payeront pour raifon des négociations qui feront ainfi faites, aucuns droits,
lefquels ne pourront être reçus que par les A-
gens de Change dans les négociations qui paffe-
ront par leurs mains ; & pour marquer l'eftime
que Nous faifons du titre des Offices & des fonctions defdits Agens de Change, Banque, Commerce & Finances, Nous avons declaré & déclarons qu'ils peuvent eftre poffedez & exercez
fans aucune dérogeance à nobleffe, & en confequence avons permis & permettons à ceux qui
feront pourvûs de ces Offices de les poffeder conjointement avec des charges de nos Confeillers-
Secretaires, tant en grande Chancellerie que
dans les autres Chancelleries de nôtre Royaume,
& d'en faire les fonctions fans qu'il leur foit befoin d'Arreft ny de Lettres de compatibilité dont
Nous les avons difpenfez & déchargez. Avons accordé & accordons un minot de franc-falé à chacun defdits quarante Officiers créez par le prefent Edit, à prendre dans le Grenier à Sel de

nôtre bonne Ville de Paris, dont il fera tenu compte à l'Adjudicataire de nos Gabelles. Voulons qu'ils jouïffent du droit de Committimus en nôtre petite Chancellerie, & de l'exemption de tutelle, curatelle, de toutes autres charges de Ville & de Police, & de tous les autres priviléges dont joüiffent les Bourgeois de nôtre bonne ville de Paris, fans être obligez d'obtenir aucunes Lettres. Ne pourront lefdits Agens de Change, Banque, Commerce & Finances eftre à l'avenir taxez pour raifon defdits Offices, foit pour confirmation de leurs gages & droits, fupplement de finance ny autrement, ny eftre tenus de prendre aucunes augmentations de gages, dont nous les avons déchargez & déchargeons pour toûjours. Seront lefdits Officiers reçûs par devant le Prevôt de Paris ou fes Lieutenans en la maniere accoutumée, en payant vingt livres pour tous droits, y compris ceux de nôtre Procureur & du Greffier : Voulons néanmoins que ceux qui font pourvûs defdits Offices créez par ledit Edit du mois de Decembre 1705. & qui acquereront de ceux créez par le prefent, foient difpenfez de prêter un nouveau ferment en faifant par eux enregiftrer leurs provifions au Greffe du Chaftelet fans frais. Voulons auffi que ceux qui prefteront les deniers pour l'acquifition defdits Offices ayent privilege & hypotheque fpeciale fur iceux & fur les gages qui y font attribuez par préference à tous autres créanciers, fans qu'il foit befoin d'en faire mention dans les quittances de finance, mais feulement dans les Contrats & Obligations qui feront faits pour raifon defdits emprunts, & que les droits de Sceau des Provifions & de marc d'or foient reglez fur le pied des moderations portées par

les Tarifs des mois d'Avril & Octobre 1704. &
qu'il ne foit payé pour le droit du Garde des Rôl-
les que le tiers des droits ordinaires, & ce pour
les premiers pourvûs feulement. Si DONNONS
EN MANDEMENT à nos amez & feaux Confeillers les Gens tenans noftre Cour de Parlement,
Chambre des Comptes & Cour des Aydes à Paris,
que noftre préfent Edit ils ayent à faire lire, publier & regiftrer, même en temps de vacations
& le contenu en iceluy faire executer de point
en point felon fa forme & teneur, fans permettre qu'il y foit contrevenu en quelque forte &
maniere que ce foit, nonobftant tous Edits, Declarations, Reglemens & autres chofes à ce contraires, aufquels Nous avons dérogé & dérogeons
par le préfent Edit : CAR tel eft nôtre plaifir ;
& afin que ce foit chofe ferme & ftable à toûjours, Nous y avons fait mettre nôtre Scel. DONNE'
à Fontainebleau au mois d'Aouft, l'an de grace
mil fept cent huit, & de nôtre regne le foi-
xante-fixieme. Signé, LOUIS, *Et plus bas,*
Par le Roy, PHELYPEAUX. *Vifa.* PHELIPEAUX.
Vû au Confeil, DESMARETZ. Et fcellé du grand
Sceau de cire verte en lacs de foye rouge &
verte.

Regiftré, oüy, & ce requerant le Procureur Ge-
neral du Roy, pour eftre executé felon fa forme &
teneur, fuivant l'Arreft de ce jour. A Paris en
Parlement en Vacations, le vingt-cinq Septembre mil
fix cent huit. Signé, DONGOIS.

12. DECLARATION DU ROY

LOUIS XIV.

Qui fait deffenses à toutes personnes de
faire aucune des fonctions attribuées
aux Agens de Change.

Donnée à Versailles le 3. Septembre 1709.

Regiftrée en Parlement.

LOUIS, &c. A tous ceux qui ces présentes
Lettres verront, SALUT. Tous les établiffemens des Courtiers & Agens de Change &
Banque, qui ont esté faits dans nôtre bonne Ville
& Fauxbourg de Paris, l'ont été à la charge
que nul ne pourroit entreprendre d'en faire les
fonctions, s'il n'avoit auparavant obtenû de Nous
des Provisions en nôtre grande Chancellerie. Les
contraventions furvenuës au préjudice des deffenfes prononcées à cet égard, nous auroient
portez à les supprimer par nôtre Edit du mois
de Décembre 1705. par lequel & pour les caufes
y contenuës, Nous aurions créé vingt Offices d'A-
gens de Change, pour faire par ceux qui en feroient pourvûs les fonctions portées par iceluy,
nous aurions attribué à ces Offices la qualité de
nos Confeillers, avec des titres & facultez qui
nous avoient parus convenables pour engager
des perfonnes de diftinction à s'en faire pourvoir ; mais comme nous én aurions fixé le prix
à foixante mil livres de finance, il nous fut alors

repreſenté que peu de perſonnes pouvoient trouver un auſſi gros fonds, outre qu'il falloit pour
remplir ces Offices des Sujets connus de ceux
qui ſont dans l'uſage de négocier ſur la place ou des
Marchands & Commerçans : que les particuliers
de cette qualité n'étoient point en état de diſpoſer d'une ſi groſſe ſomme, & que des étrangers
qui ne ſeroient point inſtruits dans les fonctions
de ces Offices, n'étoient pas en état de les exercer ſans faire un tort conſiderable & porter un
notable préjudice au commerce ; qu'ainſi il falloit
proportionner le prix d'iceux aux facultez des
particuliers à qui ils pouvoient convenir. Ces con-
ſiderations nous obligerent de faire expedier nôtre
Edit du mois d'Aouſt 1708. par lequel nous les aurions ſupprimez & créez en leur lieu & place quarante Offices de nos Conſeillers Agens de Change ;
Banque, Commerce & Finances en nôtre bonne
Ville & Fauxbourgs de Paris, pour faire les
fonctions reglées par ledit Edit, & joüir par ceux
qui en ſeroient pourvûs, des gages, droits, honneurs, privileges, & exemptions à eux attribuez
par icelui ; & nous aurions fait fixer le prix deſdits Offices chacun à vingt mil livres de finance
principale & les 2. ſols pour livre. Depuis nous
avons été informez que peu de ces Offices avoient
été vendus, parce que les particuliers qui avoient
poſſedez les Offices ſupprimez par nôtre Edit du
mois de Décembre 1705. auſſi bien que les particuliers qui en faiſoient les fonctions avant ledit
Edit, ſans titre ny facultez en ayant conſervé l'u-
ſage & entretenu les habitudes qu'ils avoient avec
les prêteurs & les Négocians, continuoient au
prejudice des deffenſes portées par noſdits Edits,
& faiſoient abuſivement les fonctions deſdits Offices, & en percevoient les droits ſous differens

prétextes, & entr'autres fous ceux de benefice,
recompenfe, de leurs peines, ou gratification;
ce qui fe trouvant abfolument contraire aufdits
Edits & au bien du commerce des habitans de
noftre bonne Ville & Fauxbourgs de Paris, Nous
avons eftimé devoir y remedier, & que le moyen
le plus certain étoit de renouveller les deffenfes
portées par nofdits Edits, & d'obliger les particuliers qui ont perçûs fans titre les droits attribuez
à ces Offices, d'en faire la reftitution, afin qu'ils
en foient détournez à l'avenir, ou qu'ils fe faffent
pourvoir defdits Offices. A CES CAUSES & autres à ce Nous mouvans, & de nôtre certaine
fcience, pleine puiffance & autorité Royale,
Nous avons par ces préfentes fignées de nôtre main,
dit, ftatué, ordonné & déclaré, difons, ftatuons &
déclarons, voulons & nous plaît, que nôtre Edit du
mois d'Août 1708. foit executé felon fa forme
& teneur, & en confequence faifons iteratives
deffenfes à toutes fortes de perfonnes de quelque
titre, qualité, commerce & profeffion qu'elles
foient, de faire à l'avenir aucunes des fonctions
atribuées aux Offices de nos Confeillers Agens de
Change, Banque & Finances, foit pour fait de commerce d'argent, marchandifes, meubles, denrées,
Lettres de Change, Billets folidaires, ou particuliers
au Porteur, ou autrement, en quelque forte & maniere que ce foit, ny de percevoir les droits defdits
Offices fous aucun prétexte, foit de benefice,
recompenfes, gratification ou autrement, le tout
à peine de reftitution du quadruple des fommes
par eux reçûs, & de mil livres d'amende pour
chacune contravention, applicable un tiers au dénonciateur, un tiers au profit de l'Hôtel Dieu de Paris, & l'autre à celui de la Compagnie defdits Agens
de Change, fans que cette peine puiffe eftre re-

mife, moderée ni reputée comminatoire. Voulons
au furplus que tous les particuliers, autres que
les pourvûs defdits Offices qui fe font cy-devant
immifcez de faire les fonctions defdits Agens de
Change, Banque & Finances, en s'intriguant dans
les négociations publiques· & particulieres, fous
prétexte de les faciliter ou autrement, depuis &
avant nôtre Edit du mois de Décembre 1705. foient
tenus pour être déchargez des peines & amendes
par eux encouruës, & de la reftitution des droits
qu'ils ont indûëment perçus de payer au prepofé
pour le recouvrement de la finance defdits Of-.
fices les fommes pour lefquelles ils feront employez
dans les Rolles qui feront arreftez à cet effet en
noftre Confeil avec les deux fols pour livre d'i-
celles un mois aprés la fignification defdits Rolles, autrement & à faute de quoi ils y feront
contraints par les voyes ordinaires & accoûtu-
mées pour le recouvrement de nos deniers, à la
diligence dudit prépofé, fes Procureurs ou Commis, fur leurs recepiffez portant promeffe de leur
rapporter les quittances de nôtre Garde de nôtre
Trefor Royal pour les fommes principales, &
celles dudit prépofé pour les 2. fols pour livre,
du payement defquelles fommes feront & demeureront difpenfez & déchargez ceux qui acquerront lefdits Offices d'Agens de Change,
Banque & Finances, fans qu'en ce cas ils puiffent
être cy-aprés recherchez ou inquietez pour raifon de ce, dont Nous les avons déchargez &
difpenfez, déchargeons & difpenfons par ces préfentes; leurs permettons d'emprunter les fommes
dont ils auront befoin pour l'acquifition defdits
Offices, & de les affecter & hypothequer avec
les gages & droits y attribuez pour fureté defdits emprunts, à l'effet de quoi il en fera fait

mention dans les quittances du Treforier de nos Revenus cafuels & dans celles defdits 2. fols pour livres.

SI DONNONS EN MANDEMENT à nos amez & feaux Confeillers les Gens tenans nôtre Cour de Parlement, Chambre des Comptes & Cour des Aydes à Paris, que ces préfentes ils ayent à faire lire, publier & regiftrer, même en vacations, & le contenu en icelle garder, obferver & executer felon fa forme & teneur, nonobftant tous Edits, Déclarations, Arrefts Reglemens & autres chofes à ce contraires, aufquelles nous avons dérogé & dérogeons par ces ptéfentes; aux copies defquelles collationnées par l'un de nos Confeillers Secretaires, Voulons que foy foit ajoutée comme à l'original. CAR TEL EST NÔTRE PLAISIR, en témoin de quoi nous avons fait mettre nôtre Scel à cefdites préfentes. Donné à Verfailles le 3. jour du mois de Septembre, l'an de grace 1709. & de nôtre regne le 67. *Signé* LOUIS. *Et plus bas*, PHELIPEAUX. Vû au Confeil, DESMARETZ. Et fcellé du grand Sceau de cire jaune.

Regiftrées, oüy, & ce requerant le Procureur Ge-neral du Roy, pour eftre executées felon leur forme & teneur, fuivant l'Arreft de ce jour. A Paris en Parlement en vacations, le 12. Septembre 1709. Signé GUYOU.

13. EDIT DU ROY
LOUIS XIV.

Portant création de vingt nouvelles Charges d'Agens de Change à Paris.

Donné à Marly au mois de Novembre 1714.

LOUIS par la grace de Dieu Roi de France & de Navarre : A tous presens & à venir, Salut. Par nostre Edit du mois de d'Aoust 1708. Nous avons créé en titre d'Offices quarante nos Conseillers Agens de Change, Banque, Commerce & Finances, en nostre bonne ville & Fauxbourgs de Paris ; au lieu de vingt pareils Offices que Nous avions cy-devant créez par nôtre Edit du mois de Decembre 1705. laquelle derniere création Nous n'avons fait que pour donner au public un plus grand nombre d'Officiers de cette espece, pour faciliter les négociations qui se font dans nôtredite Ville de Paris, & pour empêcher que des particuliers sans titre s'immisçassent aux fonctions desdits Agens de Change, dont il résulte souvent la perte des effets qui leur sont confiez. Mais nous ayant esté representé que le nombre de quarante Agens de Change n'est pas encore suffisant pour faire seuls les négociations, & aider le Commerce qui s'augmente de plus en plus, depuis qu'il a plû à Dieu Nous donner la paix que nous désirons depuis long tems. Nous avons résolu d'en augmenter le nombre, & d'en établir jusqu'à celuy de soixante, & d'em-

T

pêcher en même temps que d'autres que ceux
qui feront revêtus defdits Offices en faffent les
fonctions. A CES CAUSES & autres à ce Nous
mouvans , de l'avis de nôtre Confeil, de nôtre certaine fcience, pleine puiffance & autorité Royale, Nous avons par noftre préfent Edit,
créé, érigé, & établi, créons, érigeons & établif-
fons en titre d'Office & de furvivance , vingt nos
Confeillers Agens de Change, Banque, Commerce
& Finances en noftre bonne Ville & Fauxbourgs
de Paris, aufquels Nous avons attribué & atribuons
vingt mil livres de gages effectifs au denier vingt à
répartir entr'eux , dont le fonds fera fait dans les
Eftats de nos Finances de la Generalité de Paris,
fans qu'ils puiffent à l'avenir eftre diminuez ny
retranchez pour quelque caufe & occafion que ce
foit. Joüiront lefdits Officiers créez par noftre
prefent Edit, des mêmes droits, privileges &
exemptions dont joüiffent ceux que Nous avons
cy-devant créez par noftre Edit du mois d'Aouft
1708. Défendons à toutes perfonnes de s'immifcer dans les fonctions d'Agens de Change ,
prendre ny percevoir les droits qui leur font
attribuez, s'ils ne font pourvûs d'un defdits Offices, à peine de trois mil livres d'amende. Voulons que ceux qui en feront pourvûs , puiffent les
poffeder & exercer fans aucune dérogeance à nobleffe , & leur permettons de les poffeder conjointement avec des charges de nos Confeillers-
Secretaires, tant en nôtre grande Chancellerie que
dans les autres Chancelleries de nôtre Royaume,
& d'en faire les fonctions fans qu'il leur foit befoin d'Arreft ny de Lettres de compatibilité dont
Nous les difpenfons & déchargeons. Nous accordons en outre un minot de franc-falé à chacun
defdits vingt Officiers créez par le prefent Edit,

à prendre dans le Grenier à Sel de nôtre bonne Ville de Paris, dont il sera tenu compte à celuy qui est chargé de la régie de nos Fermes Generales, ou à l'Adjudicataire d'icelles. Voulons que lesdits Officiers jouïssent du droit de Committimus en nôtre petite Chancellerie, de l'exemption de taille, ustancile, tutelle, curatelle, & de toutes autres charges de Ville & de Police, comme aussi de tous les autres privileges dont jouïssent les Bourgeois de nôtre bonne ville de Paris, ainsi que Nous l'avons ordonné par nostredit Edit du mois d'Aoust 1708. & par nostre Declaration du 7. Décembre 1709. Seront lesdits Officiers reçûs pardevant le Prevôt de Paris ou ses Lieutenans en la maniere accoutumée, en payant vingt livres pour tous droits, y compris ceux de nôtre Procureur & du Greffier : Voulons aussi que ceux qui presteront les deniers pour l'acquisition desdits Offices ayent privilege & hypotheque speciale sur iceux & sur les gages qui y sont attribuez par préference à tous autres créanciers dont il sera fait mention dans les quittances de finance, que les droits de Sceau, des provisions & de Marc d'or, soient reglez sur le pied des moderations portées par les Tarifs arrestez en nôtre Conseil, & qu'il ne soit payé pour le droit du Garde des Rolles, que le tiers des droits ordinaires, & ce pour les premiers pourvûs seulement; dispensons lesdits premiers pourvûs du droit de survivance, sans que ceux qui leur succederont en puissent être dispensez; voulons encore que ceux qui ont esté taxez dans les Rolles arrestez en nôtre Conseil, en execution de nôtre Declaration du 13. Juillet dernier, pour s'estre immiscez aux fonctions des Agens de Change, au préjudice des deffenses portées par nôtre Edit du mois de Dé-

cembre 1705. & noſtre Déclaration du 3. Septembre 1709. ſoient déchargez deſdites taxes ,
en acquerant & ſe faiſant pourvoir de l'un deſdits Offices , & que ceux qui ont contrevenu &
qui contreviendront à noſdits Edits & Declarations , ſoient tenus de Nous payer les ſommes
pour leſquelles ils ont eſté ou ſeront employez
dans les Rolles qui ont eſté ou ſeront arreſtez
en nôtre Conſeil. Voulons au ſurplus que nos
Edits , Declarations & Arreſts rendus concernant leſdits Offices , ſoient executez ſelon leur
forme & teneur , en ce qui n'y eſt point derogé
par noſtre préſent Edit. SI DONNONS EN
MANDEMENT à nos ſamez & feaux Conſeillers les Gens tenans noſtre Cour de Parlement ,
Chambre des Comptes & Cour des Aydes à Paris,
que noſtre préſent Edit ils ayent à faire lire , publier & regiſtrer , & le contenu en iceluy garder & obſerver ſelon ſa forme & teneur , ſans
permettre qu'il y ſoit contrevenu en quelque
ſorte & maniere que ce ſoit , nonobſtant tous Edits,
Declarations, Reglemens & autres choſes à ce contraires , auſquels Nous avons dérogé & dérogeons
par le préſent Edit : CAR tel eſt nôtre plaiſir ;
& afin que ce ſoit choſe ferme & ſtable à toûjours , Nous y avons fait mettre nôtre Scel. DONNE'
à Marly au mois de Novembre , l'an de grace
mil ſept cent quatorze , & de nôtre regne le
ſoixante-douziéme. Signé, LOUIS, Et plus
bas, Par le Roy, PHELYPEAUX. Viſa, VOYSIN.
Vû au Conſeil, DESMARETZ. Et ſcellé du grand
Sceau de cire verte en lacs de ſoye rouge & verte.

*Regiſtré , oüy , & ce requerant le Procureur Ge-
neral du Roy , pour eſtre executé ſelon ſa forme &
teneur , ſuivant l'Arreſt de ce jour. A Paris en
Parlement , le vingt-cinq Decembre mil ſept cent quatorze.* Signé, DONGOIS.

14. ARREST DU CONSEIL D'ETAT DU ROY

Portant suppression des soixante Offices d'A-gens de Change, créez par les Edits des mois d'Aoust 1708. & Novembre 1714. & qui ordonne qu'il sera établi soixante Agens de Change par *Com-mission*,

Du 30. Aoust 1720.

Extrait des Registres du Conseil d'Etat.

LE ROY s'étant fait representer en son Conseil les Edits des mois d'Aoust 1708. & Novembre 1714. portant création de soixante Of-fices d'Agens de Change, Banque, Commerce & Finances dans la Ville de Paris ; Et Sa Majesté jugeant à propos d'expliquer plus clairement ses intentions sur les fonctions desdits Agens de Change, Et voulant qu'elles soient exercées à l'avenir par soixante personnes entenduës au fait dont il s'agit & d'une probité reconnuë, qui se-ront choisis par Sa Majesté, tant dans le nom-bre de ceux actuellement pourvûs desdits Offi-ces, qu'autres ausquels il sera expedié des *Com-missions* du grand Sceau, Oüy le Rapport. LE ROY ESTANT EN SON CONSEIL , de l'avis de Monsieur le Duc d'Orleans Regent, a ordonné & ordonne ce qui ensuit.

T iij

ARTICLE I.

LES Pourvûs des soixante Offices de ses Conseillers Agens de Change, Banque, Commerce & Finances seront tenus de rapporter incessamment pardevant le sieur le Pelletier Desforts, Premier & principal Commissaire pour les Finances, leurs Titres de proprieté, pour être procedé à la liquidation de leur Finance, & ensuite pourvû à leur remboursement.

I I.

Au lieu & place desdits soixante anciens Officiers, il sera establi soixante Conseillers du Roy Agens de Change, en vertu des *Commissions* du grand Sceau, pour exercer les mêmes fonctions & joüir des mêmes droits, Privileges & exemptions dont ont joüi lesdits anciens Officiers en consequence desdits Edits du mois d'Aoust 1708. & Novembre 1714. à l'exception du franc-salé seulement.

I I I.

SERONT tenus les particuliers qui seront choisis pour exercer lesdites *Commissions*, de rapporter avant que leurs *Commissions* leur puissent estre expediées, un Certificat du Commis du dépôt en Banque pour justifier qu'ils y auront deposé dix Actions nouvelles de la Compagnie des Indes, provenant de la conversion des anciennes, ou quinze Actions rentieres, & ne pourront lesdites Actions leur estre renduës tant qu'ils exerceront ladite *Commission*, mais en recevront seulement les dividens de six mois en six mois, ainsi que les autres Actionnaires de la Compagnie.

I V.

NUL ne pourra eſtre admis dans le nombre
deſdits Conſeillers du Roy Agens de Change ,
qu'il ne ſoit âgé de vingt-cinq ans au moins, & qu'il
ne faſſe apparoir de ſa ſuffiſance & capacité pour
en exercer les fonctions , par un certificat des
Juges-Conſuls de la Ville de Paris , & des Gardes
en charge des ſix Corps des Marchands de ladite
Ville.

V.

SERONT tenus en outre leſdits particuliers
auſquels il aura eſté expedié des *Commiſſions* d'A-
gens de Change , de s'y faire recevoir & prêter ſerment devant le Sr Prevoſt de Paris ou ſes
Lieutenans , en la maniere accoûtumée ; pour laquelle reception ils payeront la ſomme de trente
livres ſeulement pour tous droits , y compris
ceux du Subſtitut du Procureur General & du
Greffier.

V I.

CEUX qui auront fait faillite , Contrat d'atermoyement , ou obtenu Lettres de répy , ne pourront eſtre admis au nombre deſdits Agens de
Change , conformément à l'Article III. du Titre
XI. de l'Ordonnance du mois de Mars 1673. &
leſdits Agens de Change ne pourront faire aucun
Contrat d'atermoyement , obtenir Lettres de répy , ny eſtre admis au benefice de Ceſſion pour
raiſon des effets qui leur auront eſté confiez ; &
en cas de retention deſdits effets ou de faillite,
leur procès leur ſera fait comme pour banque
toute frauduleuſe.

T iiij

V I I.

Ne pourront lefdits Agens de Change avoir de caiſſe, ny faire aucune negociation pour leur compte, ny endoſſer aucunes Lettres ou Billets que pour en certifier la ſignature veritable, le tout à peine de nullité des engagemens qu'ils pourroient avoir contractez, privation de leurs emplois, & de deux mil livres d'amende, appli-cable moitié au profit du Roy & l'autre au dénon-ciateur.

V I I I.

Ne pourront pareillement lefdits Agens de Change faire aucunes negociations de Lettres ou Billets de Change de cinq cent livres & au-deſſus, ny pour vente de marchandiſes en gros, autrement qu'en Compte en Banque, à peine de cinq cent livres d'amende & de deſtitution de leur employ.

I X.

Fait Sa Majeſté tres expreſſes inhibitions & deffenſes à toutes perſonnes de s'immiſcer dans les fonctions des Agens de Change, d'exiger ny de recevoir aucuns droits pour quelque ne-gociation que ce puiſſe eſtre, à peine de trois mil livres d'amende, même de priſon & de plus grande peine s'il y échet, contre les Domeſti-ques, Apprentifs, Compagnons, Ouvriers & Gens ſans aveu.

X.

SERONT tenus lefdits Agens de Change de
fe conformer tant pour leur police interieure,
que pour l'exercice de leur commiffion aux Statuts & Reglemens cy-après. Enjoint Sa Majefté
au fieur Lieutenant Géneral de Police de la Ville de
Paris, de tenir foigneufement la main à l'execution,
tant dudit reglement que dudit préfent Arreft:
Veut que tout ce qui fera par lui ordonné en confequence foit executé par provifion, nonobftant
oppofition ou appellation quelconque, dont fi
aucune intervient, Sa Majefté s'eft refervé à foy
& à fon Confeil la connoiffance, & à icelle interdite à toutes fes autres Cours & Juges : & fur
le prefent Arreft toutes Lettres néceffaires feront expediées. Fait au Confeil d'Etat du Roy,
Sa Majefté y eftant, tenu à Paris le 30. jour d'Aouft
1720. *Signé* PHELYPEAUX.

15. ARREST DU CONSEIL D'ETAT

DU ROY

Pour le rétabliſſement des Agens de Change.

Du 17. May 1721.

Extrait des regiſtres du Conſeil d'Etat.

LE Roy ayant par Arreſt du Conſeil du 30. Aouſt 1720. ordonné la liquidation & le rembourſement de ſoixante Offices d'Agens de Change qui avoient eſté créez par le feu Roy ſon biſayeul, pour être les fonctions deſdits Offices exercées par un pareil nombre de perſonnes ſur les commiſſions qui leur en ſeroient expediées; & l'experience ayant fait connoître qu'il eſt plus avantageux au bien du Commerce de rétablir leſdits Offices, deſirant y pourvoir; Oüy le rapport du ſieur le Pelletier de la Houſſaye Conſeiller d'Etat ordinaire & au Conſeil de Regence pour les Finances, Controlleur General des Finances. SA MAJESTE' ESTANT EN SON CONSEIL, de l'avis de Monſieur le Duc d'Orleans, Regent, a ordonné & ordonne que les Edits des mois de Decembre 1705. Aouſt 1708. May 1713. & Novembre 1714. portant création d'Agens de Change en titre d'Office. juſqu'au nombre de ſoixante pour la Ville de Paris, ſeront executez comme avant l'Arreſt du 30. Aouſt dernier : Ce faiſant qu'en payant par ceux qui ſeront à cet effet agréez par Sa Majeſté, entre les mains du Treſorier des Revenus Caſuels, les ſommes auſquelles les Finances deſdits Offices ſeront fixées par les Rolles qui en feront arreftez au Confeil, ils feront feuls & à l'exclufion de tous autres les fonctions attribuées aufdits Offices, tant par lefdits Edits, que par les Arrefts & Reglemens, & que conformément à iceux ils joüiront pour les négociations qu'ils feront en argent, Billets & Lettres de Change, de cinquante fols par mil livres, qui leur feront payez ; fçavoir vingt-cinq fols par le Préteur, & vingt-cinq fols par l'Emprunteur. Et pour celles en Marchandifes, fur le pied de demy pour cent de la valeur des Marchandifes, enfemble chacun d'un minot de franc-falé, & du droit de Committimus en la petite Chancellerie, & des autres Privileges & exemptions portez par lefdits Edits. Veut Sa Majefté que les Pourvûs des anciens Offices qui acquereront les nouveaux, les exercent fur leurs anciennes Provifions, & qu'ils foient difpenfez de prêter un nouveau ferment, en faifant par eux enregiftrer leurs nouvelles Quittances de Finance au Greffe du Chaftelet, pour lequel enregiftrement ils ne payeront que trois livres pour tous frais. Veut pareillement que les droits de provifions de marc d'or & receptions foient reglez en faveur des nouveaux acquereurs fur le pied des moderations portées par ledit Edit du mois d'Aouft 1708. Fait deffenfes à toutes perfonnes, même à ceux qui ont obtenu des Commiffions en exécution dudit Arreft du 30. Aouft dernier, de s'immifcer dans les fonctions d'Agens de Change, en prendre ny percevoir les droits, s'ils ne font pourvûs d'un defdits Offices, à peine de trois mil livres d'amende applicable à la Communauté defdits Officiers. FAIT au Confeil d'Etat du Roy, Sa Majefté y eftant, tenu à Paris le dix-feptieme jour de May mil fept cent vingt-un. *Signé* PHELYPEAUX.

16. EDIT DU ROY

Portant fuppreffion des Offices d'Agens de
Change eftablis dans la ville de Paris.

Et création de foixante nouveaux Offices
d'Agens de Change, Banque & Commerce
dans ladite Ville.

Donné à Verfailles au mois de Janvier 1723.

Regiftré en Parlement.

LOUIS par la grace de Dieu, Roy de France
& de Navarre : A tous prefens & à venir,
SALUT. Le feu Roy de glorieufe mémoire,
Nôtre très-honoré Seigneur & Bifayeul, avoit
jugé neceffaire de créer par fes Edits des mois
d'Aouft 1708. Novembre 1714. foixante Offices
d'Agens de Change, Banque & Commerce dans
la Ville de Paris : mais les differens changemens
furvenus dans ces Offices par les fuppreffions &
les rétabliffemens qui en ont efté ordonnez, rendant leur eftat entierement incertain ; Nous avons
jugé neceffaire d'y pourvoir, en fupprimant tous
lefdits Offices créez & établis jufques à préfent
dans nôtre bonne Ville de Paris, à quelque titre & fous quelque dénomination qu'ils ayent
efté créez, & en créant en leur lieu & place
foixante nouveaux Offices de nos Confeillers
Agens de Change, Banque & Commerce pour
joüir par eux des mêmes fonctions, prerogatives
& droits fur les négociations qui feront par eux
faites, qui eftoient attribuez aux Agens de Change,

Banque & Commerce par les Edits des mois
d'Aouſt 1708. & Novembre 1714. ſans aucuns autres droits, privileges ou immunitez, & ſans aucuns gages : & pour accelerer autant qu'il nous
ſera poſſible le rembourſement des dettes de l'E-
tat, Nous ferons recevoir le payement de la Finance deſdits Offices en Contrats de rentes ſur
la Ville, rentes Provinciales, liquidations d'Offices ſupprimez, & autres dettes de l'Etat liquidées : A CES CAUSES & autres à ce Nous
mouvans, de l'avis de nôtre trés-cher & très-amé
Oncle le Duc d'Orleans Petit Fils de France ,
Regent, de nôtre trés-cher & très-amé Oncle
le Duc de Chartres Premier Prince de nôtre Sang,
de nôtre trés-cher & trés-amé Couſin le Duc de
Bourbon, de nôtre très cher & très-amé Couſin
le Comte de Charolois, de nôtre très-cher &
trés-amé Couſin le Prince de Conty, Princes de
nôtre Sang, de nôtre trés-cher & trés-amé Oncle
le Comte de Toulouſe, Prince legitimé, & autres grands & notables Perſonnages de nôtre Royaume, & de notre certaine ſcience, pleine puiſſance
& autorité Royale, Nous avons par le preſent Edit
eſteint & ſupprimé tous les Offices d'Agens de
Change, Banque & Commerce, eſtablis juſqu'à
preſent dans nôtre bonne Ville de Paris, en quelque nombre, à quelque titre & ſous quelque dénomination qu'ils ayent eſté créez & eſtablis, & de la
même autorité que deſſus, Nous avons créé & établi,
créons & eſtabliſſons ſoixante nouveaux Offices de
nos Conſeillers Agens de Change, Banque & Commerce dans nôtre bonne Ville de Paris, pour
exercer par eux le mêmes fonctions, joüir des mêmes prérogatives & mêmes droits ſur les négociations qui ſeront par eux faites, dont joüiſſoient
les Agens de Change, Banque & Commerce ,

créez par lefdits Edits des mois d'Aouft 1708. & Novembre 1714. fans néanmoins qu'ils puiffent prétendre aucunes des exemptions de Tailles, uftenciles, & autres charges qui eftoient attribuées aufdits Offices, & fans aucuns gages ny franc-falé. Et pour accelerer autant qu'il Nous fera poffible le rembourfement des dettes de l'Etat, & donner plus de facilité aux particuliers qui voudront acquerir lefdits Offices : Voulons & ordonnons que la Finance qui fera par nous reglée pour lefdits Offices, fuivant le Rolle qui en fera arrefté en nôtre Confeil ; enfemble les deux fols pour livre de ladite Finance, foit payée par les acquereurs defdits Offices, en Contrats de rentes fur la Ville, rentes Provinciales, Finances d'Offices fupprimez, & autres créances de l'Etat liquidées defquels ils fourniront les Quittances de rembourfement, & tous autres actes neceffaires pour l'extinction & fuppreffion entiere defdits Contrats : Le droit annuel defdits Offices fera réduit à moitié de ce qu'ils en devroient payer fur le pied de la Finance defdits Offices, & les acquereurs y feront reçus en la même maniere que les differens titulaires, en vertu des provifions qui leur feront fcellées en nôtre grande Chancellerie ; en payant moitié des droits ordinaires de marc d'or, d'enregiftrement & de Sceau. Deffendons aux Agens de Change fupprimez par le prefent Edit, & à toutes perfonnes, autres que ceux qui auront acquis lefdits Offices, de s'immifcer dans les fonctions d'Agens de Change, prendre ny percevoir les droits qui leur font attribuez, à peine de trois mil livres d'amende. Voulons au furplus que ce qui eft ordonné par les Edits des mois d'Aouft 1708. & Novembre 1714. & par les Declarations intervenuës en confequence , concernant les fonctions & droits defdits Agens de Change foit executé felon fa forme & teneur, en ce qui n'y eft point derogé par le prefent Edit. SI DONNONS EN MANDEMENT à nos amez & feaux Confeillers les Gens tenans nôtre Cour de Parlement à Paris, que noftre préfent Edit ils ayent à faire lire, publier & regiftrer, & le contenu en iceluy garder, obferver & executer felon fa forme & teneur, nonobftant tous Edits, Déclarations, & autres chofes à ce contraires, aufquels nous avons dérogé & dérogeons par noftredit préfent Edit : CAR TEL EST NÔTRE PLAISIR ; & afin que ce foit chofe ferme & ftable à toujours, Nous y avons fait mettre nôtre Scel. Donné à Verfailles au mois de Janvier, l'an de grace mil fept cent vingt-trois, & de nôtre regne le huitiéme. *Signé* LOUIS. *Et plus bas*, Par le Roy, le Duc D'ORLEANS Regent préfent. PHELIPEAUX. Vû au Confeil DODUN. *Vifa* FLEURIAU. Et fcellé du grand Sceau de cire verte.

Regiftré , oüy , & ce requerant le Procureur General du Roy, pour eftre executé felon fa forme & teneur, fuivant l'Arreft de ce jour. A Paris en Parlement le 12. *jour de Fevrier* 1723. Signé GILBERT.

17. STATUTS ET REGLEMENS

Pour les Conseillers du Roy Agens de Banque, Change, Commerce & Finances de la Ville de Paris.

ARTICLE PREMIER.

LES Conseillers du Roy Agens de Banque, Change, Commerce & Finances de la Ville de Paris pour s'acquitter dignement des fonctions de leurs Offices, & pour entretenir entre eux l'union & l'amitié fraternelle, feront celebrer le premier jour ouvrable de chacune année à huit heures une Messe solemnelle du Saint-Esprit en l'Eglise des Peres de la Doctrine ruë S. Martin; & lorsque quelqu'un d'entr'eux viendra à déceder, ils feront celebrer une Messe de *Requiem* en la même Eglise aux jours & heures marquez par le Sindic, qui en fera avertir les Officiers survivans : & ceux qui n'y assisteront pas sans cause legitime, seront tenus de payer six livres, applicables au pain des prisonniers de n ciergerie du Palais.

I I.

IL sera élû entr'eux tous les premiers jours d'Assemblée de chacune année à la pluralité des voix un Syndic & un Adjoint, pour pendant ladite année rediger, signer & expedier lesdéliberations, & faire generalement tout ce qui déïendra des fonctions de leurs charges pour l'établissement l'établiſſement & conſervation des intereſts de la Compagnie, conformément auſdits Edits, Arreſts & Reglemens ſur ce intervenans ; ſans que les Syndic & Adjoint puiſſent rien innover ny conclure que de l'avis de la Compagnie aſſemblée.

I I I.

L E Syndic & à ſon défaut l'Adjoiut convoquera la Compagnie tous les premiers Mardis ; ſinon le premier jour ouvrable ſuivant de chacun mois à cinq heures d'aprés midy, & en outre pourra la convoquer aux jours & heures que beſoin ſera à la place du Change au Palais où chacun ſe rendra ponctuellement, & où ſera delivré un écu monnoye courante, dont la part des abſens accroiſtra aux preſens, à peine de ſix livres payables par les défaillans, applicables aux beſoins de la Compagnie.

I V.

C E U X qui auront eſté élûs aux charges de Syndic & Adjoint, ne pourront refuſer de les accepter ny exercer ſous prétexte d'ancienneté de reception des uns & des autres ou pour telles autres cauſes que ce puiſſe eſtre, à peine de cinq cent livres payables par les Contrevenans applicables aux beſoins de la Compagnie, & d'eſtre privez pour toûjours de toute entrée, voix déliberative & diſtribution en ladite Compagnie.

V.

N E pourront leſdits Conſeillers du Roy Agens preſter leurs noms à telles perſonnes que ce puiſſe eſtre pour faire les fonctions deſdits Offices directement ny indirectement, à peine de quinze

V

cent livres applicables comme deſſus ; mais pourront avoir des Commis pour tenir leurs Caiſſes & écritures autant que beſoin ſera.

V I.

CEUX qui auront fait faillite, Contrat d'attermoyement ou obtenu Lettres de répi, ne pourront eſtre admis auſdits Offices, conformément à l'Art. III. du Titre II. de l'Edit de Mars 1673. & ſi en eſtant pourvûs pareilles fautes leur arrivent, ils feront tenus de s'en départir dans trois mois, ſans pouvoir s'y maintenir pour quelque cauſe & ſous quelque prétexte que ce ſoit.

V I I.

LORSQU'IL s'agira de recevoir quelqu'un en l'un deſdits Offices, le Syndic & à ſon défaut l'Adjoint convoquera la Compagnie huit jours auparavant l'aſſemblée ordinaire ou extraordinaire, & le Recipiendaire ſera tenu de viſiter leſdits Agens afin de s'en faire connoître & d'avoir le temps de s'informer s'il a les qualitez requiſes ; & à l'aſſemblée il ſera paſſé déliberation des cauſes de refus s'il s'en trouve, ſinon de ſa reception, en conſequence de laquelle le Recipiendaire ſera tenu de payer entre les mains du Syndic la ſomme de mille livres pour ſubvenir aux beſoins de la Compagnie ; quoy faiſant le Syndic mettra au bas de la Requeſte : N'empêche que le Recipiendaire ne ſoit reçû ; & ſur la Sentence qui en interviendra il ſera admis en icelle ſans difficulté.

VIII.

ATTENDU que le secret est absolument necessaire dans les négociations de Banque, Change, Commerce & Finance, qu'elles se consomment la plûpart en ville sur des Carnets ou Portatifs qu'il n'est pas possible de tenir dans une forme reguliere, & que souvent plusieurs Agens se presentent confusément pour faire des négociations, il a esté convenu que le secret des négociations ne pourra être revelé; que la representation ou communication des regiftres ne pourra estre accordée pour quelque cause & sous quelque pretexte que ce soit, conformément à l'article IX. du titre III. de l'Edit du mois de Mars 1673. Mais s'il arrive quelque contestation sur quelque négociation, que l'Extrait de l'article en question affirmé veritable en pourra estre delivré dans la forme qu'il se trouvera par l'Agent qui en sera requis, à qui par justice sera ordonné, pour valoir & servir ce que de raison, & qu'un Agent engagé dans quelque négociation ne pourra estre interrompu par aucun autre intervenant, à peine de cinquante livres payables par le Contrevenant au profit du plaignant.

IX.

L'USAGE d'aucuns Banquiers estant de ne payer les droits des Agens de Change que de temps en temps, & celui des Tresoriers, Traitans & Gens d'affaires de les payer en consommant les negociations pour prevenir les contestations qui pourroient naître pour raison de ce, il a esté convenu qu'ils seront payez lorsque les négociations seront consommées, sans qu'il en puisse être pretendu aucune moderation, justification de res

giftre ni autrement; mais fi pour quelque confi-
deration les droits n'étoient point employez dans
les comptes defdites négociations, en cas de conteftations le ferment en fera déferé à ceux contre
lefquels ils feront pretendus.

X.

S'il arrive quelques conteftations entre lefdits Confeillers du Roy Agens fur le fait, exercice & fonctions de leurs Offices, elles feront
communiquées au Syndic, lequel mandera les Parties aux Affemblées ordinaires ou extraordinaires
afin de terminer leurs differends à l'amiable ; &
en cas qu'aucunes des Parties ne confentent pas
à ce qui aura elté arbitré par la Compagnie ou
ne fe rendent pas à l'affemblée, la Compagnie en
déliberera & donnera fon avis, dont elle deman-
dera l'homologation devant Monfieur le Lieutenant Civil, pour fervir & valoir ce que de raifon.

X I.

Il fera tenu un regiftre pour les déliberations
de la Compagnie, & un autre pour l'enregiftrement de l'Edit, Arrefts & Reglemens fur ce intervenans, Lettres de Provifions & Sentences de
reception de chacun des pourvûs aufdits Offices,
lefquels regiftres & autres pieces concernant l'an-
cienne Compagnie & la préfente, feront mis dans
un coffre qui reftera dans le Bureau, & dont la
clef demeurera és mains du Syndic pour les reprefenter quand befoin fera.

X I I.

Chacun Syndic fortant de Charge, fera tenu de préfenter fon compte de recette & dépenfe
trois mois aprés fon année d'exercice fur le Bu-

reau à l'assemblée ordinaire, auquel jour seront
nommées deux personnes de la Compagnie pour
l'examiner & en faire leur rapport à l'assemblée
suivante. Ce qui se trouvera dépensé pour le
bien & l'utilité de la Compagnie, sera alloué
sans difficulté, & ce dont le Syndic se trouvera
redevable, sera par lui payé au Syndic entrant en
Charge ; & en cas qu'il soit dû au Syndic sortant,
la Compagnie luy en fera le remboursement.

XIII.

Tout ce qui sera délibéré concernant l'exercice & fonctions desdits Offices à la pluralité des
voix de l'assemblée, composée au moins des trois
quarts des pourvûs ausdits Offices qui ne sera
point contraire aux Edits, Arrests & Reglemens,
sera exécuté selon sa forme & teneur, à peine
de cinquante livres payables par les Contrevenans, applicables comme dessus.

XIV.

Seront les presens Articles servant de reglemens lûs à toutes les Assemblées qui se tiendront pour l'élection des Syndic & Adjoint, ausquels est enjoint de tenir la main à leur execution,
après qu'il aura plû au Roy les approuver & confirmer par ses Lettres Patentes.

18. LETTRES PATENTES

Pour la confirmation des Statuts des Conseillers du Roy Agens de Banque, Change, Commerce & Finances à Paris.

Données à Versailles au mois d'Octobre 1706.

Regiſtrées en Parlement.

LOUIS par la grace de Dieu, Roy de France & de Navarre: A tous préſens & à venir, Salut. Nos chers & bien amez Conſeillers Agens de Banque, Change, Commerce & Finance, créez par noſtre Edit du mois de Decembre 1705. pour noſtre bonne Ville de Paris, Nous auroient fait remonter que pour former Corps & établir entr'eux un ordre dans les fonctions de leurs Offices conforme à l'Edit de leur création au bien de nos Sujets, & pour empêcher les abus qui ſe pourroient commettre dans leur Compagnie, ils ſe feroient aſſemblez pour dreſſer des articles en forme de Statuts pour leur ſervir de Reglemens, leſquels ils auroient la plûpart tirez tant des Statuts des Agens de Change de Paris ſupprimez, que dudit Edit, Arreſt de nôtre Conſeil du 10. Avril dernier, & autres Arreſts, Ordonnances & Reglemens; & afin qu'ils ſoient executez ſans qu'il y ſoit contrevenu, ils Nous auroient très-humblement fait ſupplier de leur accorder nos Lettres ſur ce neceſſaires. A CES CAUSES, & autres à ce Nous mouvans, de l'avis de nôtre Conſeil qui a vû leſdits Statuts au nombre de quatorze articles pour ſervir de Reglement aux Expoſans, enſemble l'Edit de création de leurs Offices, & ledit Arreſt du 10. Avril dernier, le tout cy-attaché sous le contrescel de nôtre Chancellerie, & de nostre grace speciale, pleine puissance & autorité royale, Nous avons approuvé, confirmé & autorisé, & par ces presentes signées de nôtre main approuvons, confirmons & autorisons lesdits Statuts. Voulons qu'ils soient gardez, observez & executez par les Exposans, leurs Successeurs ausdits Offices & tous autres, selon leur forme & teneur, sans qu'il y soit contrevenu en quelque sorte & maniere que ce soit. Si DONNONS EN MANDEMENT à nos amez & feaux Conseillers les gens tenans nôtre Cour de Parlement de Paris, Prevost de Paris ou son Lieutenant Civil, & autres nos Justiciers & Officiers qu'il appartiendra, que ces présentes ils fassent enregistrer, & du contenu en icelles en jouir & user les Exposans, leurs Successeurs & autres, pleinement, paisiblement & perpetuellement, cessant & faisant cesser tous troubles & empêchemens qui pourroient estre mis ou donnez, nonobstant tous Edits, Déclarations, Reglemens, Arrests & autres choses à ce contraire ausquels Nous avons derogé & dérogeons par cesdites presentes : CAR TEL EST NOSTRE PLAISIR. Et afin que ce soit chose ferme & stable à toûjours, Nous avons fait mettre nôtre Scel à cesdites presentes. Donné à Versailles au mois d'Octobre l'an de grace mil sept cent six, & de nôtre Regne le soixante-quatriéme. Signé, LOUIS. Et sur le reply par le Roy : PHELYPEAUX. Visa, PHELYPEAUX. Vû au Conseil, CHAMILLART. Et scellé du grand Sceau de cire verte.

Registrées, oui, le Procureur General du Roy, pour jouir par les Impetrans & ceux qui leur succederont ausdits Offices, de leur effet & contenu, & être executées selon leur forme & teneur, suivant l'Arrêt de ce jour. A Paris en Parlement le 3. Fevrier 1707. Signé, DU TILLET.

CHAPITRE III.

ARRESTS, EDITS, DECLARATIONS
& Reglemens concernant les Lettres de Change & Billets.

SOMMAIRE.

1. *Arrêt de la Cour de Parlement, portant reglement sur les Protêts.*

2. *Déclaration du Roy, concernant les Billets faits par les Gens d'affaires.*

3. *Autre Déclaration du Roy, qui ordonne que tous Porteurs de Lettres de Change seront tenus après les 10. jours de l'écheance d'en faire demande aux débiteurs.*

4. *Arrêt de la Cour de Parlement, qui ordonne que les Mineurs qui ont tiré, accepté & endossé des Lettres de Change seront contraignables par corps.*

5. *Arrêt de la Cour de Parlement, qui juge que le Porteur d'un Billet ou Lettre de Change qui a pour obligez le tireur, l'accepteur & les endosseurs, peut exercer ses droits contre tous.*

6. *Autre Arrêt de la Cour de Parlement, concernant les Négocians & Gens d'affaires.*

7. *Déclaration du Roy, qui regle la maniere de payer les Lettres de Change par rapport à la diminution des especes.*

8. *Arrêt de Reglement, portant que celui qui aura perdu une Lettre de Change s'adressera au dernier endosseur pour en avoir une seconde.*

9. *Edit du Roy, qui défend les Billets au porteur.*

10. *Déclaration du Roy, pour rétablir l'usage des Billets au porteur.*

11. *Reglement de la Place du Change de Lyon.*

12. *Edit du Roy, pour l'établissement de la Jurisdiction Consulaire de Paris.*

I. ARREST DE LA COUR

DE PARLEMENT,

Portant reglement fur le Protêt des Lettres de Change.

Du 7. Septembre 1630.

LOUIS par la grace de Dieu, Roy de France & de Navarre: A tous ceux qui ces prefentes Lettres verront, Salut fçavoir faifons : Que comme de la Sentence donnée par nôtre Prévôt de Paris ou fon Lieutenant le 29. Mars 1628. entre Louis Frarin Marchand Bourgeois de nôtre ville de Paris demandeur ; & Jean Robins Marchand Flamand défendeur : par laquelle ledit Robin auroit été condamné à payer audit Frarin la fomme de deux mille fix cent quarante-cinq li-livres, & douze cens livres pour le contenu en deux Lettres de Change tirées par ledit Robins fur Adrien Corgs le 4. Septembre & 17. Decembre 1626. & bailler par icelui Robins audit Frarin en payement de pareille fomme qu'il auroit reçuë de lui, avec les profits de ladite fomme de 2645. liv. du jour qu'ils auroient été demandez fans change & rechange ; & pour celle de 1200. liv. du jour du protêt d'icelle avec le change & rechange, en affirmant par ledit Frarin d'avoir icelle actuelle-ment fournie audit Robins, fauf à icelui Robins à fe pourvoir contre ledit Corgs, & ledit Robins condamné aux dépens : Eût été appellé en nôtre Cour de Parlement, en laquelle le procès par écrit conclu entre ledit Robins appellant d'une part ,

& ledit Frarin intimé d'autre, & reçu pour juger si bien ou mal il auroit été appellé, joint les griefs, moyens de nullitez & production nouvelle dudit appellant, ausquels griefs, prétendus moyens de nullité, ledit intimé pourra répondre, & contre ladite production nouvelle bailler contredits. VEU ledit procès, griefs, réponse, requête d'emploi pour production nouvelle par ledit Robins, incident de Lettres de Nous obtenuës par ledit Robins le 16. jour de Juin 1629. pour articuler de nouveau & verifier les faits y contenus ; production dudit Robins, forclusions de produire par ledit Frarin ; contredits dudit Frarin suivant l'Arrêt du 23. jour d'Aoust audit an ; Arrêt du 12. Avril dernier, entre ledit Robins appellant des Sentences de provision contre lui données par nôtredit Prévôt le 24. & 30. Avril 1627. ensemble nonobstant l'appel du 27. Janvier 1629. & de tout ce qui s'en seroit ensuivi d'une part ; & ledit Frarin intimé d'autre : par lequel sur lesdites appellations les parties auroient été appointées au Conseil à écrire & produire causes d'appel & production dudit Robins, forclusions de fournir des réponses à produire par ledit Frarin ; contredits dudit Frarin suivant l'Arrêt du 27. Juin dernier ; autre Arrêt du 13. Avril aussi dernier contre ledit Corgs demandeur en requête civile du 8. jour dudit mois afin d'être reçu partie intervenante audit procès, & à ce que remettant par lui és mains dudit Robins les promesses provenantes de la vente qu'il auroit faite de ses tapisseries demeureroit quitte & déchargé de l'acceptation qu'il auroit faite de ladite Lettre de Change de 2645. l. tirée sur lui; & à ce que ledit Robins fût tenu lui rendre & restituer la somme de 808. liv. qu'il auroit payé pour lui, outre ce qu'il lui pourroit devoir d'une part ; & ledit Robins

& Frarin défendeurs d'autre part : par lequel
ledit Corgs auroit été reçu partie intervenante
audit procès ; & fur ladite demande les parties appointées en droit , & à produire moyens d'intervention dudit Corgs ; réponfe à iceux par ledit Robins , forclufions d'en fournir par ledit Frarin ; production defdits Corgs & Robins ; forclufion de produire par ledit Frarin , contredits defdites parties
fuivant l'Arrêt du 7. jour de Juin dernier ; deux
productions nouvelles de Corgs contre ledit Robins ; contredits dudit Robins , tout joint & exa-
miné ; après qu'aucuns notables Bourgeois & Banquiers , enfemble les Maîtres & Gardes des fept
Corps de la Marchandife de nôtredite Ville auroient
été mandez en la Chambre & oüis fur la forme &
ufage qu'ils auroient coûtume de garder au Protêt
des Lettres de Change , & le tems dans lequel ledit Protêt fe doit faire pour icelui paffer , rendre
les porteurs d'icelles Lettres refponfables de l'in-
folvabilité de ceux fur lefquels elles auroient été
tirées ; lefquels concordamment auroient dit , que
jufqu'à prefent l'ufage a été que les Lettres de Change ont été proteftées dans les 8. ou 10. jours après
l'écheance d'icelles, quoi que ledit tems n'ait encore été limité par aucune de nos Ordonnances , &
ont requis nôtre Cour en jugeant le prefent procès , vouloir regler & prefcrire le tems dans lequel
le protêt defdites Lettres doit fe faire pour le bien
& commodité du commerce : NÔTREDITE COUR ,
par fon Jugement & Arrêt faifant droit fur le tout,
fans avoir égard à l'intervention dudit Corgs , de
laquelle elle l'a débouté & condamné aux dépens
envers ledit Robins , a mis & met les appellations ,
Sentence, & ce dont a été appellé , au néant , fans
amende en émandant, & abfout ledit Robins des
fins & conclufions contre lui prifes par lefdits Fra-

rin & Corgs ; ordonne que la fomme de 2645. liv.
par lui payée en vertu de ladite Sentenee du 27.
Janvier dernier lui fera rendüe & reftituée avec les
interêts à raifon de l'Ordonnance ; au payement de
laquelle fomme & interêts ledit Frarin fera contraint par toutes les voyes dûes & raifonables, même par emprifonnement de fa perfonne, fans autres
dommages & interêts, fauf le recours dudit Frarin contre ledit Corgs, défenfes au contraire. Condamne ledit Frarin és dépens de la caufe princi-
cipale, fans dépens de la caufe d'appel : *Ordonne
que tous Porteurs des Lettres de Change en nôtre ville
de Paris feront tenus faire le Protêt d'icelle dans lefdits jours d'écheancè defaites Lettres, autrement & à
faute de ce faire, lefdites Lettres demeureront à leurs
perils & fortunes, fans qu'ils puiffent prétendre aucun recours contre ceux qui auroient tiré & délivré lefdites Lettres.* SI DONNONS EN MANDEMENT
au premier nôtre Huiffier ou Sergent fur ce requis,
à la requête dudit Robins, le prefent Arrêt icelui mettre à dûe, pleine & entiere execution felon fa forme & teneur alencontre de qui il appartiendra ; de ce faire te donnons pouvoir. DONNE'
à Paris le 30. Septembre 1630. & de nôtre regne le
21. Signé, RADIGUES.

2. DECLARATION DU ROY

LOUIS XIV.

Concernant les Billets faits par les Gens d'affaires.

Du 26. Fevrier 1692.

LOUIS par la grace de Dieu Roy de France & de Navarre : A tous ceux qui ces préfentes Lettres verront, Salut. Encore que par l'article I. du titre 7. de nôtre Edit du mois de Mars 1673. fervant de reglement pour le Commerce, il foit porté que ceux qui auront figné des Lettres ou Billets de Change pourront être contraints par corps; enfemble ceux qui y auront mis leur Aval, qui auront promis d'en fournir avec remife de place en place, qui auront fait des promeffes pour Lettres de Change à eux fournies, ou qui le devront être, entre tous les Marchands & Négocians qui auront figné des Billets pour valeur reçuë comptant ou en marchandifes, foit qu'ils doivent être aquittez à un particulier y nómmé, ou à fon ordre ou au porteur. Néanmoins plufieurs Cours, Juges & Jurifdictions ont déchargé & déchargent de la contrainte par corps plufieurs particuliers gens d'affaires, lorfqu'il s'agit du payement des Billets par eux faits pour valeur reçuë comptant, fous prétexte que par l'article XXVII. du titre 5. du même Edit, il y eft porté : Qu'aucun Billet ne fera réputé Billet de Change, fi ce n'eft pour Lettres de Change qui auront été fournies, ou qui devront

l'être, & que nos comptables chargez du recouvrement de nos deniers, les Receveurs, Tréfo-
riers, Fermiers Generaux & Particuliers, Traitans, Sous-Traitans & Intereffez dans nos affaires
ne font point Marchands ni Négocians ; de forte
que fi on continuoit à les décharger de la contrainte par corps pour le payement de fimples Billets qu'ils font pour valeur reçuë, & de valeur reçuë comptant payables au porteur ou à un particulier y nommé ou à fon ordre ; le credit qui leur
eft neceffaire pour le bien de nôtre fervice ceffe-
roit abfolument, fans lequel ils ne peuvent fou-
tenir les affaires dont ils font chargez, & qu'ils
ne foutiennent pour l'ordinaire que par l'ufage de
ces fortes de Billets qu'ils font comme les Marchands & les Négocians : à quoi voulant pourvoir. A CES CAUSES, de nôtre certaine fcience,
pleine puiffance & autorité Royale, en interpre-
tant entant que befoin feroit, nôtredit Edit du
mois de Mars 1673. Nous avons dit, déclaré & ordonné, & par ces prefentes fignées de nôtre main,
difons, déclarons & ordonnons, voulons & Nous
plaît, que l'article I. du titre 7. de nôtre Edit du
mois de Mars 1673. foit executé contre les Receveurs, Treforiers, Fermiers & Sous-Fermiers de
nos droits, Traitans Generaux & Particuliers, Intereffez & Gens chargez du recouvrement de nos
deniers, & tous autres nos comptables ; & ce faifant qu'ils puiffent être contraints par corps, ainfi
que les Négocians, au payement des Billets pour
valeur reçuë qu'ils feront à l'avenir pendant qu'ils
feront pourvus defdites Charges, ou qu'ils feront
chargez du recouvrement de nos deniers, foit que
les Billets doivent être aquitez à un particulier y
nommé, ou à fon ordre, ou au porteur. SI DON-
NONS EN MANDEMENT à nos amez & feaux Con-

ſeillers les Gens tenans nôtre Cour de Parlement
& Cour des Aydes à Paris, que ces preſentes ils
ayent à faire regiſtrer , & le contenu en icelle faire garder & obſerver ſelon ſa forme & teneur, nonobſtant tous Edits, Ordonnances, Reglemens & autres à ce contraires, auſquels
Nous avons dérogé par ces preſentes. CAR tel
eſt nôtre plaiſir. En témoin dequoi nous avons fait
mettre nôtre Scel à ceſdites preſentes. DONNE' à
Verſailles le 26. Fevrier l'an de grace 1692. & de
nôtre regne le 49. Signé , L ⊙ U I S. *Et plus bas*
par le Roy PHELYPEAUX ; & ſcellées du grand
Sceau de cire jaune.

Regiſtré , oüy, & ce requerant le Procureur Ge-
neral du Roy , pour eſtre executé ſelon ſa forme ·&
teneur , ſuivant l'Arreſt de ce jour. A Paris en
Parlement , le 6. Mars 1692. Signé, DU TILLET.

3. DECLARATION DU ROY
LOUIS XIV.

Qui ordonne que tous Porteurs de Lettres
& Billets de Change, ou Billets au Porteur, feront tenus, après les 10. jours
de l'écheance, d'en faire demande aux
débiteurs, finon les Porteurs defdites Lettres & Billets feront tenus des diminutions qui pourront furvenir fur les efpeces.

Du 16. Mars 1700.

LOUIS par la grace de Dieu Roi de France
& de Navarre : A tous ceux qui ces prefentes verront, Salut. Nous avons été informez des
difficultez qui arrivent journellement au fujet du
payement des Lettres de Change & des Billets
payables au Porteur, que les particuliers qui les
ont affectent de ne point venir recevoir dans les
termes de leurs écheances ; en forte que les debiteurs qui en ont les fonds comptant font obligez
de fupporter les diminutions qui ont été & feront ordonnées par les Arrêts de nôtre Confeil fur
les efpeces qui reftent inutiles entre leurs mains,
fans pouvoir fe liberer, n'ayant aucune connoiffance de ceux qui font porteurs defdites Lettres
de Change & Billets ; à quoi defirant pourvoir,
en expliquant fur ce nos intentions. A CES CAUSES,
& autres à ce Nous mouvans, de notre certaine
fcience, pleine puiffance & autorité Royale,
Nou

Nous avons par ces prefentes fignées de nôtre main, dit & ordonné, difons & ordonnons, voü-lons & Nous plaît : Que tous Porteurs de Lettres & Billets de Change ou de Billets payables au Por-teur foient tenus après les 10. jours de l'écheance de chacune Lettre de Change ou Billets , d'en fai-re la demande aux débiteurs par une fommation ; contenant, les noms, qualitez & demeures def-dits Porteurs & d'offrir d'en recevoir le payement en efpeces lors courantes, finon & à faute de ce faire dans ledit tems , & icelui paffé , voülons que les Porteurs defdites Lettres & Billets de Change ou Billets payables au Porteur foient tenus des di-minutions qui pourront furvenir fur les efpeces en execution des Arrêts de nôtre Confeil qui ont été ou feront rendus fur le fait des Monnoyes. SI DONNONS EN MANDEMENT à nos amez & feaux Confeillers les Gens de nôtre Cour de Par-lement à Paris , que ces prefentes ils ayent à faire lire, publier & regiftrer, & le contenu en icelles garder & obferver felon leur forme & teneur, non-obftant tous Edits , Declarations & autres chofes à ce contraires, aufquelles nous avons dérogé & dérogeons par ces prefentes : CAR tel eft nôtre plaifir. En témoin dequoi Nous avons fait mettre nôtre Scel à cefdites prefentes. DONNE' à Verfail-les le 16. jour de Mars l'an de grace mil fept cens ; & de nôtre regne le cinquante-feptiéme. *Signé*, LOUIS ; *Et fur le reply* , par le Roy, PHELYPEAUX. Et fcellé.

Regiftré , oüy, & ce requerant le Procureur Ge-neral du Roy, pour eftre executé felon fa forme & teneur. A Paris en Parlement le 20. Mars 1700. Signé, DU TILLET.

X

4. ARREST DE LA COUR

DE PARLEMENT,

Qui ordonne que les Mineurs qui ont tiré, accepté & endossé des Lettres de Change font consulaires & contraignables par corps.

Du 30. Aoûst 1702.

LOUIS par la grace de Dieu, Roy de France & de Navarre. Au premier nôtre Huissier ou Sergent sur ce requis, Sçavoir faisons : Qu'entre Isaac Lardeau Interressé aux Affaires du Roy appellant, tant comme de Juge incompetant, qu'autrement, des Sentences renduës par les Juges & Consuls de Paris les 9. & 11. Janvier 1702. emprisonnement & écroüe fait de sa personne, & de tout ce qui s'en est ensuivi, & demandeur en enterinement de Lettres de rescision par lui obtenuës en Chancellerie le 11. Fevrier 1702. suivant l'Exploit du 13. dudit mois d'une part, & Jean Coulombier Caissier general du grand Bureau des Postes de France intimé & défendeur. Et entre ledit Lardeau fils mineur procedant sous l'autorité de Me Samuel Lardeau ci-devant Procureur en la Cour son pere, appellant des Sentences des Juges-Consuls de Paris de 5. & 7. Décembre 1701. demandeur aux fins desdites Lettres de rescision du 11. Fevrier 1702. suivant l'Exploit du 15. Avril audit an, & Jean Guerin intimé & défendeur. Et entre ledit Lardeau audit nom appellant d'une Sentence des Juges-Consuls du 16. Décembre 1701.

& demandeur aux fins defdites Lettres de refci-
fion, fuivant l'Exploit dudit jour 15. Avril, &
Jacques de la Tour intimé & défendeur Et entre
ledit Lardeau appellant des Sentences defdits Juge
& Confuls des 27. Fevrier & 1. Mars 1702. & recommandation faite de fa perfonne és Prifons du
Fort-l'Evêque, & demandeur aux fils defdites Lettres de refcifion, fuivant l'Exploit du 4. Mars 1702.
& Jean Charpentier intimé & défendeur. Et encore
contre ledit Lardeau demandeur aux fins defdites
Lettres de refcifion dudit jour 11. Fevrier 1702. &
Exploit du 15. Avril enfuivant, & Daniel & Louis
Raguenau défendeurs. Et entre ledit Lardeau demandeur aux fins defdites Lettres de refcifion du
11. Fevrier 1702. fuivant les Exploits des 2. Mars
& 15. Avril enfuivant, & Guillaume Ledebotté
Sieur des Guigeries, & Pierre Bernard Pafquier
défendeur. Et entre Elie Guitton Ecuyer Sieur de
Tranchard fils mineur de Jean-Louis Guitton
Ecuyer fieur dudit lieu & de Fleuruë, procedant
fous fon autorité appellant des Sentences renduës
par les Juges & Confuls de cette Ville de Paris,
les 1. & 3. Mars 1702. & autres s'il n'y en avoit,
intervenant & demandeur en requête des 21. Juillet & 5. Aouft dernier. Et lefdits Lardeau, Charpentier & Raguenau intimez & défendeurs. Et
entre ledit Lardeau appellant, tant comme de Juge incompetant qu'autrement, des Sentences defdits Juges & Confuls des 17. & 20. Mars 1702. &
recommandation faite de fa perfonne és Prifons du
Fort l'Evêque, & ledit Ledebotté intimé. Et entre ledit Samuel Lardeau ci-devant Procureur en
la Cour intervenant & demandeur en requêtedu
12. du prefent mois, & lefdits Coulombier, Charpentier & le Débotté, de la Jouë, Guerin, Raguenau & Pafquier défendeurs. Et entre Ifaac Lar-

deau appellant, tant comme de Juge incompetant, qu'autrement, des Sentences des Juges & Conſuls des 16. & 19. Decembre 1701. & ledit Paſquier intimé d'autres. VEU par la Cour, & tout conſideaé : LA COUR faiſant droit ſur le tout, ſans s'arrêter à l'intervention dudit Samuel Lardeau & Lettres de reſciſion obtenuës par ledit Iſaac Lardeau fils, & Guitton, dont elles les a déboutez, & mis & met les appellations au néant. Ordonne que ce dont a été appellé ſortira effet ; condamne leſdits Iſaac Lardeau & Guitton ès amandes de 12. liv. & leſdits Iſaac Samuel Lardeau & Guitton aux dépens chacun à leur égard envers leſdits Coulombier, de la Jouë, Charpentier, Daniel & Louis Ragueneau, Ledebotté & Paſquier, & ſur le profit des défauts les Parties ſe pourvoiront. SI MANDONS mettre le preſent Arrêt à dûë & entiere execution de point en point & ſelon ſa forme & teneur, & outre faire pour raiſon de l'execution d'icelui, tous exploits & actes de Juſtice requis & neceſſaires ; de ce faire te donnons pouvoir. DONNE' en Parlement le 30. Aouſt 1702. & de nôtre Regne le ſoixantiéme. Collationné par la Chambre, Signé DONGOIS.

5. ARREST DE LA COUR
DE PARLEMENT,

Qui juge que le Porteur d'un Billet ou
Lettre de Change, qui a pour obligez le
tireur, l'accepteur & les endoſſeurs, n'eſt
pas obligé, en cas de faillite de tous les
coobligez, d'en opter un, & qu'il peut
exercer ſes droits contre tous.

Du 16. May 1706.

FAIT.

JEan-François Dunan a fait trois Promeſſes payables en divers payemens à l'ordre de Joſeph Perret Marchand à Lyon, pour valeur reçuë de lui
en marchandiſes. Perret a paſſé ſon ordre ſur leſdites promeſſes au profit du ſieur Jacquier de Cornillon pour valeur reçuë de lui comptant. Le même Perret tira Lettre de change de la ſomme de
2000. liv. ſur Pierre Bernard Marchand à Paris,
payable à l'ordre dudit Jacquier de Cornillon pour
valeur reçuë comptant de lui.

Ces trois Promeſſes & la Lettre de change n'ont
pas été payées. Perret, Bernard &. Dunan ont tous
trois fait faillite.

Le ſieur de Cornillon s'eſt pourvû à la Conſervation de Lyon contre Perret, en vertu de ſes
ordres ſur les Promeſſes & Lettres de Change.
Perret a pretendu qu'il étoit en conteſtation au
Parlement avec Bernard; ſur ce fondement il y a

porté la demande que le fieur de Cornillon lui avoit faite en la Confervation de Lyon afin de paye-ment defdites Promeſſes & Lettre de Change.

Au Parlement Perret a offert de payer (aux termes du Contrat qu'il avoit fait avec fes crean-ciers) le tiers du contenu aux Promeſſes & Let-tre de change , en les lui rendant comme foluës & aquittées , fans que le fieur de Cornillon fe pût reſerver aucun recours contre Bernard & Dunan.

Le fieur de Cornillon a foutenu au contraire , qu'en recevant de Perret, aux termes de fon Con-trat , le tiers de fa creance, il n'étoit point obli-gé de lui rendre les Promeſſe & Lettre de Chan-ge , & qu'il devoit avoir fon recours pour le fur-plus contre Dunan & Bernard.

Ainfi la queftion a été de fçavoir , fi le Por-teur de Lettres de Change ou Promeſſes eft obli-gé , lorfque le tireur , l'accepteur & les endoſ-feurs font tous en banqueroute , d'en opter l'un ou l'autre feulement , & perdre par cette option le droit de la folidité qu'il a contre tous les au-tres coobligez.

L'Arrêt qui fuit a jugé qu'il n'eft pas obligé d'op-ter , & qu'il a fon recours contre les tireurs , ac-cepteurs & endoſſeurs , quoi qu'ils foient tous en faillite.

LOUIS par la grace de Dieu Roy de France & de Navarre : Au premier des Huiſſiers de nôtre Cour de Parlement ou autre nôtre Huiſſier ou Sergent fur ce requis , fçavoir faifons : Qu'en-tre Jean-Jacques Jacquier , Ecuyer fieur Baron de Cornillon , demandeur aux fins de l'Exploit don-né en la Confervation de Lyon le 20. Janvier 1703. fur lequel par Arrêt du 4. Juillet 1704. il a été ordon-

né que les parties procederont en la Cour d'une part,
& Joseph Perret Marchand à Lyon défendeur. Et
entre ledit Jacquier demandeur aux fins de la Commiffion & Exploit des 31. Janvier & 11. Fevrier 1705.
& Pierre Bernard Marchand à Paris défendeur. Et
entre ledit Perret demandeur en requête du 9.
Decembre audit an 1705. & ledit Jacquier défendeur d'autre. VEU par nôtredite Cour l'Exploit
d'affignation donné à la requête dudit Jacquier
audit Perret pardevant les Juges de la Confervation de Lyon du 20. Janvier 1703. aux fins d'a-
voüer & défavoüer les foufcriptions & ordres écrits
& foufcrits par ledit Perret, la premiere en datte
du 30. Juin 1701. au dos de la Promeffe du fieur Jean
François Dunan du 29. dudit mois de Juin de la
fomme de feize cens quatre-vingt-treize livres ,
payable à l'ordre dudit Perret, qui en avoit paffé
l'ordre en faveur dudit Jacquier, qui l'auroit fait
protefter par acte du 4. Avril 1702. & le fecond
en datte du 30. Septembre 1701. au dos d'autre
Promeffe auffi faite par ledit Dunan le 25. dudit
mois de Juin de ladite année 1701. de la fomme de
deux mille huit cens livres pareillement proteftée,
par acte du 4. Juillet 1701. & la troifiéme en datte
du 22. Janvier 1702. au dos d'autre Promeffe faite
par ledit Dunan le 21. dudit mois de Janvier, qui
avoit été de même proteftée par acte du 4. Octobre de ladite année, pour en confequence fe voir
ledit Perret condamner par corps au payement de la
fomme de fept mille neuf cens quarante-trois livres
à laquelle revenoient les trois fufdites fommes , &
ce avec interêt de chacune depuis les jours des protêts, frais d'iceux , change & rechange , & autres
avec dépens, fauf à déduire tous payemens & quittances valables , s'il y échoit , & fans préjudice audit Jacquier de fon action folidaire contre ledit Du-

X iiij

nan & tous autres, ainfi qu'il appartiendroit , &
de toutes autres actions & prétentions. Arrêt du
4. Juillet 1704. par lequel auroit été ordonné Commiffion être délivrée audit Perret pour faire affigner en la Cour qui bon lui fembleroit aux fins
de fa requête ; cependant défenfes aux parties de
faire pourfuite ailleurs qu'en la Cour. Arrêt d'a-
pointé en droit du 31. Janvier 1705. Avertiffement
dudit Perret du 27. Avril audit an. Requête dudit
Jacquier du 18. Février audit an, employée pour
avertiffement. Productions des parties & leurs contredits refpectifs des 25. May & 21. Juillet 1705.
Ceux dudit Perret fervant de Salvations. Addition
de contredits dudit Perret du 27. Avril 1706. La
Commiffion & demande dudit Jacquier du 31. Janvier audit an 1705. aux fins de faire affigner en la
Cour ledit Dunan & Bernard, pour voir dire qu'il
feroit tenu de reconnoître fes fignatures mifes au
bas des Promeffes dont eft queftion , finon qu'elles feroient tenuës pour reconnuës ; ce faifant ,
voir déclarer commun avec lui l'Arrêt qui interviendroit , & en confequence il fût condamné folidairement avec led. Perret & par corps à payer aud.
Jacquier la fomme de fept mille neuf cens quarante
trois livres contenuë aufdites trois Promeffes, le
interêts de ladite fomme , à compter depuis le jour
des protêts , frais d'iceux , change & rechange ,
aux offres de déduire ce qui fe trouveroit avoir
été payé , & ledit Bernard pour voir dire qu'il feroit tenu de reconnoître l'acceptation par lui mife
& écrite au bas de la Lettre de change du 3. Janvier 1702. finon qu'elle feroit tenuë pour reconnuë , en confequence fe voir condamner de payer
folidairement audit Jacquier le contenu en icelle,
interêt du jour du protêt , frais de change & rechange ; & fans préjudice par ledit Jacquier au

payement qu'il lui avoit été offert par Perret, aux
termes de fon Contrat d'accord fans approbation
dudit Contrat, Exploit d'affignation donné en confequence le 11. Fevrier 1705. Arrêt d'appointé en
droit & joint du 30. Mars audit an ; avertiffement
dudit Jacquier du 9. May audit an ; production defdits Jacquier & Bernard ; contredits dudit Bernard du 8. May 1706. requête dudit Jacquier du
15. employée pour falvations ; fommations de contredire par ledit Jacquier ; production nouvelle
dudit Jacquier par requête du 29. May 1705. contredits dudit Perret du 3. Aouft audit an. La requête & demande dudit Perret du 9. Decembre
1705. à ce que ledit Jacquier fût déclaré non recevable dans fes demandes, faute par lui d'avoir
fait les diligences portées par l'Ordonnance, pour
fe conferver fon recours de garantie contre ledit
Perret, & où la Cour feroit difficulté fur les fins
de non recevoir, ordonné qu'en payant par ledit
Perret, aux termes de fon Contrat d'accord, la
fomme de deux mille huit cens quatorze livres
huit fols qui étoit dûë de refte audit Jacquier du
contenu aux Lettres de Change & Billets dont il
étoit porteur ; ledit Jacquier feroit condamné lui
rendre & reftituer lefdits Billets & Lettres de
Change comme foluës & aquittées ; enfemble toutes les diligences & procedures faites par lui contre les accepteurs, endoffeurs ou tireurs, pour s'en
prévaloir ainfi qu'il aviferoit bon être ; ledit Jacquier condamné en outre en tous les dépens, &
qu'acte lui fût donné de l'employ pour écritures
& productions fur ladite demande ; fur laquelle
requête auroit été mis fur la demande en droit &
joint & acte de l'emploi ; requête dudit Jacquier
du 15. Janvier 1706. employée pour défenfes, écritures & productions ; Requête dudit Perret du

12. Fevrier audit an employée pour contredits. Production nouvelle dudit Perret par requête du 11. Decembre 1705. Production nouvelle dudit Jacquier par requête du 19. Janvier 1706. servant de salvations & contredits dudit Perret du 8. Fevrier audit en servant de salvations ; Production nouvelle dudit Bernard par requête du 15. Mars audit an. Sommation de la contredire par ledit Jacquier, le défaut obtenu par ledit Jacquier demandeur aux fins des commissions & exploit des 31. Janvier & 11. Fevrier 1705. contre Jean-François Dunan Marchand de la ville de Geneve défendeur & défaillant. La demande sur le profit dudit défaut, & tout ce qui a été mis & produit, le tout joint à l'instance par Arrêt du 25. Janvier 1706. Production nouvelle dudit Perret par requête du 29. Avril audit an. Requête dudit Jacquier du 30. employée pour contredits ; Production nouvelle dudit Jacquier par requête du 15. May audit an. Contredits dudit Perret du 18. dudit mois , tout joint & consideré. NÔTREDITE COUR faisant droit sur le tout , & ajugeant le profit du défaut, sans s'arrêter à la requête dudit Perret du 9. Decembre dernier dont elle l'a débouté ; condamné lesdits Perret & Dunan solidairement & par corps payer audit Jacquier la somme de sept mille neuf cens quarante-trois livres contenuë és trois Promesses dudit Dunan au profit dudit Perret, qui en a passé les ordres au profit dudit Jacquier, & les interêts desdites sommes à compter des jours des protêts , & lesdits Perret & Bernard solidairement & par corps , payer audit Jacquier la somme de deux mille livres contenuë en ladite Lettre de change tirée de Lyon le 3. Janvier 1701. sur ledit Bernard , & de lui acceptée , & aux interêts de ladite somme , à compter du jour du protêt, chan-

ge & rechange, à la déduction de ce qui se trouvera avoir été reçu par ledit Jacquier sur toutes
lesdites sommes; ne pourront neanmoins lesdits
Perret & Bernard être contraints chacun en particulier pour la totalité desdites sommes qu'aux termes des Contrats que chacun d'eux ont fait avec
leurs creanciers, sans que le Contrat dudit Perret
puisse empêcher ledit Jacquier de se pourvoir pour
la solidité contre lesdits Dunan & Bernard, ni que
celui dudit Bernard puisse empêcher ledit Jacquier
de se pourvoir pour la solidité contre ledit Perret ; condamne ledit Perret, Bernard & Dunan en
tous les dépens, chacun à leur égard envers ledit Jacquier. SI TE MANDONS à la requête dudit
Jacquier, mettre le present Arrêt en execution,
de ce faire te donnons pouvoir. DONNE' à Paris en
nôtre Parlement le 18. May l'an de grace mil sept
cens six, & de nôtre Regne le soixante-quatre.
Collationné, signé CHARLIER. Par la Chambre,
signé DU TILLET. Et en marge est écrit : Scellé
le 9. Juin 1706. Signé MAILLARD.

6. ARREST DE LA COUR

DE PARLEMENT,

Concernant les Négocians & Gens d'affaires,

Qui juge que la fin de non-recevoir établie par l'Article XV. du titre V. de l'Ordonnance de 1673. à l'égard des Porteurs de Lettres de Change qui n'ont pas fait leurs diligences pour la garantie contre les endosseurs, dans les délais marquez par l'Article XIII. du même titre, a aussi bien lieu pour les endossemens des Billets payables au Porteur, que pour les endossemens des Lettres de Change.

Circonstances du Fait, sur lequel est intervenu l'Arrest.

VAltrin, Commis du Sieur de Lussé, ayant eu besoin du crédit de son Maître pour emprunter une somme de 10000. liv. le pria de vouloir endosser son Billet de pareille somme.

Le Sieur de Sainte-Maure s'en trouva porteur, il en reçut, au temps de l'écheance, les interêts de Valtrin, auquel il donna le 7. Septembre 1707. une promesse de le renouveller.

Le dérangement étant arrivé peu de temps après dans les affaires de Valtrin, & le Sieur de Sainte-

Maure ayant reconnu par la fuite des Scellez que la créance périclitoit, fongea à fe former un débiteur contre lequel il pût fe dédommager de ce qu'il perdoit avec Valtrin.

Il crut que le Sieur de Luffé ayant endoffé le Billet échû le premier Septembre 1707. quoi qu'il n'eût pas renouvellé fon endoffement, c'étoit une occafion favorable de s'adreffer à lui comme Caution de Valtrin pour la fomme portée au Billet.

Ce fut le prétexte de l'Affignation que le Sieur de Sainte-Maure fit donner au Sieur de Luffé au Châtelet le 28. Juillet 1708. c'eft-à-dire près d'onze mois après l'écheance du Billet endoffé, pour fe voir condamner par corps folidairement avec Valtrin, à lui payer la fomme de 10000. livres contenuë au Billet du premier Septembre 1706. Sur cette demande intervint la Sentence dont le Sieur de Sainte-Maure porta l'Appel en la Cour, & par laquelle on le déclara non-recevable en fa demande, de laquelle on déchargea le fieur de Luffé avec dépens.

L'Intimé foutint en la Cour, que faute par le Sieur de Sainte-Maure d'avoir dans le délai de l'Ordonnance de 1673. fait fes diligences contre Valtrin débiteur du Billet, & agi en garantie contre l'endoffeur dans la quinzaine prefcrite par la même Ordonnance; par lequel défaut de diligence en garantie, le Sieur de Sainte-Maure l'avoit mis hors d'état de fe pourvoir contre Valtrin dans un temps encore favorable, il n'étoit plus recevable dans fon action, aux termes des Articles XIII. & XV. du Titre des Lettres & Billets de Change, Articles qui doivent auffi-bien s'entendre des Billets payables au porteur, que des Lettres de Change; & c'eft ce qui a a été jugé par l'Arrêt que l'on donne ici au Public.

EXTRAIT DES REGISTRES
du Parlement.

LOUIS par la grace de Dieu, Roy de France & de Navarre : Au premier Huiſſier du Parlement, ou autre Huiſſier ou Sergent ſur ce requis. Sçavoir faiſons : Qu'entre Meſſire Charles-Abraham de Meneſſon Chevalier Comte de Sainte-Maure, appellant d'une Sentence du Châtelet de Paris du 31. Aouſt 1708. d'une part ; Et Me Iſaac-Nicolas de Lucé, Receveur General des Finances de Bordeaux intimé, d'autre part. VEU par la Cour la Sentence dont eſt appel du Châtelet de Paris du 31. Aouſt 1708. obtenuë par ledit de Luſſé par défaut contre ledit Sieur de Sainte-Maure ; par laquelle il auroit été déclaré non recevable en ſa demande, de laquelle ledit de Luſſé auroit été déchargé avec dépens; Arrêt d'appointé au Conſeil du 4. Aouſt 1710. Cauſes d'Appel dudit de Sainte-Maure du 19. Productions deſdites Parties ; Réponſes dudit de Luſſé auſdites Cauſes d'Appel du 17. Janvier dernier ; Contredits reſpectivement fournis les 24. Novembre 1710. & 17. dudit mois de Janvier ; Salvations & Réponſes des 18. Mars & 4. May derniers ; Production nouvelle dudit de Luſſé par requête du 11. dudit mois de Mars ; Contredits contre icelle du 4. Juillet ; Production nouvelle dudit de Sainte-Maure par requête dudit jour 4. Juillet ; Contredits contre icelle dudit de Luſſé du 15. Salvations dudit de Sainte-Maure par requête du 16. Tout joint & conſideré : NÔTREDITE COUR a mis & met l'appellation au néant ; ordonne que la Sentence dont a été appellé, ſortira effet ; condamne ledit Meneſſon de Sainte Maure en l'amende ordinaire de douze livres, & aux dépens des Caufes d'Appel. MANDONS mettre le prefent Arrêt à dûë & entiere execution felon fa forme & teneur ; de ce faire te donnons pouvoir. DONNE' en Parlement le 28. Juillet mil fept cens onze, & de nôtre Regne le foixante neuf. Collationné. Par la Chambre. Signé GUYHOUE.

Monfieur L'ABBE' ROBERT, Rapporteur.

---

7. DECLARATION DU ROY

L O U I S   X I V.

Qui regle la maniere de payer les Lettres de Change par rapport aux diminutionns des efpeces.

Donné à Verfailles le 28. Novembre 1713.

LOUIS par la grace de Dieu Roi de France & de Navarre : A tous ceux qui ces prefentes Lettres verront, Salut. Nous avons par nôtre Déclaration du 16. Mars 1700. renduë à l'occafion des diminutions d'efpeces portées par les Arrêts de nôtre Confeil ordonné que tous porteurs de Lettres & Billets de change, ou de Billets payables au porteur, foient tenus après les dix jours de l'écheance de chacune defdites Lettres ou Billets, d'en faire demande aux débiteurs, par une fommation contenant les noms, qualitez & demeures defdits porteurs, & d'offrir d'en recevoir le payement en efpeces lors courantes, finon & à faute de ce faire dans ledit tem s, & icelui paffé, que les porteurs defdites Lettres & Billets de change ou Billets payables au porteur, feroient tenus des diminutions qui pourroient furvenir fur les efpeces en execution des Arrêts de nôtre Confeil qui auroient été ou feroient rendus fur le fait des Monnoyes ; & comme la nouvelle diminution des efpeces ordonnée par l'Arrêt de nôtre Confeil du 30. Septembre dernier a donné lieu à plufieurs conteftations fur les payemens des Lettres & Billets de change, & autres de pareille nature, aufquelles il n'a pas été fuffifamment pourvû par nôtredite Déclaration, nous avons jugé à propos d'y ajoûter par ces Prefentes les difpofitions neceffaires pour les faire entierement ceffer. A ces causes & autres à ce Nous mouvans, de l'avis de nôtre Confeil, & de nôtre certaine fcience, pleine puiffance & autorité Royale, avons dit, ftatué & ordonné, difons, ftatuons & ordonnons, voulons & Nous plaît, que tous porteurs de Lettres & Billets de change & Billets payables au porteur ou à ordre, foient tenus d'en faire la demande aux débiteurs le dixiéme jour préfix après l'écheance par une fommation ; finon & à faute de ce, les porteurs defdites Lettres & Billets ne feront obligez d'en recevoir le payement fuivant le cours & la valeur que les efpeces avoient ce même dixiéme jour, & réciproquement les débiteurs defdites Lettres & Billets ne pourront obliger les porteurs d'en recevoir le payement avant ce même dixiéme jour. Et à l'égard des Billets & Promeffes valeur en marchandifes, qui fuivant l'ufage ordinaire ne fe payent qu'un mois après l'écheance, les porteurs feront tenus d'en faire la demande par une fommation le dernier jour dudit mois après l'écheance ; finon & à faute de ce, feront obligez d'en recevoir le payement, fuivant le cours & la valeur que les efpeces avoient le

même

même jour dernier dudit mois après l'écheance ; &
reciproquement les débiteurs desdits Billets &
promesses ne pourront obliger les porteurs d'en
recevoir le payement avant le même jour dernier
dudit mois. Voulons néanmoins que ceux qui auront fait des promesses pour marchandises, dont
l'escompte aura été stipulé, puissent se liberer &
aquitter les sommes contenuës en leurs promesses,
pourvû qu'ils en fassent les payemens trente jours
francs avant le jour marqué pour la diminution des
espéces, faute dequoi ils ne pourront faire lesdits payemens que dans les termes portez par lesdites promesses. Voulons au surplus que nôtre Déclaration du 16. Mars 1700. soit executée en ce
qui n'est contraire à la teneur des presentes. Si
DONNONS EN MANDEMENT à nos amez & feaux
Conseillers lesGens tenans notreCour de Parlement
à Paris, que ces presentes ils ayent à faire lire, publier & regiftrer, & le contenu en icelles garder &
executer selon leur forme & teneur, nonobstant
tous Edits Declarations & autres choses à ce contraires, auxquels Nous avons dérogé & dérogeons
par cesdites presentes, aux copies desquelles collationnées par l'un de nos amez & feaux Conseillers &
Secretaires, voulons que foy soit ajoûtée comme à
l'original : CAR tel est nôtre plaisir ; en témoin dequoi Nous avons fait mettre nôtre Scel à cesdites
presentes. DONNE' à Versailles le vingt-huitiéme
jour de Novembre l'an de grace mil sept cens treize, & de nôtre Regne le soixante-onziéme. Signé
LOUIS ; Et plus bas, par le Roy, PHELYPEAUX.
Vû au Conseil DESMAREZ. Et scellé du grand Sceau
de cire jaune.

*Regiftrées, ouy, & ce requerant le Procureur Ge-
neral du Roy, pour être executées selon leur forme &*

Y

teneur, & copies collationnées envoyées aux Bail-
lages & Sénéchauſſées du Reſſort, pour y eſtre lûës,
publiées & regiſtrées : Enjoint aux Subſtituts du
Procureur General du Roy d'y tenir la main, & d'en
certifier la Cour dans un mois, ſuivant l'Arreſt de ce
jour. A Paris en Parlement le neuviéme Decembre
mil ſept cens treize. Signé, DONGOIS.

8. ARREST DE REGLEMENT,

Du 30. Aouſt 1714.

Portant que celui qui aura perdu une Lettre
de Change s'adreſſera au dernier Endoſſeur & non au Tireur, pour en avoir une
ſeconde.

Voici ce qui a donné lieu à l'inſtance jugée par
cet Arrêt.

LE ſieur Maréchal de Charleville avoit tiré une
Lettre de change ſur le ſieur Petitfils demeurant à Paris, & l'avoit donné avec ſon endoſſement au ſieur Prud'homme, qui l'avoit donnée au
ſieur Seurat Marchand à Orleans.

Seurat l'avoit donnée avec ſon endoſſement à
Rouſſelet de la même ville d'Orleans, qui l'avoit
donnée avec ſon endoſſement aux ſieurs Meſnard
& Jourdan Marchands en compagnie de la ville de
Lyon, qui l'avoient donnée avec leur endoſſement
aux ſieurs Chalus & la Mure de la même ville de
Lyon; leſquels l'avoient envoyée avec leur endoſſement au ſieur Dufour Banquier à Paris, pour en
recevoir la valeur du ſieur Petitfils.

Le sieur Dufour l'avoit presentée au sieur Petit-fils, qui refusa de la payer. Ce refus obligea le sieur Dufour de faire protester la Lettre, & il l'a renvoya avec le protêt aux sieurs Chalus & la Mure par la Poste.

La Lettre & le protêt se perdirent à la Poste.

Les sieurs Chalus & la Mure s'adresserent aux sieurs Mesnard & Jourdan, & après plusieurs prieres & requisitions verbales, ils leur firent faire une sommation par écrit de leur remettre incessamment une seconde Lettre, ou de leur rembourser la valeur.

A laquelle sommation les sieurs Mesnard & Jourdan répondirent qu'il faloit s'adresser au sieur Maréchal tireur de la premiere Lettre, & non point à eux pour en avoir une seconde.

Cette réponse obligea les sieurs Chalus & la Mure de faire assigner les Sieurs Mesnard & Jourdan en la Conservation de Lyon, pour les faire condamner à faire venir ladite seconde Lettre.

Les sieurs Mesnard & Jourdan dirent pour défenses ce qu'ils avoient dit lors de la sommation, que ce n'étoit point à eux qu'il faloit s'adresser, mais bien au tireur ; & cependant ils dénoncerent cette demande au sieur Rousselet leur endosseur, qui la contre-somma au sieur Seura son endosseur ; & après six mois de procedure en la Conservation de Lyon entre toutes ces parties, on offrit à la veille du Jugement de remettre aux sieurs Chalus & la Mure une seconde Lettre conforme à la premiere. Et par la Sentence renduë sur le tout, lesdits Seurat, Rousselet. Mesnard & Jourdan ont eté en consequence desdites offres renvoyé des demandes, & les sieurs Chalus & la Mure condamnez envers eux aux dépens.

Appel par lesdits Chalus & la Mure en la Cour,

où ils ont foutenu qu'ils avoient eu raifon de s'a-
dreffer aux fieurs Mefnard & Jourdan leurs endoffeurs pour avoir une feconde Lettre, & que par
confequent ils avoient été mal condamnez aux dépens.

Les fieurs Mefnard & Jourdan ont foutenu au
contraire que la condamnation de dépens étoit bien
prononcée, & que les fieurs Chalus & la Mure n'a-
voient pû s'adreffer qu'au tireur de la Lettre pour
en avoir une feconde, & que tel étoit l'ufage.

Sur cet appel il a été rendu un Arrêt interlo-
cutoire, portant qu'avant faire droit, les parties
fe retireroient pardevant trois Marchands nommez
par l'Arrêt, pour avoir leur avis fur l'ufage qui fe
pratique en pareil cas, tant à Paris qu'à Lyon, &
qu'à cet effet l'inftance leur feroit communiquée,
pour leur avis rapporté & communiqué à Monfieur
le Procureur General, être ordonné ce que de
raifon.

C'eft fur l'avis de ces trois Marchands, & fur
les conclufions de Monfieur le Procureur General, que l'Arrêt ci-après a été rendu au rapport de
M. Robert Confeiller en la Grand'Chambre, lequel fe trouve conforme à l'avis & aux Conclufions.

EXTRAIT DES REGISTRES
de Parlement.

L OUIS par la grace de Dieu, Roy de France
& de Navarre: Au premier nôtre Huiffier ou
Sergent fur ce requis. Salut fçavoir faifons: Qu'entre Jean Chalus & la Mure Marchands en compagnie à Lyon, appellans d'une Sentence de la Confervation de Lyon du 22. Fevrier 1709. & de ce qui a

suivi, d'une part. Et Mesnard &
Jourdan Marchand à Lyon ; Robert Seurat & Ni-
colas Rousselet Marchands à Orleans intimez, d'autre ; Et entre lesdits Chalus & la Mure demandeurs
en requêtes des premier & deux Août 1709. d'une
part, & lesdits Mesnard, Jourdan, Seurat & Rousselet défendeurs, d'autre ; Et entre lesdits Mesnard & Jourdan demandeurs aux fins des Commissions & Exploit des premier & 13. Juin audit an
1709. d'une part, & lesdits Seurat & Rousselet défendeurs, d'autre part ; Et entre lesdits Mesnard &
Jourdan demandeurs en requête du 15. Fevrier
1710. d'une part, & lesdits Chalus, la Mure, Seurat & Rousselet défendeurs, d'autre part ; Et entre lesdits Seurat & Rousselet demandeurs en requête du 17. Decembre 1709. d'une part, & lesdits
Chalus & la Mure défendeurs, d'autre part ; Et
entre lesdits Rousselet & Seurat demandeurs en
requêtes des 27. Mars & 5. May 1711. d'une part,
& lesdits Mesnard, Jourdan, Chalus & la Mure
défendeurs, d'autre part ; Et entre lesdits Mesnard
& Jourdan demandeurs aux fins des requêtes, Exploit du 29. Mars 1713. d'une part, & Elie Dufour
Marchand Banquier à Paris défendeur, d'autre
part ; Et encore entre lesdits Mesnard & Jourdan
demandeurs en requête du 5. Avril 1713. d'une part,
& lesdits Seurat & Rousselet défendeurs, d'autre
part. VEU par nôtre Cour de Parlement ladite Sentence du 22. Fevrier 1709. dont est appel, les offres
dudit Seurat de remettre ausdits Chalus & la Mure
une seconde Lettre de change conforme à la premiere de 660. liv. tant ledit Seurat que Mesnard,
Jourdan & Rousselet auroient été renvoyez de l'instance avec dépens, ausquels lesdits Chalus & la
Mure auroient été condamnez, & passé outre à
l'action en cas d'appel, & sans préjudice d'icelui

Y iij

ladite requête desdits Chalus & la Mure du premier Aouſt 1709. contenant leur appel. Incident
des Sentences de nonobſtant l'appel & de reception de l'action des 24. & 25. Avril 1709. & des
executoires de dépens contre eux décernez en ladite Conſervation de Lyon des 29. dudit mois d'A-
vril, 9 & 10. Juin audit an 1709. & des ſaiſies &
executions faites de leurs meubles par Exploits des
30. Avril, 11. & 20. Juin 1709. & de ce qui a ſuivi, & leurs concluſions, à ce qu'en tant que tou-
choit l'appel de ladite Sentence du 22. Fevrier
1709. en ce que par icelle ils auroient été condamnez aux dépens envers leſdits Meſnard & Jourdan, Seurat & Rouſſelet, & en ce que leſdits Meſnard & Jourdan n'auroient pas été condamnez en
ceux deſdits Chalus & la Mure, & en ce qui tou-
choit l'appel deſdites Sentences des 24. & 25. Avril
1709 executoires de dépens, execution de meubles, & de ce qui avoit ſuivi ; leſdites appellations & ce dont a été appellé fuſſent mis au néant,
émandant, faiſant droit ſur la demande deſdits
Chalus & la Mure formée par Exploit du premier
Aouſt 1708. leſdits Meſnard & Jourdan fuſſent condamnez en tous les dépens contre eux faits par leſdits Chalus & la Mure ſur ladite demande, ſauf
le recours deſdits Meſnard & Jourdan contre leſdits Rouſſelet & Seurat, & leſdits Chalus & la
Mure déchargez des condamnations de dépens contre eux prononcées par ladite Sentence, icelle au
bas du ſortiſſant effet ; faiſant droit ſur les requêtes deſdits Chalus & la Mure des premier & deux
Aouſt 1709. ſans avoir égard à celle deſdits Meſnard, Jourdan, Seurat & Rouſſelet des 17. Decembre audit an 1709. & 15. Fevrier 1710. dont ils ſeroient déboutez à l'égard deſdits Chalus & la Mure
les ſaiſies faites à la requête deſdits Meſnard &

Jourdan, Rousselet & Seurat des meubles desdits
Chalus & la Mure par Exploits des 30. Avril, 11.
Juin & 20. Juillet 1709. fussent déclarées nulles,
injurieuses, tortionnaires & déraisonnables, en
conséquence lesdits Mesnard & autres condamnez
chacun à leur égard aux dommages interêts desdits Chalus & la Mure resultans desdites saisies &
du payement éxigé d'eux en vertu desdits executoires de dépens, pour lesquels dommages & interêts ils se restraignoient à 2000. liv. & outre lesdits Mesnard & Jourdan, Rousselet & Seurat fussent condamnez à la restitution des 306. liv. 14. s.
11. den. portez esdits executoires chacun pour ce
qu'ils en avoient touchez & aux dépens, lesdites
Sentences de nonobstant l'appel & de reception de
caution des 24. & 25. Avril 1709. executoires décernez contre lesdits Chalus & la Mure, saisies &
execution faites en consequence des 29. & 30. Avril
19. & 20. Juin audit an, ladite requête desdits Chalus & la Mure du 2. Aoust 1709. afin de faire déclarer nulles & injurieuses lesdites saisies & leurs
autres conclusions leur fussent adjugées avec dépens, lesdites Commission & Exploit de demande
desdits Mesnard & Jourdan des premier & 13. Juin
audit an 1709. à ce qu'acte leur soit donné de ce
qu'ils sommoient & dénonçoient ausdits Seurat &
Rousselet, lesdites appellations desdits Chalus &
la Mure afin que lesdits Seurat & Rousselet y in-
tervinssent prissent le fait & cause desdits Mesnard
& Jourdan, & fissent confirmer la Sentence dont
étoit appel avec amende & dépens, sinon que lesdits Seurat & Rousselet seroient condamnez par
les voyes qu'ils y étoient obligez à aquiter, garantir & indemniser lesdits Mesnard & Jourdan,
tant en principal qu'interêts soufferts & à souffrir,
& en tous les dépens, en demandant, défendant,

& de la sommation , défenses , replique , requête
desdits Mesnard & Jourdan du 15. Fevrier 1710.
pour fins de non-recevoir , & défenses à ce que
les appellations fussent mises au néant avec amande
& dépens des causes d'appel & demandes , même
en ceux que lesdits Seurat & Rousselet pourroient
obtenir contre lesdits Mesnard & Jourdan , & où
nôtredite Cour y feroit difficulté , & infirmeroit
lesdites Sentences & executoires , que lesdits Seurat & Rousselet seroient condamnez à aquiter , garantir & indemniser lesdits Mesnard & Jourdan de
l'évenement desdites appellations en principal, interêt, dommages & interêts, frais, dépens, & auxdé-
pens des causes principales & d'apel, en demandant
défendant, & de la sommation actifs & passifs. Arrêt
du 17. May 1710. d'appointé au Conseil sur lesdites
appellations, & en droit & joint sur lesdites demandes. Avertissement desdits Mesnard & Jourdan du
27. Juin 1710. Causes d'appel & avertissement desdits Chalus & la Mure du 3. Novembre audit an ;
production des parties, celle desdits Seurat & Rousselet par requête du 28. Novembre 1710. réponses
& causes d'appel desdits Mesnard, Jourdan & Rousselet servant de contredits des 25. Fevrier & 7.
Mars 1711. Contredits desdits Chalus & la Mure du
26. dudit mois de Mars ; Salvations du 18. Requête desdits Seurat & Rousselet du 17. Decembre
1709. à ce qu'où nôtredite Cour feroit difficulté de
condamner lesdits Mesnard & Jourdan aux dépens
de leur demande en garantie , & en ce cas lesdits
Chalus & la Mure fussent condamnez aux dépens
desdits Seurat & Rousselet , même en ceux par eux
faits sur la demande en garantie contre eux formée
par lesdits Mesnard & Jourdan , & en ceux desdites demandes. Arrêt d'appointé en droit & joint
du 7. Mars 1711. Requête desdits Chalus & la Mu-

te employée pour défenfes & production. Production nouvelle defdits Chalus & la Mure par requête du 16. dudit mois de Mars. Requête de contredits defdits Seurat & Rouffelet, leur requête &
demande du 27 à ce que où nôtredite Cour juge-
roit qu'il y auroit de la faute defdits Mefnard &
Jourdan, ils fuffent condamnez en tous les dépens des caufes principales & d'appel, en demandant, défendant & des fommations, & à aquitter
lefdits Rouffelet & Seurat, de ceux aufquels ils
pourroient être condamnez envers lefdits Chalus
& la Mure ; au bas de laquelle requête eft l'Ordonnance de nôtredite Cour, qui regle ladite demande en droit & joint, & donne acte de l'employ
d'icelle. Requête defdits Rouffelet & Seurat du 5.
May 1711. à ce que lefdits Chalus & la Mure fuffent declarez non-recevables en leur appel, avec
amande & dépens ; ladite Requête contenant auffi
production nouvelle. Requête defdits Mefnard &
Jourdan des 8. & 11. May 1711. employées pour
défenfes, production & contredits. Autres contredits & Salvations. Production defdits Mefnard
& Jourdan par requête du 11. dudit mois de May.
Contredits fervant de falvations du 8. Juin. Requête de contredits defdits Seurat & Rouffelet.
Arrêt du 14. Juillet enfuivant fur ladite inftance,
par lequel avant faire droit auroit été ordonné que
les parties fe retireroient pardevers Claude Tribard Marguerin, François Brion & Jacques Gillebon pour avoir leur avis fur l'ufage qui fe pratiquoit tant à Paris qu'à Lyon, quand une Lettre de
change étoit perdue, fi c'eft au tireur ou au dernier endoffeur, & d'endoffeurs en endoffeurs jufqu'au tireur de ladite Lettre, à qui l'on devoit s'a-
dreffer pour une feconde fois, pour avoir une feconde Lettre de change, & qui devoit être tenu

des frais & dépens pour raiſon de ce ; Qu'à cet effet l'inſtance ſeroit communiquée auſdits Marchands , & leur avis rapporté & communiqué aux
Gens du Roy , être ordonné ce que de raiſon , dépens reſervez. Autre Arrêt du 22. Juin 1712. par
lequel , attendu que ledit Gillebon s'étoit accuſé
par acte du 2. Avril audit an 1712. nô-redite Cour
auroit nommé en ſa place Regnault Marchand à
Paris , pour être par lui conjointement avec leſdits
Tribard & Brion donné leur avis , conformément
audit Arrêt du 14. Juillet 1711. lequel au ſurplus
ſeroit executé. Avis deſdits Tribard, Brion & Henri Regnault du 15. Juillet 1712. en execution dudit
Arrêt. Requête d'addition de contredits & plus
amples moyens deſdits Rouſſelet & Seurat du 8.
Août audit an 1712. Production nouvelle deſdits
Meſ ard & Jourdan par requête du 31. Décembre
ſuivant. Requête de contredits deſdits Seurat &
Rouſſelet ; Salvations deſdits Meſnard & Jourdan. Production nouvelle deſdits Seurat & Rouſſelet , par requête du 10. Janvier 1713. employée
pour réponſes auſdites ſalvations , contredits deſdits Meſnard & Jourdan , requête de ſalvations
deſdits Rouſſelet & Seurat , production nouvelle
deſdits Meſnard & Jourdan , par requête dudit
jour 10. Janvier 1713. auſſi employées pour plus amples moyens de ſalvations. Requête de contredits
deſdits Rouſſelet & Seurat. Production nouvelle
deſdits Chalus & la Mure par requête du 13. Fevrier enſuivant , auſſi employée pour contredits.
Contredits deſdits Meſnard & Jourdan ; autre production nouvelle deſdits Chalus & la Mure, par
requête du 10. Mars audit an, auſſi employées pour
ſalvations. Contredits ſervant de ſalvations deſdits
Meſnard & Jourdan , leur requête d'emploi & demande du 5. Avril, reglée au bas par Ordonnance

de nôtredite Cour, à ce qu'acte leur fût donné, &
qu'aux perils & fortunes defdits Chalus & la Mure
ils fommoient & dénonçoient aufdits Seurat &
Rouffelet les prétentions & moyens portez par ladite Requête du 13. Fevrier 1713. afin qu'ils euffent
à y entendre, les faire ceffer, & fournir la feconde
Lettre de change en queftion, fuivant leurs offres;
en confequence defquelles ils auroient été renvoyez de la demande defdits Chalus & la Mure par
ladite Sentence du 22. Fevrier 1709. dont leur appel n'étoit qu'au chef de la condamnation de dépens; finon & à faute de ce faire, qu'ils feroient
condamnez comme garands defdits Mefnard &
Jourdan, & les aquitter de l'évenement des prétentions defdits Chalus & la Mure, faute de déli-
vrance de ladite feconde Lettre de change, en
execution de ladite Sentence en principal & interêts, frais & dépens, & ceux defdits Chalus, la
Mure, Seurat & Rouffelet qui fucomberoient condamnez en tous les dépens, & demandant, défendant, & des fommations actifs & paffifs. Requêtes
defdits Chalus, la Mure, Mefnard, Jourdan, Rouffelet & Seurat des 11. & 24. Avril 1713. employées
avec les pieces jointes à icelles, pour défenfes, écritures, production & contredits, & autre requête
de contredits du 28. dudit mois d'Avril, Requête
& Exploit de demande defdits Mefnard & Jourdan du 29. Mars enfuivant, à ce que l'Arrêt qui
interviendroit fût déclaré commun avec Elie Dufour Banquier à Paris, pour être par lui executé
felon fa forme & teneur: ce faifant, que ledit Dufour fût condamné aux dépens qui avoient été caufez par fon fait à toutes les autres parties, en demandant, défendant, & des caufes principale &
d'appel & fommations, actifs & paffifs, faute d'a-
voir par ledit Dufour été fait les diligences necef-

faires, requifes par l'Ordonnance fur la Lettre de change en queſtion, & aux dépens ; fins de non-recevoir & défenſes dudit Dufour. Arrêt d'appoin-té en droit & joint du 10. May 1713. Requête du-dit Dufour employée avec les pieces jointes à icel-les pour écritures & production. Contredits deſ-dits Meſnard & Jourdan, production nouvelle d'i-ceux Meſnard & Jourdan par requête du 20. Juil-let audit an. Requête deſdits Rouſſelet & Seurat employée pour contredits. Requête deſdits Meſ-nard & Jourdan du 18. Janvier 1714. employée pour avertiſſement, écritures, production, contredits, & action. Contredits ſervant de ſalvations dudit Dufour du 28. Fevrier enſuivant. Salvations deſ-dits Meſnard & Jourdan du 15. Mars dernier. Ad-ditions de contredits du 21. ſervant de réponſes à ſalvations. Acte de rediſtribution de l'inſtance, & ſommation de ſatisfaire à tous les reglemens d'i-celle. Conclusions du Procureur General du Roy. Tout joint & conſideré; NÔTREDITE COUR fai-ſant droit ſur le tout, en tant que touche l'appel interjetté par leſdits Chalus & la Mure de la Sen-tence de la Conſervation de Lyon du 22. Fevrier 1709. a mis & met l'appellation & ce dont a été ap-pellé, au néant, en ce que par ladite Sentence leſdits Chalus & la Mure ont été condamnez aux dépens envers leſdits Meſnard & Jourdan, Seu-rat & Rouſſelet, & ſur l'appel des Sentences des 24. & 25. Avril 1709. & des executoires de dépens décernez en conſequence les 29. Avril, 9. & 19. Juin audit an 1709. & des ſaiſies & executions fai-tes en conſequence; a pareillement mis l'appella-tion de ce dont a été appellé, au neant; émandant, ordonne que les dépens faits en la Conſervation de Lyon demeureront compenſez entre les parties, la Sentence du 22. Fevrier 1709. au reſidu ſortiſ-

fant effet en confequence ; fait mainlevée aufdits
Chalus & la Mure de faifies fur eux faites ; condamne lefdits Mefnard , Jourdan , Seurat & Rouffelet à rendre & reftituer aufdits Chalus & la Mure la fomme de 306. liv. 14. f. 11. den. payée par
lefdits Chalus & la Mure en vertu defdits executoires de dépens de la Confervation de Lyon , &
fur le furplus des demandes , fins & conclufions
defdites parties , les a mis hors de Cour & de procès;condame lefdits Mefnard & Jourdan en la moitié de tous les dépens des caufes d'appel & demande envers toutes les parties , même de ceux faits
les uns contre les autres , l'autre moitié compen-
fée. Et faifant droit fur les Conclufions du Procureur General du Roy , ordonne que les Articles
XVIII. XIX. & XXXIII. de l'Ordonnance du mois
de Mars de l'année 1673. feront executez felon leur
forme & teneur ; ce faifant que dans le cas de la
perte d'une Lettre de Change tirée de place en place payable à ordre , & fur laquelle il y a plufieurs
endoffeurs , celui qui étoit porteur de ladite Lettre
de change fera tenu de s'adreffer au dernier endoffeur de ladite Lettre , pour avoir une feconde
Lettre de change de la même valeur & qualité que
la premiere , lequel dernier endoffeur fera pareillement tenu fur la requifition qui lui en fera faite
par écrit de prêter les Offices audit porteur de la
Lettre de change auprès du precedent endoffeur ,
& ainfi en remontant d'endoffeur en endoffeur jufqu'au tireur de ladite Lettre , même de prêter fon
nom audit porteur, en cas qu'il faille donner des
affignations , & faire des pourfuites judiciaires contre les endoffeurs precedens tous les frais qui feront faits pour raifon de ce , même les ports de lettres & autres frais feront payez & aquittez par ledit porteur de la premiere Lettre de Change qui

aura été perduë ; & faute par le dernier endoſſeur de ladite Lettre , & en remontant par les endoſſeurs precedens d'avoir prêté leurs Offices & leurs noms audit porteur après en avoir été requis par écrit, celui deſdits endoſſeurs qui aura refuſé de le faire, ſera tenu de tous les frais & dépens, même des faux frais qui pourront être faits par toutes les parties depuis ſon refus. Et ſera le preſent Arrêt lû & publié à l'Audiance de tous les Bailliages & Sénéchauſſées , & regiſtré aux Greffes deſdits Sieges & aux Greffes de toutes les Juriſdictions Conſulaires du Reſſort de ladite Cour. SI MANDONS à nôtre premier Huiſſier, Sergent Royal , ou autre Sergent ſur ce requis , de mettre le preſent Arrêt à dûë & entiere execution ; de ce faire te donnons pouvoir. FAIT en Parlement à Paris le trentiéme Aouſt l'an de grace mil ſept cent quatorze ; & de nôtre regne le ſoixante-douziéme. Collationné. Signé Chapotin avec paraphé. Par la Chambre , Signé , LORNE.

MANTEL , Procureur des ſieurs Chalus & la Mure.

9. EDIT DU ROY,

Qui défend l'ufage de Billets payables
au Porteur.

Donné à Paris au mois de May 1716.

LOUIS par la grace de Dieu, Roy de France
& de Navarre. A tous prefens & à venir, Salut. Nous avons été informez que les Billets payables au porteur font une des principales caufes
des abus qui fe commettent depuis plufieurs années dans les differens commerces de marchandifes,
d'argent & de papiers, par des perfonnes de tous
états, & de toutes profeffions. Les Billets en blanc
aufquels ils ont fuccedé, & dont ils ne different
proprement que de noms, inventez au commencement du dernier fiecle par les Négocians de
mauvaife foy, avoient introduit de fi grands défor-
dres, que dès le 27. Août 1604. les Marchands s'en
étoient plaints aux Députez de la Chambre pour
le rétabliffement du Commerce, & que nôtre Parlement de Paris les défendit par plufieurs Arrêts
& Reglemens L'ufage en fut d'abord interdit par
un Arrêt de nôtredite Cour du 7. Juin 1611. &
plufieurs Banquiers, Courtiers de change & autres
Gens d'affaires ne laiffant pas de continuer de s'en
fervir dans leur commerce, pour couvrir leurs ufu-
res & tromper plus facilement le Public, il intervint un Reglement general en nôtredite Cour, toutes les Chambres affemblées le 25. Mars 1624. qui
défendit encore ces fortes de Billets fous de rigou-
reufes peines, & en abolit entierement l'ufage. Le

même esprit de fraude & d'usure ayant ensuite imaginé les Billets payables au porteur, qui sous un autre nom, étant en effet la même chose que les Billets en blanc, causerent les mêmes abus; & plusieurs plaintes en ayant été portées en nôtredite Cour, elle rendit sur la requête de nôtre Procureur General le 16. May 1650. un nouvel Arrêt de Reglement, par lequel après avoir entendu les Juges-Consuls & les anciens Marchands de nôtre bonne ville de Paris, il fut fait défenses à tous Marchands, Négocians & autres personnes de quelque qualité & condition qu'elles fussent, de se servir à l'avenir au fait de leur commerce, & en quelque autre traité ou affaires que ce pût être, de Promesses ou Billets, à moins qu'ils ne fussent remplis du nom du creancier, & des causes pour lesquelles on les auroit passez, soit pour argent prêté, ou pour Lettres de change fournies ou à fournir, à peine de nullité des Promesses ou Billets, & ordonné que l'Arrêt seroit publié & affiché. Ceux qui avoient abusé de ces sortes de Billets trouverent encore le moyen de couvrir leurs usures, & de pratiquer les mêmes abus, en mettant leurs signatures en blanc au dos des Lettres & Billets de change, sans être remplis d'aucuns ordres, à quoi ayant été pourvû par un nouveau Regleglement de nôtredit Parlement de Paris du 7. Septembre 1660. par la Declaration du feu Roy nôtre très-honoré Seigneut & Bisayeul du 9. Janvier 1664. qui le confirme, & par Ordonnance du mois de Mars 1673. L'usage pernicieux des Billets payables au porteur s'est introduit de nouveau par la mauvaise interpretation qu'on a donnée à cette Ordonnance, & en multipliant depuis plusieurs années tous les abus tant de fois condamnez, il a servi à couvrir les usures les plus énormes, & les banqueroutes

banqueroutes les plus frauduleuses, & à rendre
les débiteurs les plus opulens, maîtres absolus de
disposer de leur fortune, au préjudice & à la ruine
de leurs créanciers veritables, par la liberté qu'ils
ont de supposer qu'ils sont débiteurs de grandes
sommes par des Billets payables au porteur, d'en
signer en telle quantité, & de telle datte qu'il leur
plaît, & de faire paroître de faux creanciers porteurs de ces Billets, pour donner la loi aux créanciers légitimes, & pour se faire faire des remises
considerables ; en sorte qu'il arrive très-souvent
qu'un débiteur de mauvaise foi se trouve plus ri-
che après une banqueroute consommée par un ac-
commodement forcé, qu'il ne l'étoit auparavant,
& que jouissant avec impunité du bien de ceux qui
lui ont confié leurs deniers, il les met eux-mêmes
dans la necessité de faire des banqueroutes, qui
troublent le commerce, & causent la ruine d'une
infinité de personnes. Et comme les Ordonnances,
Déclarations & Reglemens faits jusqu'à present,
& que l'on pourroit faire dans la suite contre tous
ces désordres seront toujours inutiles, tant que l'u-
sage des Lettres & Billets de change & autres Billets payables au porteur sera toleré, Nous nous
croyons obligez de l'abolir entierement, pour faire
cesser des fraudes & des abus si préjudiciables au
bien du commerce, & à l'interêt des creanciers légitimes, en prenant néanmoins les précautions que
l'équité nous inspire par rapport au passé : Mais attendu que la plus grande partie des inconveniens
qui se rencontrent dans les Billets payables au porteur faits par des particuliers, ne peuvent se trouver dans les Billets de l'Etat, & que d'ailleurs dans
la resolution où nous sommes de prendre toutes les
mesures necessaires pour en avancer le remboursement, il ne convient point de rien changer par

Z

rapport à ces Billets, que nous ne penſons qu'à
éteindre & aquitter le plutôt qu'il Nous ſera poſſible, pour en liberer entierement l'Etat; nôtre in-
tention eſt qu'ils ne ſoient point compris dans la
diſpoſition de nôtre preſent Edit. Et comme les Billets de la Banque generale établie par nos Lettres
patentes du 2. du preſent mois ne ſont pas non plus
ſujets à la plûpart des abus qui ſe commettent par
rapport aux Billets payables au porteur paſſez par
des particuliers, qu'à l'égard des Billets de la Banque la date n'en ſçauroit être fauſſe, ni le débiteur
ſuppoſé, & qu'on ne peut antidater ces Billets, ni
ſuppoſer des creanciers ſimulez par le moyen deſdits Billets, dans la vuë de faire une banqueroute
frauduleuſe, ou de la couvrir pour ſe dérober
aux pourſuites des creanciers legitimes, & aux
peines établies par la Loi; Nous avons eſtimé devoir les excepter auſſi de la prohibition generale
portée par le preſent Edit. A CES CAUSES, de
l'avis de nôtre très-cher & très-amé Oncle le Duc
d'Orleans Regent, de nôtre très-cher & très-amé
Couſin le Duc de Bourbon, de nôtre très-cher &
très-amé Oncle le Duc du Maine, de nôtre très-
cher & très-amé Oncle le Comte de Touloſe &
autres Pairs de France, grands & notables Perſonnages de nôtre Royaume, & de nôtre certaine ſcience, pleine puiſſance & autorité Royale, nous avons
par le preſent Edit dit, ſtatué & ordonné, diſons,
ſtatuons & ordonnons, voulons & Nous plaît : Que
tous ceux qui ſont proprietaires de Lettres ou Billets de change, ou autres Billets payables au porteur, ſignez par quelque perſonne que ce puiſſe
être, avant la publication du preſent Edit, ſoient
tenus dans le tems de quinze jours, à compter du
jour de ladite publication qui en ſera faite dans les
Bailliages & Senechauſſées reſſortiſſans nuëment en

nos Cours de Parlement, de les dépofer pour minute chez un Notaire du Châtelet de nôtre bonne
ville de Paris,& hors ladite Ville , chez un Notaire
Royal ; devant lefquels Notaires lefdits proprietaires declareront leurs noms , furnoms & demeures ,
& leur veritable qualité & profeffion,& affirmeront
que lefdites Lettres ou Billets de change , ou autres Billets payables au porteur leur appartienent ,
& font férieux & veritables,fauf à en lever les Expeditions dont ils pourront avoir befoin ; le tout à
peine à l'égard des proprietaires de nullité des Lettres ou Billets de change , ou autres Billets payables au porteur , qui n'auront pas été dépofez & af-
firmez ferieux & veritables , dans la forme & dans
le tems ci-deffus prefcrits ; & en outre , à peine ,
tant contre ceux qui feront convaincus d'avoir fait
& fuppofé de fauffes Lettres , ou de faux Billets de
change, ou autres faux Billets payables au porteur,
& d'en avoir fait ou fait faire le dépôt , avec l'affirmation ci-deffus ordonnez , que contre ceux qui
feront convaincus d'avoir prêté leurs noms , pour
en paroître créanciers & proprietaires , d'être punis comme coupables du crime de faux , & d'amende , qui ne pourra être moindre du quadruple de
la fomme contenuë aufdites Lettres ou Billets :
N'entendons néanmoins par nôtre préfente difpofition, changer la nature des engagemens portez
par lefdites Lettres ou Billets payables au porteur
qui auront été ainfi dépofez pour minute : Voulons
qu'ils foient payables dans les mêmes termes,& par
es mêmes voyes qu'ils l'auroient pû être avant le
jé pôt qui en fera fait en execution du prefent Edit.
Voulons de plus qu'il ne puiffe être pris par lefdits
Notaires pour chacun des actes de dépôt & d'affirmation & expédition,tant defdits actes,que defdites
Lettres ou Billets dépofez,plus de vingt fols,à peine

de concuffion;& Nous déchargeons lefdits actes &
expeditions de la néceffité d'être controllez , & des
droits de controlle. Déclarons que les Lettres ou
Billets payables au porteur , pour le payement defquels il aura été obtenu des Jugemens de condamnation avant la publication du prefent Edit , ne
feront point fujets audit dépôt chez des Notaires,
fans néanmoins que lefdites Lettres & Billets fur
lefquels il fera intervenu des Jugemens, puiffent
être tranfportez , qu'au profit de perfonnes certaines & dénommées. Défendons à toutes perfonnes
de quelque qualité & condition qu'elles foient , de
faire ou de recevoir à l'avenir aucunes Lettres ou
Billets de change,ou autres Billets payables au porteur , & déclarons nuls & de nul effet lefdites Lettres & Billets de change , & autres Billets qui ne
feront pas faits au profit de certaines perfonnes dénommées dans lefdits Billets , ou à leurs ordres ,
qui ne pourront pareillement être mis fucceffivement fur lefdites Lettres & Billets , qu'au profit
de perfonnes certaines & y dénommées , à peine
de nullité defdits ordres. N'entendons néanmoins
donner aucune atteinte aux Lettres ou Billets de
change , ou autres Billets payables à des perfonnes certaines , ou à leurs ordres ainfi fucceffivement mis fur lefdites Lettres ou Billets de change , ou autres Billets , au profit de perfonnes
également certaines ; Voulons que l'ufage continuë
d'en être libre & permis comme avant le prefent
Edit. N'entendons pareillement comprendre dans
nôtre prefent Edit les Billets de l'Etat , qui feront
payables au porteur , ni ceux de la Banque generale établie par nos Lettres patentes du deuxiéme
du prefent mois, lefquels pourront être payables
au porteur ; dérogeons en tant que befoin feroit
à toutes Ordonnances , Edits & Déclarations qui

pourroient être à ce contrairés. SI DONNONS EN MANDEMENT à nos amez & feaux Conseillers les Gens tenans nôtre Cour de Parlement , que le prefent Edit ils ayent à faire lire , publier & regiftrer , & le contenu en icelui executer felon fa forme & teneur : CAR tel eft nôtre plaifir. Et afin que ce foit chofe ferme & ftable à toujours, Nous y avons fait mettre nôtre Scel. DONNE' à Paris au mois de May l'an de grace mil fept cens feize ; & de nôtre regne le premier. Signé, LOUIS. *Et plus bas*, Par le Roy, le Duc D'ORLEANS Regent préfent. PHELIPEAUX, *Vifa*, VOYSIN. Vû au Confeil, VILLEROY. Et fcellé du grand Sceau de cire verte, en lacs de foye rouge & verte.

Regiftrées, oüy, & ce requerant le Procureur General du Roy , pour eftre executées felon leur forme & teneur , & copies collationnées envoyées aux Bailliages & Senechauffées du reffort , pour y être lûës , publiées & regiftrées. Enjoint aux Subftituts du Procureur General du Roy d'y tenir la main , & d'en certifier la Cour dans un mois fuivant l'Arreft de ce jour. A Paris en Parlement le 23. May mil fept cent feize. Signé, DONGOIS.

10. DECLARATION DU ROY

Pour rétablir l'ufage des Billets payables au Porteur.

Donnée à Paris le 21. Janvier 1721.

LOUIS par la grace de Dieu Roi de France & de Navarre : A tous ceux qui ces prefentes Lettres verront, Salut. Les inconveniens & les avantages des Billets payables au porteur ont donné lieu à la diverfité des Loix & des Reglemens qui ont été faits fur cette matiere ; en forte que nos Cours de Parlement qui en avoient condamné l'ufage dans un tems, l'ont approuvé dans un autre, & que le feu Roy nôtre très-honoré Seigneur & Bifayeul les ayant autorifez dans plufieurs difpofitions de fon Ordonnance fur le commerce de l'année 1673. & dans fa Déclaration du 26. Fevrier 1691. Nous avons crû cependant en devoir interdire l'ufage par nôtre Edit du mois de May 1716. Mais les Négocians Nous ont fait reprefenter, auffi bien que ceux qui font interessez dans nos affaires, que rien n'étant plus important pour le bien du commerce, & pour le foutien de nos. finances, que de ranimer la circulation de l'argent, il n'y avoit point de moyen plus promt pour y parvenir que de rétablir l'ufage des Billets payables au porteur, l'experience ayant fait connoître qu'un grand nombre de perfonnes fe portent plus facilement à prêter leur argent par cette voye, que par aucune autre ; que d'ailleurs les deux efpeces de Billets

payables au porteur que Nous avions excepté de la
défense generale portée par nôtre Edit du mois de
May 1716. ne subsistant plus, il étoit nécessaire pour
la facilité du commerce de rétablir à cet égard l'u-
sage qui s'observoit avant ledit Edit; & comme dans
la conjoncture presente ces representations Nous
ont paru devoir l'emporter sur les motifs qui Nous
avoient engagé à abolir cet usage par nôtredit Edit
du mois de May 1716. Nous avons jugé à propos
de suivre le vœu commun de ceux qui ont le plus
d'experience dans le commerce, à l'avantage duquel nous ne pouvons donner une trop grande at-
tention, A CES CAUSES, de l'avis de nôtre
très-cher & très-amé Oncle le Duc d'Orleans Petit-
Fils de France, Regent; de nôtre très-cher &
très-amé Oncle le Duc de Chartres premier Prince
de nôtre Sang; de nôtre très-cher & très-amé
Cousin le Duc de Bourbon; de nôtre très-
cher & très-amé Cousin le Comte de Charollois;
de nôtre très-cher & très-amé Cousin le Prince
de Conti, Princes de nôtre Sang; de nôtre très-
cher & très-amé Oncle le Comte de Toulouse Prince Legitimé, & autres Pairs de France, Grands
& notables Personnages de nôtre Royaume, Nous
avons, de nôtre certaine science, pleine puissance & autorité royale, dit, déclaré, & ordonné,
& par ces presentes signées de nôtre main, disons,
déclarons & ordonnons, voulons & Nous plaît,
qu'en tous commerces & négociations que pourront faire nos Sujets pour prêt d'argent, vente de
marchandises, ou autrement, ils puissent & qu'il
leur soit loisible d'en stipuler par Lettres ou Billets
le payement au porteur sans dénomination de personnes certaines; à l'effet dequoy Nous avons rétabli
& rétablissons l'usage des Billets payables au porteur,
révoquant à cet égard les défenses portées par nô-

tre Edit du mois de May 1716. Voulons que l'Article I. du Titre VII. de ladite Ordonnance de 1673, ensemble la Déclaration du 26. Fevrier 1692. soient executez suivant leur forme & teneur ; ce faisant, que tous Négocians & Marchands , comme aussi tous ceux qui sont chargez du maniement ou recouvrement de nos deniers , & qui auront signé des Billets payables au porteur pour valeur. reçuë comptant , ou en marchandises , puissent être contraints par corps au payement desdits Billets , & que les demandes & contestations qui pourront être formées à cet égard , ne puissent être portées que pardevant les Juges & Consuls des Marchands , ausquels Nous attribuons à cet effet toute Cour, Jurisdiction & connoissance , sauf l'appel en nos Cours de Parlement. SI DONNONS EN MANDEMENT à nos amez & feaux Conseillers les Gens tenans nôtre Cour de Parlement à Paris , que ces presentes ils ayent à faire lire , publier & enregistrer , & le contenu en icelles garder & observer selon leur forme & teneur , nonobstant tous Edits , Déclarations, Arrêts , & autres choses à ce contraires , ausquels Nous avons dérogé par ces presentes : CAR TEL EST NÔTRE PLAISIR ; en témoin dequoi Nous avons fait mettre nôtre Scel à cesdites presentes. DONNE' à Paris le vingt-uniéme jour de Janvier , l'an de grace mil sept cens vingt-un ; & de nôtre Regne le sixiéme. Signé, LOUIS; Et plus bas , par le Roy, LE DUC D'ORLEANS Regent, present. PHELYPEAUX. Vû au Conseil, LE PELLETIER DE LA HOUSSAYE. Et scellé du grand Sceau de cire jaune.

Registrées , ouy , ce requerant le Procureur General du Roy, pour être executées selon leur forme & teneur , & copies collationnées envoyées aux Baillia-

ges & Senechauffées du Reffort, pour y être lûës, publiées & regiftrées: Enjoint aux Subftituts du Procureur General du Roy d'y tenir la main, & d'en certifier la Cour dans un mois fuivant l'Arreft de ce
jour. A Paris en Parlement, le vingt-cinquiéme Janvier mil fept cens vingt-un. Signé, GILBERT.

II. REGLEMENT

POUR LA PLACE DU CHANGE
de la ville de Lyon.

Du 2. Juin 1667.

ARTICLE PREMIER.

QUE ci-après l'ouverture de chaque payement
fe fera le premier jour non ferié du mois de
chacun des quatre payemens de l'année fur les deux
heures de relevée par une Affemblée des principaux
Négocians, tant François qu'étrangers, en prefence
de M. le Prevôt des Marchands, ou en fon abfence, du plus ancien Echevin, qui feront priez
de s'y trouver; en laquelle Affemblée commenceront les acceptations des Lettres de change payables en icelui, & continuëront inceffamment, à
mefure que les Lettres feront prefentées jufqu'au
fixiéme jour du même mois inclufivement; après
lequel, & icelui paffé, les porteurs de Lettres pourront faire protefter faute d'acceptation pendant
tout le courant du mois, & enfuite les renvoyer
pour en tirer le rembourfement avec les frais du
retour.

II.

Que pour faire les comptes & établir le prix des Changes de la place avec les étrangers, il sera fait pareille Assemblée le troisiéme jour de chacun desdits mois non ferié, aussi en presence de M. le Prevôt des Marchands, ou du plus ancien Echevin.

III.

Que les acceptations des Lettres de change se feront par écrit, dattées & signées par ceux sur qui elles auront été tirées, ou par personnes dûëment fondées de procuration, dont la minute demeurera chez le Notaire ; & que toutes celles qui seront faites par facteurs, commis & autres non fondez de procuration, seront nulles & de nul effet contre celui sur qui elles auront été tirées, sauf le recours contre l'acceptant.

IV.

Que l'entrée ou ouverture du bilan ou virement des parties commencera le ~~sixiéme~~ jour non ferié de chaque mois des quatre payemens, & continuëra jusqu'au dernier jour desdits mois inclusivement ; après lesquels icelui passé, il ne se fera aucun virement ni écriture, à peine de nullité.

V.

Que l'on enttera pendant les quatre payemens en la loge du Change le matin à dix heures, pour en fortir precisément à onze heures & demie, après laquelle heure ne se feront aucunes écritures ni virement de partie.

V I.

Que ceux qui en leurs achats de marchandises auront reservé la faculté de faire escompte si bon leur semble, seront tenus de l'offrir dès le sixiéme jour du mois de chacun desdits payemens ; après lequel & icelui passé, ils n'y seront plus reçus.

V I I.

Que toutes parties virées seront écrites sur le bilan par les proprietaires ou par leurs facteurs ou agens qui en seront les porteurs, sans qu'ils puissent être désavoüez par lesdirs proprietaires, & que lesdites écritures seront aussi bonnes & valables, que si elles avoient été par eux-mêmes écrites ou virées.

V I I I.

Que tous viremens de parties seront faits en presence de tous ceux qu'on y fait entrer, ou des porteurs de leurs bilans, à peine d'en répondre par ceux qui auront fait écrire pour les absens ; & ce sur les bilans, & non en feuilles volantes. Et à l'égard des autres personnes de la Ville qui ne portent point de bilan, ils donneront leurs ordres à leurs débiteurs par billets, qui leur serviront de décharge du payement qu'ils feront des parties, au desir de leurs creanciers. Et ceux de dehors pour lesquels les courtiers disposent les parties, ils donneront ausdits courtiers pouvoir suffisant, qui sera remis chez un Notaire pour la sûreté de ceux qui payeront, & pour y avoir recours en cas de besoin.

I X.

Que les Lettres de change acceptées payables en

payement, qui n'auront été payées du tout, ou en partie, pendant icelui & jufqu'au dernier jour du mois incluſivement, feront proteſtées dans les trois jours ſuivans non feriez, fans préjudice de l'acceptation ; & leſdites Lettres, enſemble les protéts envoyez dans un tems fuffifant, pour pouvoir être fignifiez à tous ceux & par qui il appartiendra. Sçavoir : Par toutes les Lettres qui auront été tirées au dedans du Royaume dans deux mois. Pour celles qui auront été tirées d'Italie, Suiſſe, Allemagne, Hollande, Flandres & Angleterre, dans trois mois. Et pour celles d'Eſpagne, Portugal, Pologne, Suede, & Dannemarc, dans fix mois du jour & datte des protêts ; le tout à peine d'en répondre par le porteur deſdites Lettres.

X.

Que toute Lettre de change payable dans leſdits payemens, fera cenſée payée, fçavoir : A l'égard des domiciliez porteurs de bilan fur la place du Change de ladite Ville, dans un an, & pour les autres dans trois mois après l'écheance d'icelle, & que le payement n'en pourra être repeté contre l'acceptant, fi on ne juſtifie des diligences valables contre lui faites dans ledit tems.

X I.

Que fi les étrangers remettent en comptant, ou en Lettres de Change après le dernier du jour du mois, on ne fera obligé de les recevoir en l'aquitement de leurs traites faites durant ledit payement.

XII.

Que lorfqu'il arrivera une faillite dans ladite Ville, les creanciers du failly qui fe trouveront être de certaines Provinces du Royaume, ou des pays étrangers, dans lefquels fous pretexte de faifie ou de tranfport, & en vertu de leurs pretendus privileges ou coûtumes, ils s'attribuent une preference fur les effets de leurs débiteurs faillis, préjudiciables aux autres creanciers abfens & éloignez, ils y feront traitez de la même maniere, & n'entreront en repartiment des effets du failly, qu'après que les autres auront été entierement fatisfaits, fans que cette pratique puiffe avoir lieu pour les autres regnicoles ou étrangers, lefquels étant reconnus pour legitimes creanciers, feront admis audit repartiment de bonne foi & avec équité, fuivant l'ufage ordinaire de ladite Ville, & de la Jurifdiction de la confervation de fes Foires.

XIII.

Que toutes ceffions & tranfports fur les effets du failly feront nuls, s'ils ne font faits dix jours au moins avant la faillite publiquement connuë : Que néanmoins ne feront compris en cet article les viremens de parties faits en bilan, lefquels feront bons & valables, tant que le failly ou fon facteur portera fon bilan.

XIV.

Que les Teinturiers & autres Manufacturiers n'auront privilege par les dettes fur les effets des biens des faillis, que des deux dernieres années ; & que pour le furplus, ils entreront dans la diftribution qui en fera faite au fol la livre avec les autres creanciers.

X V.

S'il arrive qu'un Mandataire de diverses Lettres de change acceptées, aussi creancier de l'acceptant ne reçoive qu'une partie de la somme totale, & fasse dans le tems dû le protêt du surplus, la compensation de sa dette étant faite, il sera obligé de repartir le restant à tous ceux qui lui auront fait les remises au sol la livre, & à proportion de la somme dont chacun des remettans sera creancier.

X V I.

Tous ceux qui seront porteurs de procuration generale pour recevoir le payement des Promesses & Lettres de change, remettront les originaux de leur procuration entre les mains d'un Notaire; & seront lesdits porteurs de procuration obligez d'en fournir des expeditions à leurs frais à ceux qui païeront lesdites Lettres.

X V I I.

Toute procuration pour recevoir payement des Lettres de change, Promesses, obligations & autres dettes, n'aura plus de force passé une année, si ce n'est que le tems qu'elle devra durer soit précisément exprimé ; auquel cas elle servira pour tout le tems qui sera énoncé en icelle, s'il n'aparoît d'une revocation.

X V I I I.

Que les faillis & banqueroutiers ne pourront entrer en la loge du Change, ni écrire & virer les parties, si ce n'est aprés qu'ils auront entierement payé leurs creanciers, & qu'ils en auront fait aparoir. Et pour donner moyen ausdits faillis de payer leurs creanciers des effets qu'ils auront à recevoir, ils le pourront faire par tranſports, procurations ou ordres à telles perſonnes qu'ils aviſeront, leſquels payeront à leur acquit ce qu'ils ordonneront; & ſeront nommez pour eux aux parties qui ſeront paſſées en écritures.

X I X.

Les Courtiers ou Agens de Banque & Marchandiſe de ladite Ville, ſeront nommez par les Prevôt des Marchands & Echevins, entre les mains deſquels ils prêteront le ſerment en la maniere accoûtumée, en juſtifiant par des atteſtations des principaux Négocians en bonne & duë forme de leurs vies & mœurs, & capacité au fait & exercice de ladite Charge; & ſeront leſdits Courtiers reduits à un certain nombre, & tel qu'il ſera jugé convenable par leſdits Prevôt des Marchands & Echevins ſur l'avis des Négocians.

X X.

Que tous Banquiers porteurs de bilan & Marchands en gros, Négocians ſous le privilege des Foires de Lyon, ſeront obligez de tenir Livre de raiſon en bonne & duë forme; & tous Marchands boutiquiers & vendans en détail, des Livres journaux; autrement en cas de déroute, ſeront déclarez Banqueroutiers frauduleux, & comme tels condamnez aux peines qu'ils devront encourir en ladite qualité.

XXI.

Que tres-expresses inhibitions & défenses feront faites à toutes personnes de quelque qualité & condition qu'elles soient, de contrevenir à ce que dessus, directement ou indirectement, à peine de 3000. livres d'amende contre chaque contrevenant ; applicable, sçavoir, le quart à l'Hôtel-Dieu du Pont du Rône, le quart à l'Aumône generale, le quart au Dénonciateur, & le quart à la reparation de la Loge des Changes.

12. EDIT

12. EDIT DU ROY

CHARLES IX.

Du mois de Novembre 1563.

POUR L'ETABLISSEMENT

DE LA

JURISDICTION CONSULAIRE
de Paris.

CHARLES, &c. Avons permis & enjoint aux Prevôt des Marchands & Echevins de nôtre bonne ville de Paris de nommer & élire en l'assemblée de cent notables Bourgeois, cinq Marchands natifs & originaires de nôtre Royaume demeurant à Paris, le premier desquels nous avons nommé Juge des Marchands, & les quatre autres, Consuls desdits Marchands; la Charge desquels cinq ne durera qu'un an, sans que l'un deux puisse être continué.

Ordonnons & permettons aux cinq Juges & Consuls d'assembler trois jours avant la fin de leur année jusqu'au nombre de soixante Marchands-Bourgeois de la Ville qui en éliront trente d'entre eux, lesquels sans partir du lieu & sans discontinuer, pocederont avec lesdits Juge & Consuls à l'élection de cinq nouveaux Juge & Consuls, qui feront le serment devant les Anciens.

Connoîtront les Juge & Consuls des Marchands de tous procès & differends mûs entre Marchands

A a

pour fait de marchandife feulemeut, leurs **Veuves,**
Marchandes publics, leurs Facteurs, Serviteurs
& Commettans, tous Marchands, foit que les differends procedent d'Obligations, Cedulles, Ré-
cepiffez, Lettres de change, ou de credit, Réponfes, Affurances, Tranfports de dette & no-
vation d'icelles, Comptes, Calculs, ou erreurs en
iceux, Compagnies, Societez, ou Affociations,
defquelles matieres & differends Nous avons attribué la connoiffance aux trois d'eux, privative-
ment à tous nos Juges, appellez avec eux fi la matiere y eft fujette & en feront requis par les parties, tel nombre de perfonnes de Confeil qu'ils aviferont.

Avons déclaré nuls tous tranfports de cedulles,
obligations, & dettes qui feront faits par Marchands
à perfonnes privilegiées ou autres quelconques,
non fujets à la jurifdiction des Juge & Confuls.

Et pour couper chemin à toutes longueurs, &
ôter l'occafion de fuir & de plaider, voulons que
tous ajournemens foient libellez, & qu'ils contiennent demande certaine; & feront tenuës les parties de comparoir en perfonne à la premiere affignation pour être ouies par leur bouche, s'ils n'ont
legitime excufe de maladie, ou d'abfence, efquels
cas enverront par écrit leurs réponfes fignées de
leur propre main; ou au cas de maladie de leurs
parens, voifins, ou amis ayant de ce charge & procuration fpeciale dont il fera aparoir à l'affignation;
le tout fans aucun miniftere d'Avocat ou de Procureur.

Si les parties font contraires & non d'accord de
leurs faits, délai competant leur fera préfix à la
premiere comparution, dans lequel ils produiront
leurs témoins qui feront ouis fommairement, &
fur leur dépofition le differend fera jugé fur le

champ, ſi faire ce peut.

Ne pourront les Juge & Conſuls en quelque Cauſe que ce ſoit, octroyer qu'un ſeul delai, qui ſera par eux arbitré, ſelon la diſtance des lieux & qualité de la matiere, ſoit pour produire pieces ou témoins; & icelui échû & paſſé, procederont au jugement du differend entre les parties ſommairement & ſans figure de procés.

Enjoignons au Juge & Conſuls de vaquer diligemment en leurs Charges durant le temps d'icelle, ſans prendre directement ou indirectement en quelque maniere que ce ſoit aucune choſe, ni preſent, ou don, ſous couleur ou nom d'Epices, ou autrement, à peine de crime de concuſſion.

Voulons & Nous plaît que des Mandemens, Sentences ou Jugemens, qui ſeront donnez par les Juge & Conſuls ou les trois d'eux, ſur differends mûs entre Marchands, & pour fait de marchandiſe, l'appel ne ſoit reçu, pourvû que la demande en condamnation n'excede la ſomme de 500.liv. pour une fois payer. Et avons dés à preſent déclaré non recevables les appellations qui ſeroient interjettées deſdits Jugemens, leſquels ſeront executez en nos Royaumes, Païs & Terres de nôtre obéïſſance, par le premier de nos Juges des lieux, Huiſſiers ou Sergens ſur ce requis, auſquels & chacun d'eux enjoignons de ce faire, à peine de privation de leurs Offices, ſans qu'il ſoit beſoin de demander aucun Placet, Viſa, ni Pareatis.

Avons auſſi dés à-preſent déclaré nuls tous reliefs d'appel ou Commiſſion qui ſeroient obtenuës au contraire pour faire appeller les parties, intimer ou ajourner leſdits Juge & Conſuls; & défendons tres-expreſſement à toutes nos Cours Souveraines & Chancelleries de les bailler.

Eẑ cas qui excederont la ſomme de 500. livres

fera paſſé outre à l'execution entiere des Sentences des Juge & Conſuls , nonobſtant oppoſitions
ou appellations quelconques , & ſans préjudice
d'icelles , que Nous entendons relever & reſſor-
tir en nôtredite Cour de Parlement à Paris , &
non ailleurs.

Les condamnez à garnir par proviſion ou défi-
nitivement feront contraints par corps à payer les
ſommes liquidées par les Sentences & Jugemens
qui n'excederont 5co. liv. ſans qu'ils ſoient reçus
en nos Chancelleries à demander Lettres de re-
pi ; & néanmoins pourra ledit crediteur faire executer ſon débiteur condamné en ſes biens meubles , & ſaiſir ſes immeubles.

Contre les condamnez Marchands, ne feront aju-
gez dommages & interêts requis pour le retardement du payement , qu'à raiſon du denier douze ,
à compter du jour du premier adjournement , ſuivant nos Ordonnances faites à Orleans.

Les ſaiſies , établiſſement de Commiſſaires &
ventes des biens ou fruits feront faits en vertu
des Sentences & Jugemens ; & s'il faut paſſer
outre , les criées & interpoſitions de decret ſe feront par autorité de nos Juges ordinaires des lieux,
auſquels très expreſſement enjoignons & chacun
d'eux en ſon détroit de tenir la main à la perfec-
tion des criées , adjudication des heritages ſaiſis
& à l'entiere execution des Sentences & Jugemens
qui feront donnez par les Juge & Conſuls des
Marchands , ſans y uſer d'aucune remiſe ou lon-
gueur , à peine de tous dépens , dommages & interêts des parties.

Les executions commencées contre les condamnez par les Juge & Conſuls feront parachevés contre leurs heritiers & ſur leurs biens ſeulement.

Mandons & commandons aux Geoliers & Gardes de nos Priſons ordinaires & de tous hauts-Juſticiers de recevoir les Priſonniers qui leur ſeront baillez en garde par nos Huiſſiers ou Sergens, en executant les Commiſſions ou les Jugemens des Juge & Conſuls des Marchands , dont ils ſeront reſponſables par corps , & tout ainſi que ſi le Priſonnier avoit été amené par autorité de nos Juges.

Pour faciliter la commodité de convenir & négocier enſemble , avons permis & permettons aux Marchands d'impoſer & lever ſur eux telle ſomme qu'ils aviſeront neceſſaire pour l'achat ou loüage d'une maiſon ou lieu qui ſera appellé la Place commune des Marchands , laquelle Nous avons dès-à-preſent établie à l'inſtar & tout ainſi que les Places appellées le Change en la ville de Lyon , & Bourſe de nos Villes de Touloufe & de Rouen , avec tels & ſemblables privileges , franchiſes & libertez dont joüiſſent les Marchands frequentans les Foires de Lyon & Places de Touloufe & de Rouen.

Défendons à tous nos Huiſſiers ou Sergens de faire aucun Exploit de Juſtice ou adjournement en matiere Civile aux heures du jour que les Marchands ſeront aſſemblez en la Place commune , qui ſeront de neuf à onze heures du matin , & de quatre juſqu'à ſix heures de relevée.

Permettons aux Juge & Conſuls de nommer pour Scribe ou Greffier de telle perſonne d'experience , Marchands ou autres qu'ils aviſeront , lequel fera toutes les Expeditions en bon papier , ſans uſer de parchemin ; & lui défendons très étroitement de prendre pour ſes ſalaires & vacations autre choſe qu'un ſol pour feuillet , à peine de punition corporelle , & d'en répondre par les Juge & Conſuls en leurs propres noms en cas de diſſimulation & connivence.

FIN.

Aa iij

TABLE
DES MATIERES
Contenuës dans ce Livre.

Cet Ouvrage eſt diviſé en quatre Parties.

PREMIERE PARTIE.

Cette premiere Partie contient en un ſeul Chapitre le Dictionnaire de la Banque, qui renferme l'explication des termes uſitez dans la pratique des Lettres de change, page

I

SECONDE PARTIE.
CHAPITRE I.

Etymologie des Lettres de change.   21
Origine des Lettres de change.   22
Utilité des Lettres de change.   ibid.
Définition de la Lettre de change.   23
Des choſes eſſentielles que les Lettres de change doivent contenir.   24
Forme de la Lettre de change.   28
Modele d'une Lettre de change.   29

CHAPITRE II.

Des Lettres de change par rapport au mot de M. ou de Madame,   32 & 33

TABLE DES MATIERES.

Des Lettres payables à vûë. 34 & 35
Des Lettres à quelques jours de vûë. 36. 37
Des Lettres payables à jour préfix. 38. 39
Des Lettres payables à jour nommé. 40. 41
Des Lettres payables dans tout le courant d'un mois.
42. 43
Des Lettres à ufance. 44. 45
Des Lettres par rapport à l'ordre. 46. 47
Des Lettres par rapport à la fomme. 48. 49
Des Lettres valeur reçuë comptant. 50. 51
Des Lettres valeur en papiers. 52. 53
Des Lettres valeur en compte. 54. 55
Des Lettres valeur en moy-même. 56. 57
Des Lettres valeur pour demeurer quitte. 58. 59
Des Lettres valeur entenduë. 60. 61
Des Lettres tirées pour notre compte ou pour celui d'un
au re. 62. 63
Des Lettres par rapport à l'avis. 64. 65
Des Lettres tirées fur foy-même. 66. 67
Des Lettres payables à domicile. 68. 69
Autre ufage des Banquiers fur les Lettres à domicile.
70. 71
Des Lettres payables en Foire. 72. 73
Des Lettres tirées dans le tems des diminutions d'efpeces.
74. 75
Des Lettres prrmiere & feconde. 76. 77
Ufage des Banquiers lorfqu'ils ne tirent qu'une pre-
miere Lettre fans feconde. 78. 79
Des differentes manieres de figner les Lettres de change.
80
Des payemens de Lyon. 81
Des Lettres en payement des Rois. 82 83
Des Lettres en payement de Pâques. 84. 85
Des Lettres en payement d'Aouft. 86. 87
Des Lettres en payement des Saints. 88. 89
De la Place du Change de Lyon. 90

A a iiij

TABLE DES MATIERES.

Des Foites & payemens de Lyon. 90

Ouverture des payemens de Lyon. 91

Prix du Change reglé pour toutes les places de l'Europe. 92

Des viremens de partie. ibid.

De quelle maniere se font les viremens. ibid.

Dans quel tems commencent les viremens. 93

Origine des viremens. ibid.

CHAPITRE III.

Difference des Billets aux Lettres de change. 96

Conditions requises & necessaires aux Billets. 98

Application des conditions. 106

Forme d'un Billet. 107

Des differentes especes de Billets divisez en Billets simples, Billets de compagnie & Billets de change. 108

BILLETS SIMPLES.

des Billess sans ordre. 110. 111

des Billets à ordre. 112. 113

des Billets au porteur. 114 115

des Billets à volonté. 116. 117

des Billets donnez par duplicata. 118. 119

BILLETS DE COMPAGNIE.

Des Billets de compagnie. 120

Modele d'un Billet de compagnie solidaire. 121

Autre Billet de compagnie avec élection de domicile. 122

Autre Billet de compagnie solidaire. 123

Autre Billet de compagnie sans solidité. 124

BILLETS DE CHANGE.

Des Billets de change. 125

TABLE DES MATIERES.

Des Billets de Change pour Lettres fournies. 126. 127
Des Billets de Change pour Lettres à fournir. 128. 129
Des Avals. 130
De quelle maniere on fait les Avals. 131
Autre usage. 132
Autre usage. 133
Des Assignations en Banque. 134
Modeles d'Assignations. 135

CHAPITRE IV.

Des Lettres d'avis. 136
De quelle maniere on doit faire les Lettres d'avis. 137
Dans quel tems on envoye les Lettres d'avis. ibid.
Divers Modeles des Lettres d'avis. 138. & suiv.

TROISIEME PARTIE.

CHAPITRE I.

Des differentes sortes d'acceptations. 144
Des acceptations simples. 145
Des acceptations conditionnelles. 146
Des acceptations sous protests. 147
Des acceptations pour payer à soi-même. 148
Observations generales sur les acceptations. 149
Usage des Banquiers sur les acceptations. 151

CHAPITRE II.

Définition des Négociations. 153
Par qui se doivent faire les Négociations. 154
Des Accords & des Conventions qu'on doit faire à cha-
que Négociation. 155
Des Calculs concernant les Négociations. 156
Des Endossemens. 157

TABLE DES MATIERES.

Effets que produisent les Endossemens. 158

Du second, troisième, quatrième & autres Endossemens. 159

Application sur les Endossemens. 160

Des Endossemens simples. 165

Des Endossemens en blanc. 166

Donner & prendre des Lettres de change en négociation. 167

Négociation d'une Lettre de change avec benefice. 168. 169

Autre Négociation avec perte. 170. 171

Autre Négociation avec benefice. 172. 173

Autre Négociation d'un Billet avec perte. 175

Autre Négociation avec perte. 176

Conversion d'un Billet de change en Lettre de change. 179

Autre Négociation d'un Billet au porteur. 180

Autre Négociation en actions de la Compagnie des Indes. 181

Autre Négociation, idem. 182

Autre Négociation en dixième d'actions. ibid.

Donner & prendre de l'argent sur des Billets en argent comptant sur la place. 183. 184. & 185

CHAPITRE III.

Discours sur les Changes & Rechanges de place en place. 187

Du change & de son étymologie. 188

Droit de Change. 189

Sur quel pied doit être payé le Change. ibid.

Du Rechange & de son établissement. 190

Par qui est dû le Rechange. 191

Dans quel tems les interêts du Change & rechange commencent à courir. 193

TABLE DES MATIERES.

Qu'il n'eſt dû aucun Rechange pour le retour des lettres s'il n'eſt bien juſtifié. 194

CHAPITRE IV.

Des Proteſts. 195
Par qui les Proteſts doivent être faits. 196
Comment les Proteſts doivent être conſtruits. 197
Des differentes ſortes de Proteſts. 198
Des Jours de grace. 199
Regle pour les 10. *jours de grace.* 200
Dans quel tems commencent & finiſſent les 10. *jours de grace.* 201

CHAPITRE V.

Premiere demarche des porteurs. 203
Pourſuite du porteur après le proteſt. 204
Pourſuite en garantie. 206
Des delais de quinzaine. 207
Si le porteur d'une lettre eſt recevable dans ſon action en garantie après les delais de quinzaine. 208
Preuve des Tireurs & des Endoſſeurs en cas de pourſuite en garantie. 209
Si le porteur d'une lettre de change peut accorder du temps après l'Echeance. 210
Si une lettre qui n'a point été proteſtée dans le tems eſt au riſque du porteur. 211
Si le porteur d'une lettre de change peut être contraint à en recevoir le payement avant l'écheance. 212
Droit du porteur lorſque tous les obligez en cette lettre viennent à manquer. 213
Diligences pour Billets de change. 214
Diligence pour Billets à ordre & autres ſortes de Billets. 215
Des Juges qui connoiſſent des Lettres de change. 216

TABLE DES MATIÈRES.

CHAPITRE VI.

Dans quel cas on donne caution pour les Lettres de change. 217

Ce qu'il faut observer lorsqu'on a perdu une Lettre de change sans ordre. 219

Dans quel tems les cautions que l'on donne pour Lettres do change doivent être déchargées. 220

CHAPITRE VII.

Prescription des Lettres & Billets. 222

Prescription des Billets à ordre & au porteur. 223

Prescription des Lettres en payement de Lyon. ibid.

CHAPITRE VIII.

Contrainte pour Lettres & Billets de change. 224

Contrainte pour Billets à ordre & au porteur. 225

Contrainte pour Billets faits par les gens d'affaires. 226

Diverses Remarques sur les Billets. 227

Si la contrainte a lieu pour les personnes septuagenaires. 228

QUATRIEME PARTIE.

CHAPITRE I.

De la Banque. 229

Des Banquiers. 231

Des Commissionnaires. 232

De la Provision. 235

Des précautions que les Banquiers doivent prendre pour payer valablement les Lettres de change. 237

TABLE DES MATIERES.

CHAPITRE II.

Des Agens de change & de leurs fonctions.   239

Des qualitez requifes & neceffaires aux Agens de Change.   240

Des Livres que les Agens de Change font obligez de t nir.   242

Des droits dus aux Agens de Change.   243

Maniere de tirer ces droits.   ibid.

Défenfe aux Agens de Change de travailler pour leur compte particulier.   244

Divers établiffemens des Agens de Change.   245

Premiere creation des Charges d'Agens de Change par Edit du mois de Juin 1572.   246

Arrêt du Confeil d'Etat du Roy Henri IV. du 5. Avril 1595. qui fixe le nombre des Courtiers de Change & de Banque.   248

Autre Arrêt du Confeil d'Etat du Roy en faveur des Agens de Change.   250

Edit du Roy Louis XIV. portant fuppreffion des anciens Offices de Courtiers de Change, & creation d'autres Offices dans les principales Villes du Royaume. 255

Autre Edit du Roy Louis XIV. portant fuppreffion de vingt Offices d'Agens de Change à Paris, & création de quarante autres pareils Offices pour ladite Ville. 266

Déclaration du Roy Louis XIV. qui fait défenfe à toutes perfonnes de faire aucune des fonctions attribuées aux Agens de Change.   272

Edit du Roy Louis XIV. portant creation de vingt nouvelles Charges d'Agens de Change à Paris. 277

Arreft du Confeil d'Etat du Roi portant fuppreffion des charges d'Agens de Change de Paris, & qui ordonne que les fonctions en feront remplies par commiffion.   281

TABLE DES MATIERES.

Arrêt du Conseil d'Etat du Roy pour le retablissement des Agens de Change.   286

Edit du Roi portant suppression des Offices d'Agens de Change de Paris , & creation de soixante nouveaux Offices d'Agens de Change , Banque & Commerce dans ladite Ville.   288

Statuts & Reglemens pour les Conseillers du Roi Agens de Change de Paris.   292

CHAPITRE III.

Divers Arrêts , Edits & Déclarations concernant les Lettres de Change.

Arrêt de la Cour de Parlement , portant reglement sur les protêts des Lettres de Change.   301

Declaration du Roi Louis XIV. concernant les Billets faits par les gens d'affaires.   305

Autre Declaration du Roi, qui ordonne que tous porteurs de Lettre de change seront tenus après les 10. jours de l'écheance d'en faire demande aux débiteurs , faute dequoi lesdits porteurs seront tenus des diminutions qui peuvent survenir sur les Especes.   308

Arrêt de la Cour de Parlement , qui ordonne que les Mineurs qui ont tiré, accepté & endossé des Lettres de change , sont consulaires & contraignables par corps.   311

Arrêt de la Cour de Parlement , qui juge que le porteur d'un Billet ou Lettre de change qui a pour obligez le tireur , l'accepteur & les endosseurs , n'est pas obligé , en cas de faillite de tous les coobligez , d'en opter un , & qu'il peut exercer ses droits contre tous. 313

Autre Arrêt de la Cour de Parlement , concernant les Négocians & Gens d'affaires.   320

Déclaration du Roy Louis XIV. qui regle la maniere

TABLE DES MATIERES.

de payer les Lettres de change par rapport aux diminutions d'Efpeces. 323

Arrêt de Reglement, portant que celui qui aura perdu une Lettre de change s'adreffera au dernier Endoffeur, & non au Tireur pour en avoir une feconde. 326

Edit du Roy qui défend les Billets au porteur. 339

Declaration du Roi qui retablit les Billets au porteur. 346

Reglement de la Place du Change de Lyon. 349

Edit du Roy Charles IX. pour l'Etabliffement de la Jurifdiction Confulaire de Paris. 357

Fin de la Table des matieres.